고문하는 요리사

Mille six cents Ventres

고문하는 요리사

뤼 랑 장편소설 · 용경식 옮김

문학동네

다그마르 롤프에게

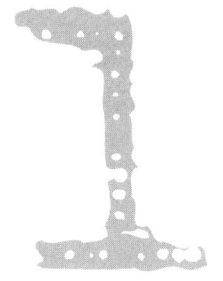

나 목덜미를 어루만지고 머리를 헝클어뜨리는 그녀의 두 손을 느끼며, 팔딱거리는 그녀의 하얀 젖가슴을 바라보며, 안경이 벗겨져 연녹색 소파 틈새로 떨어질 정도로 흔들어대는 그녀의 고갯짓을 바라보며, 나는 벌거벗은 그녀의 엉덩이 사이에서 나의 마지막 청춘을 불사르곤 했다. 아침마다 정성껏 손질한 머리 모양이 흐트러지는 것을 내가 얼마나 싫어하는지는 오직 신만이 알 것이다. 그러나 지그시 감은 눈, 발그레한 관자놀이, 미소의 흔적이 남아 있는 입술이 내 얼굴 가까이에서 흔들리는 것을 바라보면서, 나는 머리가 헝클어지는 것쯤은 감수해야 했다. "몸은 늙어도 마음은 청춘이란다." 87세의 어머니는 내게 늘 이렇게 말했다. 그때마다 나는 응수했다. "마음이고 뭐고! 여자들은 마치 자석처럼 나를 끌어당긴다구요. 나는 여자들만 보면 이성을 잃어요."

일 주일도 안 되어 나를 사로잡은 이 여자의 이름은 루이즈 베이커다. 그녀를 알게 된 것은 다른 죄수들에 비해 한층 더 난폭한 몇몇 폭도들이 던진 감옥의 지붕 슬레이트들이 우리집 마당으로 날아들던 때다. 감옥 지붕에 걸터앉아 '여왕 폐하'의 낡은 감옥을 부숴버리겠다고 벼르고 있던 그들이 짓이겨놓은 것은 우리집 앞마당의 장미나무와 모란, 수국, 그리고 텃밭의 토마토와 강낭콩이었다. 그들이 던진 기왓장은 상처입은 새의 날갯짓 같은 푸드덕거리는 소리를 내며 무성한 나뭇잎들 사이를 가로질러 질그릇 깨지는 듯한 둔탁한 소리를 내며 꽃밭이나 채소밭으로 떨어졌다. 우리집 정원과 스트레인지웨이즈 교도소의 남쪽 울타리는 좁은 골목을 사이에 두고 마주 보고 있고 이 울타리에는 오래된 돌 박공이 달린 육중한 문이 있다. 판사나 경찰, 변호사, 간수, 그리고 교도소 직원들이 그 문으로 드나들었다. 북쪽 울타리에 있는 문으로는 죄수 호송차와 면회 오는 사람들이 드나들었다. 좁고 어두운 거리 쪽으로 나 있는 이 문은 아무런 장식도 달려 있지 않은 금속 미닫이문이었다. 문을 중심으로 한쪽으로는 감옥의 높다란 담장이 이어지고, 다른 한쪽으로는 지저분한 벽보 쪼가리와 낙서투성이인, 버려진 무기 공장의 시커먼 담장이 이어진다. 예기치 않은 폭력 사태를 계기로, 나는 뒤뜰에 의자들을 가져다 놓았다. 편안하게 앉아 폭동이 일어난 감옥을 한눈에 내려다볼 수 있도록 말이다. 창가에 나타난 폭도들의 얼굴을 선명하게 알아볼 수 있고, 그들이 퍼붓는 욕설을 알아들을 수도 있으며, 창문에 걸어놓은 플래카드의 글씨도 읽을 수 있었다. 뿐만이 아니다. 날이 갈수록 차츰 골조를 드러내는 지붕을 한눈에 바라볼 수 있었고, 건물 내 방화 지점에서 피어오르는 연기가 바람에 흩날리는 것도 볼 수 있었다. 하지만 유적지를 보존해야 한다는 입장이라면, 시시각각 처참한 광경이 연출되는 모습을 제일 가까이에서 보아야 하기 때문에 가슴 아픈 곳이기도 하다. 폭동이 발생한 지 일 주일이 지났다. 나는 처음에는 자릿세를 비싸게 받고 신문기자들을 받아들였고, 뒤이어 호사가들까지 합류하게 되었다. 이들은 내가 자주 드나드는 술집 마담이나 정원사, 서점 주인, 교도소 직원들로부터 소개받고 나를 찾아왔다. 비교적 비싼 값을 받았는데도 수요를 모두 충족시킬 수가 없었다.

루이즈는 파르르 떨리는 촉촉한 입술을 나에게 내밀었다. 엉덩이는 관능적인 포즈를 취했고, 허리는 달아오른 나의 손 아래에서 멋진 활처럼 휘었다. 그녀는 헨리, 헨리, 헨리, 라고 속삭이면서 양쪽 허벅지로 집게처럼 나를 조여왔다. 뒤이어 활짝 피어버린 꽃처럼 맥이 풀리면서 문이 열린다. "육체와 육체가 합일하는 순간 천국은 멀지 않다"고 어머니는 말했었다. 우리는 하늘로 다가갔다. 오, 루이즈, 루이즈! 얼마나 가까이 다가갔던가······ 뒤얽히고 섞여서, 융해되었으니. 나는 당신의 살 속 깊은 곳에서 녹아버렸지. 오, 루이즈! 사월의 달콤한 밤하늘 아래, 거의 모든 빛을 차단한 뒤 나는 그녀를 소파에 뉘었지. 오, 루이즈! 루이즈······ 하지만 갑자기 음악 소리가 울려퍼지면서 관자놀이의 맥박 뛰는 소리도, 서로의 이빨이 부딪는 소리도, 흥분된 속삭임도 들리지 않게 되었다. 눈부신 백색광이 거실로 스며들어 우리의 광란을 노출시켰다.

— 〈발퀴레〉*! 〈발퀴레〉예요!

루이즈가 아름다운 초록색 눈을 휘둥그렇게 뜨며 소리쳤다.

— 뭐라구?

— 안 들려요? 〈발퀴레〉라구요!

땅과 벽이 진동하는 것이 느껴지고, 나의 중국제 도자기들이 진열장 안에서 쨍그랑거린다. 우리는 마치 그림자 하나 없는 외과 수술용 조명등 아래 서로 뒤엉켜 있는 것 같다. 우리의 몸뚱이는 영안실 서랍장 속에서 막 꺼낸, 잘 보관된 시체처럼 푸르스름하다. 우리는 하늘나라로 가지 못할 거야, 루이즈! 이런 소란 속에서는 갈 수가 없어! 그러나 루이즈는 별로 섭섭해하지 않는다. 그녀는 벌써 자리를 털고 일어나, 무릎까지 내려간 스커트를 끌어올리고, 안경을 쓰고, 블라우스 단추를 채우고, 목 부분의 리본을 부풀어오르게 맨 후, 정원으로 달려간다. 테라스에 그녀의 모습이 선명하게 드러난다. 두 손을 허리에 얹고, 코를 쳐들어 별을 바라보고 있다. 모든 게 비현실적으로 보인다. 우리는 밀도 높은 백색광이 만들어내는 안개 속에 잠겨 있다. 백색광은 차츰 금속성의 푸른빛을 띠며 밤하늘을 지워버린다. 고막이 터질 것 같다. 드릴로 귓속을 후벼파는 듯한 날카로운 통증이 온다. 앞뜰의 풀포기들, 담장, 나무들, 정원의 울타리, 스트레인지웨이즈의 지붕과 창문과 벽들이 눈부신 조명 아래 무차별적으로

---

* 바그너의 4부작 악극 〈니벨룽겐의 반지〉 중 두번째 극.(옮긴이)

노출된다. 폭도들이 점령한 망루들 위에 조명등과 확성기가 설치된 것이다. 감옥 위로 헬리콥터가 날고, 요란한 음악 소리 속에 벌새 한 마리가 소리없이 하늘을 가르며 날아간다. 용마루와 굴뚝에 걸터앉아 손짓 발짓을 하며 떠들어대고 있는 폭도들의 모습이 보인다. 복면을 쓴 그들은 원반던지기 놀이를 하다가 화가 난 사람들처럼 기왓장을 들어내 헬리콥터를 향해 던진다. 몇몇은 몽둥이나 쇠파이프를 휘두르고 있다.

— 이제 알겠어요, 〈발퀴레〉를?

루이즈가 내 귀에 대고 소리친다.

— 아니. 몰라!

— 바그너 곡이에요, 헨리! 이런 혼란 속에 웬 바그너 곡일까요?

나는 그녀에게 대답할 말이 없다. 다만 당국이 왜 베토벤이나 쇼팽을 틀지 않았는지 이상할 뿐이다. 내가 알고 있는 명곡은 그것들뿐이다. 나는 루이즈의 귀에 대고 외친다.

— 스윙댄스 곡은 왜 안 되는 걸까? 어렸을 때, 전쟁 후에 그랬던 것처럼 말이야.

그녀는 어깨를 으쓱하고는, 시선을 하늘에 둔 채 경멸의 뜻으로 입을 삐죽 내밀어 보인다. 사실 전후(戰後)와 같은 분위기라기보다는 전쟁중 혹은 계엄령이 내려진 상황과 흡사하다. 사방에 유리와 슬레이트, 벽돌, 돌조각들이 널려 있고, 부서진 침대와 옷장, 창문들, 그리고 폭파된 위생 시설의 파편들이 감옥 주변의 인도와 차노를 뒤덮고 있다. 떠도는 소문으로는, 섹스와 관련된 죄목의 죄수들이 감옥 앞뜰에서 거세된 채로 교수형에 처해졌다고 했다. 48시간 내에 1250명의 수감자들을 접수하고, 가

두고, 확인하고, 다른 교도소로 이송시켜야 했다. 폭동 첫날 항복한 자들이었다. 진압복을 입은 경찰과 간수들의 호위를 받는 죄수 호송차들의 행렬이 이어졌다. 사이렌 소리 요란한 구급차들이 스트레인지웨이즈와 체덤 병원 사이를 부지런히 오갔다. 간수 존 스미스는 심장 발작으로 벌써 숨을 거두었다. 과히 나쁜 녀석은 아니었다. 튀어나온 배 때문에 선량하게 보이기도 했는데, 바로 그 배가 문제였다. 그는 자기 자리를 지키지 않고 부엌으로 몰래 기어들어가 가마솥을 뒤지곤 했다. 그는 오랫동안 식사 배급을 책임져왔고, 그러면서 정기적으로 착복을 해온 것이다. 몇 년 새에 마치 스모 선수처럼 비대해져서 이제는 식기 수레를 끌고 다닐 수 없을 지경에 이르렀다. 자주 걸음을 멈추고 숨을 돌려야 했기 때문에 가끔 배식이 한 시간 이상씩 늦어지는 경우도 있었다. 마침내 크리스마스 날, 교도소 건물들 중 한 곳 4층에서 더이상 그에게 배식을 맡기지 말라고 항의하는 소동이 일어났다. 320파운드의 거구인 존은 폭력 사태를 이겨내기 힘들었던 것이다. 겹겹의 비곗살로 둘러싸인 그의 심장으로 그런 격한 감정을 견뎌내기엔 무리였을 것이다.

나는 루이즈의 뒤에 서서 탄력 있는 엉덩이에 손을 갖다 대고, 그녀를 끌어당긴다. 그녀의 목에 입술을 파묻고 음탕한 그녀의 냄새를 들이마신다. 하지만 그녀는 귀찮다는 듯이 내 품을 벗어나, 잔디밭 쪽으로 서너 발짝 걸어간다. 그녀는 하나도 놓치지 않겠다는 듯이 구경거리에 몰두한다. 나는 그녀에게, 내일 아침 그 저질 신문에 음악과 조명이 좋았다는 찬사의 글을 써제낄 거냐고 묻는다. 그녀는 다시 어깨를 으쓱해 보인다.

─선곡은 적절했다고 생각해요. 그 점엔 문제가 없어요. 다만 노동자들이 주로 사는 동네에서 새벽 한시에 조명을 있는 대로 밝히고 음악을 너무 요란하게 틀었다는 게 좀 지나치다는 거지요. 도대체 왜 그래야 했을까요? 지붕 위에 있는, 기껏해야 삼사십 명 정도밖에 안 되는 미치광이들을 가지고!

─잠을 못 자게 하고 지치게 해서 빨리 항복시키려는 거지! 이 문제는 더이상 거론하지 맙시다! 시간이 지나면 해결되겠지. 은퇴가 이 년밖에 안 남은 나로서는 이 참에 쉬게 되었으니, 잘 된 일이지! 그들이 원한다면 바그너를 틀 수도 있는 일이고!

내 말은 사실이다. 폭동은 지난주 일요일 예배 시간에 교도소 내 예배당에서 시작되었다. 나중에야 깨달았지만, 처음에는 나와 아무 상관도 없는 일이었다. 수감자들 중 하나가 사제의 목에 칼을 들이대어 마이크를 빼앗고는, 예배당에 있던 3백 명의 죄수들에게, 예배당을 감시하고 있는 25명의 간수들을 꼼짝 못 하게 지키라고 말했다. 비누 조각과 건전지를 채운 양말로 간수들을 때려누이는 일은 10분 만에 끝이 났다. 이제 열쇠를 빼앗고, 앞뜰과 복도로 통하는 문들을 하나하나 열고, 중앙탑을 점령하고, 방사형으로 배치된 여덟 개의 건물들에 폭동의 불을 붙이는 일만 남았다. 간수들은 집합하거나 진압복을 입거나 최루탄을 던질 시간이 없었다. 대형 투명 방패들 뒤에 교묘하게 숨은 폭도들을 공격할 시간적 여유가 없었다. 잔디를 깎고 나면 금방 피어오르는 민들레꽃처럼 사방에서 물쑥불쑥 나타나는 폭도들 앞에 간수들은 무력할 뿐이었다. 그들은 스트레인지웨이즈를 폭도들에게 내주었고, 주방에 있던 우리 요리사들은 반사적으로 화덕의 불을 끄고 남은 음식들을 냉장고에 몰아넣은 후, 앞치마를 벗을 겨를도 없이 밖으로 달려나와 쫓기고 있는 간수와 소방관 무리에 합류했다. 예배당과 E동은 이미 시커먼 연기에 휩싸였다. 불길에 깨어져나간 유리창들마다 검은 연기가 꾸역꾸역 솟아오르고, 지붕들이 뜯겨나가고, 기왓장들은 탄산음료병 뚜껑처럼 공중으로 튀어올랐다. 교도소의 사이렌이 공습경보처럼 요란하게 울려댔고, 경찰차와 구급차의 사이렌 소리는 주위를 더욱 어수선하게 만들었다. 일요일이면 조용하기 그지없었던, 도시의 북쪽 외진 곳에 자리잡고 있는 우리 동네는 이제 전쟁의 중심지가 되었고, 우리집 나무에는 새 한 마리 날아오지 않았다.

죄수들의 주장이 전혀 근거 없는 것은 아니었다. 그들은 2인용 감방에서 네다섯 명이 함께 지내는 것, 하루 24시간 중 23시간을 갇혀 있는 것, 일주일에 한 번밖에 샤워할 수 없는 것 등을 거부하겠다는 이야기였다. 잘하는 짓이다! 그러나 법을 어겨서는 안 된다. 적어도 현행범으로 걸려들지 않도록 현명하게 처신해야 한다! 일요일 해질녘부터 월요일 새벽까지, 밤새도록 헬리콥터 한 대가 스트레인지웨이즈의 상공을 배회했고, 새벽에는 교도소와 시청의 간부들, 그리고 경찰들이 날아드는 돌을 피해 교도소 정문 앞에 모여 대책을 논의했다. 그들은 대부분 파란색 옷을 입고 있었고, 자신들이 타고 온 업무용 검정색 벤틀리를 우리집 앞 도로에 얌전하게 주차시켜놓았다. 그들은 겉으로는 거드름을 피웠지만, 이 난장판 앞에서 망연자실해하는 표정이 역력했다. 나는 주방의 내 자리로 다시 돌아갈 가능성이 없어 보임을 알고 사태가 심상치 않다는 걸 깨달았지만, 어쩔 수 없이 다시 잠자리로 돌아갔다. 심란한 마음으로 어렵게 잠이 든 나는 악몽을 꾸었다. 주방에는 푸르딩딩하고 악취가 나는 물이 차올라 있었고, 우리 요리사들은 하수구 청소부용 고무 장화를 신고 화덕 앞에서 일을 하고 있었다. 가마솥 바닥으로부터 비명과 울부짖음이 들려왔다. 잠을 깼을 때는 두 시간이 지난 9시 10분이었다. 누군가가 우리집 문을 사정없이 두드리고 초인종을 눌러대고 있었다. 검정색 줄무늬가 쳐진 흰색 실내복을 걸치고 현관으로 달려가면서 나는 막연한 불안감을 느꼈다. 문을 열어보니 한 무리의 신문기자들이 모여 있었다. 그들은 나를 향해 일제히 플래시를 터뜨린 뒤 질문을 퍼부었다. 그들이 나를 스트레인지 웨이즈의 취사병 정도로 알고 있는 듯해서 나는 약간 신경질적이고 냉담한 말투로 '주방장'임을 밝혔다. 이래 봬도 나는 열여덟 명의 조수를 거느리고 있었기 때문이다. 그들은 내가 교도소 내의 규칙과 생활 여건, 그리고 죄수들의 식사에 대해 이야기해 주기를 바랐다. 나는 직업상의 비밀을 지킬 의무가 있다고 주장했다. 그러자, 그들 중 한 명이 나를 자극했다. 겉옷 속옷 할 것 없이, 내가 입고 있는 옷이 모두 죄수들에게 지급되는 천을 빼돌려 만들어 입은 게 아니냐는 것이었다. 그는 대마초 흡연자 같은 잿빛 피부에, 알코올 중독자처럼 말랐고, 목은 화난 닭처럼 길게 뽑고 있었다. 그뿐이 아니었다. 붉은색 와이셔츠 위에 대롱대롱 매달려 있는 후줄근한 나비 넥타이 위로는, 울대뼈가 요요처럼 오르락내리락하고 있었다. 그의 모습에 웃음을 터뜨리지 않은 사람은 나밖에 없었다. 그는 낮은 목소리로 나에게 멍청한 사람이라고 말하고는 돌아서서 가버렸다. 그의 동료 서너 명도 그의 뒤를 따라갔다. 그래도 여전히 꼼짝 않고 서서 버티고 있는 사람들이 있었다. 그중 나와 가장 가까운 곳에 있던, 얼굴색이 붉고 땀을 많이 흘리는 사람이 내 코앞에 10파운드짜리 지폐를 흔들어 보이며, 우리집에서 교도소 사진을 찍게 해달라고 부탁했다. 결국 나는 낮 동안 집을 빌려주는 대가로 다섯 명의 집요한 기자들로부터 50파운드를 받았다. 하지만 그들에게 부가적으로 무언가를 더 제공하고 좀더 많은 돈을 요구해도 되지 않았을까 하는 아쉬움이 남았다. 그들은 나와 대화를 하다 보면 내가 스트레인지웨이즈에 대한 솔직한 의견을 털어놓게 되리라는 기대를 하고 있었다. 게다가 내 방 창문이나 다락방에서 보면, 여전히 폭도들이 점령하고 있는 교도소의 남쪽 면이 한눈에 들어왔다. 그러나 나는 진심을 드러내지 않았다. 때마침 두 명의 죄수들이 벽돌로 된 거대한 굴뚝 위에 걸터앉아 익살스러운 스트립 쇼를 하고 있었다. 기자들은 그들의 모습을 열심히 카메라에 담더니 아주 만족스러워하며 돌아갔다. 오후가 되자 텔레비전 리포터들이 와서 우리집 문을 두드려댔다. 그들이 우리집 다락방에 방송 송신 장비를 차려놓고 리포터를 상주시키면서 촬영을 하겠다고 해서, 나는 24시간에 150파운드를 요구하고, 밤 11시부터 아침 9시까지는 장비를 철수할 것을 단서로 내세웠다. 내가 자는 동안 내 머리 위에 낯모르는 사람들이 있게 된다고 생각하니 몹시 불쾌했기 때문이다. 그들은 내 조건을 기꺼이 받아들였고, 48시간분 임대료를 선불로 내놓은 후, 방송 장비들을 챙겨서 다락방으로 들어갔다. 비디오 카메라, 녹음기, 모니터, 장대, 마이크, 조명, 라디오 수신기 등등. 사월의 첫째 월요일이었던 그날은 마침 비가 오고 있어서, 그들은 현관에 놓인 발판에 신발의 물기를 잘 털고 들어갔다. 나는 그들에게 차를 대접했지만, 인터뷰에는 응하지 않았다. 물론 저녁 8시 뉴스에 나오고 싶은 마음은 굴뚝같았지만, 그렇게 되면 상관들로부터 비난을 면치 못할 게 뻔했다. 특파원 두 명이 지붕에 난 천창 앞에 서서 망을 보고 있었고, 지붕에는 길다란 송신 안테나가 설치되었다. 본의 아니게 일자리를 잃은 나는 슬프고 따분한 오후 시간을 보내며 그들을 잊고 지냈다. 간간이 정원으로 무언가가 날아드는 소리가 났고, 그로 인해 나무와 꽃과 잔디밭이 망가졌다. 정원에 나가볼 수도, 부엌에 들어갈 수도 없었기 때문에, 나는 내 유일한 친구인 낡은 셰익스피어 작품집을 집어들 수밖에 다른 도리가 없었다. 1623년 초판본을 제외한 마흔세 가지 판본의 그 전집은 내 방 책꽂이 전부를 차지하고 있다. 하지만 나는 읽을 생각이 없었다. 한 자리에 가만히 앉아 있을 수도 없었다. 나는 포위당한 요새를 몰래 빠져나오는 탈영병처럼 슬며시 집을 나와 스트레인지웨이즈 주변을 어슬렁거리며 사태가 어떻게 돌아가고 있는지 살펴보았다. 교도소 직원 신분증 덕분에 경찰의 삼엄한 포위망을 뚫고 들어갈 수 있었다. 담장을 따라 걷는 일은 불가능했다. 폭도들이 점령하고 있는 북쪽과 동쪽도 마찬가지였다. 이제 더이상 아무것도 날아오지는 않았지만 주변 도로에는 기물의 파편들이 수북했다. 포장 도로 위에 드문드문 꽂혀 있는 깨진 담장 조각들은 마치 큰 버터 덩어리 속에 꽂힌 칼 같았다. 더 멀리에는 꺾여버린 굴뚝의 파편과 골조용 목재가 길을 가로막고 누워 있었다. 나는 죄수 호송차나 면회 온 가족들이 출입하는 북문을 통해 스트레인지웨이즈 안으로 들어갔다. 새벽에 화약 기술자가 그 육중한 금속 문의 수직 기둥 네 귀퉁이에 사제 폭탄을 장치하여 폭파시킨 탓에, 지금은 불도저로 한쪽에 밀어놓은 구겨진 철판만 남아 있었다. 간수들과 경찰들도 바로 그 문을 통해서 들어왔다. 방탄 장치를 하고 철창을 두른 버스 한 대가 서둘러 배치되어 사령부로 쓰였다. 교도소장, 두 명의 간수장, 제복을 입은 한 사람을 포함한 정체를 알 수 없는 세 사람이 모여, 아마도 주변 지도가 놓여 있는 듯한 테이블에 둘러앉아 열띤 토론을 벌이고 있었고, 열댓 명의 신문기자들이 그 버스를 끈질기게 공략하고 있었다. 몇몇 기자들이 카메라를 머리 위로 쭉 뻗어 버스 내부를 향해 무조건 셔터를 눌러댔고, 경찰들은 화를 내며 그들을 밀어냈다. 두 건물의 창가에는 사람의 그림자도 보이지 않았다. 세모꼴의 넓은 마당에서는 기마 경찰들이 이중으로 포위를 하고 있었다. 그들은 공격 신호를 기다리는 창을 든 경기병들처럼 곤봉과 방패로 무장하고 있었다. 말의 엉덩이, 이따금 휘둘러대는 꼬리털, 기병들의 검정색 가죽 점퍼 등판과 흰색 철모가 보였다. 그들은 언제 적이 출현할지 모르는 좁은 통로의 출구 앞에 진을 치고 있었다. 간간이 보도 위에서 들려오는 말발굽 소리 외에는 아무 소리도 들리지 않았다. 최루가스 냄새와 나무 타는 냄새, 폭약 냄새에, 무럭무럭 김이 오르는 말똥 냄새까지 뒤섞여 숨이 막힐 지경이었다. 갑자기 기자들 사이에서 웃음이 터져나왔다. 지붕에서 던져져 한쪽 벽면에 내걸린 대형 플래카드 때문이었다. '소장님! 우리에게도 안심 스테이크를 주세요!' 느리고 독선적인 어떤 목소리가 내 등뒤에서 속삭였다.

16

―문제의 직접적인 발단은 당신이었군, 안 그렇소?

　아픈 데를 찔린 나는 뒤를 돌아보며 말을 더듬었다.

　―존경하는 소장님, 저는…….

　―당신 요리가 영 시원치 않은 모양이오, 블레인 씨. 먹을 수도 없는 파테 요리나 맨날 주고…….

　―저…… 저는 총책임자가 아닙니다. 저도 제 의견을 말하거나 영향력을 가져보려 애쓰지만, 납품업자 선정과 총지휘는 노턴 씨가 맡고 있어서…… 그래서…… 그 외의 일상적인 일들을 개선해보려고 노력하고는 있습니다만…….

　―부랑자들의 일상생활은 개선할 필요가 없네, 블레인. 오히려 아주 교묘한 방법으로 더 열악하게 만들어야 하는 거야. 그래야 오늘과 같은 폭력 사태가 일어나지 않지. 알겠소, 주방장 나리?

　―하지만 소장님, 폭도들이 들고일어난 이유는 그런 것 때문이 아니고…….

　―다 마찬가지네, 블레인! 현수막을 읽어봤나? 그렇다면 지금 여기서 뭘 하고 있는 건가? 주방으로 가고 싶은가? 가게, 어서 돌아가, 두고 볼 것도 없네.

　―하지만 지금 휴업중이라서…….

　―휴업은 무슨…… 난 그런 거 모르네. 그보다 더 중요한 일이 있잖나. 곧 자네에게 기별이 갈 거네, 블레인. 몸조심하도록 하게!

　기자들이 소장과 인터뷰를 하려고 우리 주위로 밀려들었다. 나는 무리 속에서 간신히 빠져나와 내가 왔던 길로 되돌아오면서 죄수들과 말고기에 대해 욕설을 헤댔다. 내가 루이즈를 처음

만난 것은 바로 그날이었다. 북쪽 담장과 폐쇄된 공장들 사이에 나 있는 흙먼지 나는 좁은 골목길에서 할 일 없이 어슬렁거리던 나는 근처에 있는 공장 안으로 들어갔다. 무너진 담장 사이로 사람이 드나들 수 있는 통로가 하나 나 있음을 알고 있었다. 나는 철제 구름다리들이 관통하고 있고, 도르래와 전선과 멈춰버린 녹슨 기계와 도구들이 쌓여 있는 골조만 앙상한 이 널찍한 방들을 가끔 둘러보는 것을 좋아한다. 조립공, 선반공, 프레이즈 반 기술자 자격증을 가진 죄수들이 교도소와 군수산업을 연계시켜 주는 계약에 따라 2차 대전 때부터 건너와서 일하던 곳이다. 칠팔 년 전 공장은 문을 닫았고, 그후 무단으로 이곳에 거주해오던 노숙자들은 석 달쯤 전에 쫓겨났다. 따라서 지금은 이곳에 아무도 없다는 것을 잘 알기 때문에, 나는 「티투스 안드로니쿠스」와 「헨리 5세, 6세」의 한 대목을 암송하며 안으로 들어갔다.

"보라, 냉담한 왕비여, 비탄에 잠긴 아버지의 눈물을, 이 손수건을. 너는 나의 사랑스러운 아이의 피로 이것을 물들였다. 하지만 나는 나의 눈물로 그 피를 씻어내겠다. 이 손수건을 다시 가져가서 자랑하거라."

잠시, 나는 '요크의 리처드'(1411~1460, 에드워드 3세의 손자. 랭커스터 가와 장미전쟁을 일으켜 승리를 거두었다—옮긴이)가 된다. 나는 힘차고 맑은 테너의 목소리를 가지고 있어서, 아무도 나의 대사를 멈추게 할 수 없다. 텅 빈 건물 안에서 내 목소리는 강철처럼 날카롭게 울려퍼진다. 이따금 나는 어린아이 같은 장난을 치기도 한다. 바닥에 널려 있는 나사못이나 볼트를 주워 위쪽에 있는 유리창들을 향해 힘껏 던지는 것이다. 그러면 유리창은 박살이 나서 그 파편들이 구름다리와 층계 위로 흩어진다. 나는 아무런 망설임 없이 그런 식으로 나와 나이가 같은 한 세계의 파괴를 즐긴다. 최근 몇 년 동안은 이곳에서 사랑의 밀회를 갖기도 했었다. 어떤 때는 실패로 끝나기도 했지만. 제인—예로 들 수 있는 여자는 제인밖에 없다—은 그런 칙칙한 곳을 좋아하는 것은 바로 당신 마음이 그렇기 때문이라고 나를 비난했었다. 낡은 도구들, 못과 나사못들이 무기가 되었고, 창틀과 문틀에 매달려 있는 전선과 사슬들은 굴레가 되었다. 그녀는 직감적으로 위험을 느꼈다고 했다. 기껏해야 육체의 흥분 정도였지만 말이다. 그녀는 나에게 의심의 눈초리를 보내고 있었다. 그녀는 우리의 벌거벗은 육체에 중요성…… 혹은 위대성을 부여해주는 그 장소의 서정성을 이해하지 못했던 것이다! 사람들에게 미처 생각지 못한 개념을 깨우쳐줘봤자 유혹에 넘어가도록 부추기는 결과밖에 안 된다. 사실 제인은 내 마음속에 나쁜 상상력을 불러일으켰다. 내가 거기서 그렇게 아름다운 여자와 마주친 것은 처음이었다. 그녀는 중앙 작업장을 걷고 있는 내 발소리를 듣지 못했다. 그 중앙홀은 한때 요란한 기계 소리와 함께 노동자들이 일하던 곳이었다. 나는 혼자가 아니라는 사실이 별로 유쾌하지 않던 차에, 갑자기 카메라 셔터 소리를 듣고는 소스라치게 놀랐다. 나는 고개를 들어 철근 골조들 사이의 틈을 살펴보았다. 구멍이 숭숭 뚫린 구름다리 너머 건물 맨 꼭대기, 거의 지붕 바로 아래 통로 가상자리에 기대어 서 있는 사람의 윤곽이 보였다. 나는 노란색 운동화—그것 때문에 나는 아주 젊어진 기분이었다—덕분에 고양이처럼 소리없이 이층으로 올라갈 수 있었다. 루이즈가 있는 곳까지는 아직 한 층이 더 남아 있었지만 이층에서도 그녀를 잘 관찰할 수 있었다. 하이힐, 가느다란 발목, 단단하면서도 포동포동한 장딴지, 왼쪽 다리 무릎 윗부분에 흘러내려와 있는 스타킹. 나는 그녀의 얇은 암청색 레인코트 아래 감춰져 있을 엉덩이를 상상해보았다. 창가에 팔꿈치를 괸 자세 때문에 허리는 한쪽으로 휘었고, 엉덩이는 팽팽하고 풍만해 보였다. 그녀는 눈앞의 광경에 몰입해 있었다. 오 분 전에 내가 떠나온 교도소 안뜰의 광경을 즐기고 있는 것 같았다. 철창을 두른 버스, 두 줄로 늘어선 기마 경찰들, 다이너마이트로 폭파시킨 출입문, 대립의 흔적들, 벽면을 뒤덮고 있는 플래카드. 어쩌면 그녀는 중앙탑 안이나 지붕 위에서 폭도들을 보았는지도 모른다. 찾으려 했으면 얼마든지 흥미로운 관찰 장소를 찾을 수 있었을 경찰들은 말할 것도 없고, 다른 기자들도 그녀의 사신이 실린 내일 신문을 펼쳐보고 부러움을 감추지 못할 것이다. 이런 장소를 찾아내다니 그녀는 아주 약삭빠른 여자임에 틀림없었다. 사실을 말하자면, 그녀는 파란색 긴 주름치마를 입고 있었으며, 고무창이 달린 커다란 구두를 신었고, 역시 파란색의 모자 달린 비옷을 입고 있어서 엉덩이도 허리도 키도 가늠하기 어려웠다. 아, 그녀가 약삭빠른 여자—엄마는 그런 여자가 더 낫다고 말했었다—인 것은 물론, 와조 기숙학교의 늙은 사감 같은 여자가 아닌 섹시한 여자이기를 나는 얼마나 바랐던지…… 나는 마지막 계단까지 올라가 그녀에게 접근하면서, 그녀가 아직도 나의 존재를 느끼지 못했다면 혹시 귀머거리가 아닐까, 하는 생각을 했다. 나는 어떻게 말을 걸어야 할지 몰라, 강가에 앉아 있는 낚시꾼에게 하듯 그냥 가볍게 한마디 던져보았다.

—그래 고기는 잘 잡혀요?

그녀는 약간 놀란 기색이었지만, 뒤돌아보지는 않고 차분하고 부드러운 목소리로 대답했다.

—사진 말씀하시는 건가요? 예, 아주 좋아요.

—당신은 지금…… 무척 외진 장소에 있어요. 여기는 위험한 곳이라구요. 누군가 뒤에서 갑자기 다가들면 꼼짝없이 당할 겁니다. 어쨌거나 당신은 용감한 여자군요.

—그런 당신은 여자들을 겁주는 제비인가요, 그래요? 나는 당신이 공장 안으로 들어오는 소리도 들었고, 난간 너머로 당신 모습도 봤어요. 하지만 머리가 희끗희끗한 것을 보고 적어도 위험한 사람은 아닐 거라고 생각했기 때문에 하던 일을 계속했지요. 나쁜 쪽으로만 생각해서는 안 되니까요. 내가 틀렸나요?

두꺼운 근시 안경 너머 두 눈에 장난기가 반짝였다. 그녀의 얼굴은 혈색이 좋았고, 쌀쌀한 공기에 발그레해진, 약간 튀어나온 듯한 광대뼈가 인상적이었다. 테 없는 납작한 모자 밑으로 컬이 있는 부드러운 잿빛 머리칼이 목덜미를 덮고 있었고, 그중 몇 가닥은 관자놀이 위로 흘러내려와 있었다. 입술은 딸깃빛이었다. 아름답고 당당한 여자였다.

—기자이신가요?

—네. 『앙글리칸 트리뷴』에 있어요.

내가 별 반응을 보이지 않자, 그녀는 설명을 덧붙였다.

—요크셔의 성공회 계통 신문이에요. 정기구독자가 이만이고 육만 부를 발행하죠. 웬만한 가판대에는 다 진열돼 있어요.

— 말하자면 지역신문이군요.

—처음에는 그랬지요. 전쟁 직후, 그러니까 오십 년 전에는.

폭도들이 점령한 곳이 한눈에 들어왔다. 교도소의 심장부 중앙탑을 중심으로 방사형으로 뻗어 있는 여덟 개의 건물들이 모두 보였다. 뜯겨져나간 지붕들, 아직도 연기가 모락모락 나고 있는 화재의 현장도 보였다. 그렇지만 지붕 위로 돌아다니는 죄수들은 없었다.

—이곳도 전망이 아주 좋군요. 하지만 폭도들에게 점령당한 곳들을 전부 카메라에 담고 싶다면, 저희 집으로 오셔야 할 겁니다. 저희 집은 스트레인지웨이즈 바로 건너편에 있거든요. 식물도감, 나비 표본, 일본 판화 따위도 있어요. 뭐, 우연히 주워모은 것들이죠!

나는 혼자 있을 때는 똑똑한데, 여자 앞에만 있으면 비보 멍청이가 된다. 나는 더듬거리며 계속 말했다.

—그래요…… 저…… 저는 스트레인지웨이즈에서 일을 해요. 교도소 구내식당 주방장입니다. 이십 년 전부터 이곳에 살았어요. 저희 집으로 가는 전용 통로도 있다니까요. 거짓말이 아니에요! 저희 집 뒤뜰이 교도소의 남쪽 정문을 향해 있는데, 전망이 아주 좋다구요. 사진 찍기에는 그만이죠. 꽃과 채소들은 엉망이 되어버렸지만 말예요. 완전히 쑥대밭이에요. 이건 대량 학살이나 다름없습니다! 저희 집 다락방에는 텔레비전 방송국에서 나온 사람들도 있어요. 1TV에서 보게 되는 모든 화면이 바로 저희 집에서 찍은 것들이죠.

—우리 신문까지 끌어들이려고 하는 걸 보니, 노리는 사람들

이 별로 많지는 않은가 보군요?

—특별히 바라는 건 아무것도 없어요. 다만 당신의 약삭빠름이 마음에 들었을 뿐이죠. 그건······.

—좋아요, 같이 가죠. 소개할게요. 전 루이즈 베이커라고 해요.

—저는 헨리, 헨리 블레인입니다.

그녀는 두 대의 카메라를 케이스에 담았다. 우리는 좁고 가파른 층계를 내려왔다. 그녀는 현기증을 일으켰다. 나는 그녀에게 내가 오랫동안 상선(商船)에서 요리사로 일했다는 사실을 말해준 뒤, 배 안에 있는 층계는 이보다 훨씬 더 가팔라서 거의 수직에 가깝고 파도에 흔들리기까지 한다고 말해주었다. 하지만 그녀는 무슨 말을 해도 소용없다고 중얼거렸다. 나는 상당히 유리한 위치에 있었지만, 그녀가 긴 치마를 입고 있었기 때문에 그녀의 무릎 이상은 볼 수 없었다. 그런 반면 내 머리는 그녀의 치마 바로 아래에 있어서, 내 입술에서 불과 20센티미터 정도밖에 떨어져 있지 않은 그녀의 발목에 키스를 할 수도 있을 정도였다.

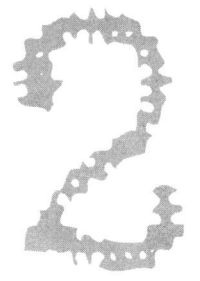

　제 저녁 텔레비전 뉴스에는 우리집 정원이나 다락방에서
찍었음직한 화면은 하나도 나오지 않았다. 뉴스 세 시간
전에 루이즈 베이커는 우리집을 처음 방문해 감탄하며 카메라를
눌러대지 않았던가. 루이즈 역시 뉴스를 지켜보고 있을 텐데, 다
른 각도에서 잡은 화면뿐이니 나는 화가 치밀어 견딜 수 없었다.
화면에 나온 장면은 폭도들에게 점령당한 북쪽 건물들의 모습으
로, 항공 촬영한 것이었다. 스트레인지웨이즈의 소장은 폭도들의
완전 항복을 받아내는 것은 시간문제라고 장담했다. 교도소간수
연합회 회장 딕 바르텔은, 이런 갑작스런 사태는 최근 수년 동안
수감 인원이 계속 증가하면서 누적되어온 문제가 일시에 분출한
것이라고 주장하면서, 하루속히 국회에서 이 문제를 다뤄야 할

것이라고 말했다. 뉴스 진행자가 세금에 대한 국민의 불만이 점점 커져가고 있음을 언급하며 화제를 바꾸었을 때, 나는 도깨비 상자 속의 도깨비처럼 소파에서 벌떡 일어났다. 육십이 다 되어가지만 여전히 원기왕성하고 활동적인 나는 내 방으로 통하는 계단에 이어 다락방으로 향하는 계단까지 한 번에 네 칸씩 건너뛰었다. 텔레비전 리포터들은 내가 그들에게 차를 가져다 주는 걸로 알았다. 나는 숨이 차서가 아니라 너무 화가 나서 상기된 얼굴을 숨길 수 없었다. 한마디로 노기등등했다. 마침 그들은 텔레비전 뉴스를 보느라고 일을 쉬고 있었다. 나는 한숨 돌리고 나서 쏘아붙이듯 물었다. 정오부터 죽 우리집에 있었지만 우리집에서 찍은 사진들이 방송 화면에는 하나도 나오지 않는데, 그런데도 계속해서 여기서 사진을 찍을 것인지를. 그들은 내게 잘못을 지적당하자 약간 놀라기도 하고 곤혹스럽기도 한 것 같았다. 그들 중 나이가 가장 많은 사람—잿빛 구레나룻에 머리가 벗겨진—이 내일은 꼭 나올 거라며 나를 진정시켰다. 하지만 그 정도로 내 기분을 풀어줄 수 없음을 깨달은 그의 동료—그들 중 제일 젊은 사람이었다. 긴 바지에 가죽 조끼, 조끼의 가슴 부분에는 여러 개의 주머니가 달려 있고 주머니마다 볼펜이 줄줄이 꽂혀 있는, 그리고 어깨까지 늘어뜨린 머리카락에, 턱에는 삼 일 동안 깎지 않은 텁수룩한 갈색 수염이 뒤덮여 있는, 모험가처럼 생긴—가 끼여들어 내게, 폐허가 되어버린 우리집 정원을 배경으로 내 모습을 사진으로 찍자고 했다. 그 사진은 사건 자체를 폭로하거나 설명하는 것이 아니라, 스트레인지웨이즈 주변의 주택들이 이 사태로 인해 입은 피해 상황을 상징적으로 보여주는 것으로, 교도소 안에만 피해가 있는 것이 아니라 외부에도 피해자가 있음을 알려서 국가와 보험회사로부터 보상을 받아내야 한다면서.

─좋소, 합시다.

나는 단번에 마음이 누그러져서 동의하고 말았다.

하지만 그들은 말과는 달리 머뭇거렸다. 밤에 정원에서 사진을 찍으면 잘 나오지 않을 거라는 얘기였다. 흐리게 나올 게 뻔하고, 그렇게 되면 피해 정도가 제대로 밝혀지지 않을 거라는 말이었다. 그림자도 너무 진하게 나올 것이고.

─아니, 조명기구들은 뭘 하고요!

나는 화를 내며 말했다.

그들은 결국 내 말을 인정했다. 그들이 다락방에서 조명기구들을 가지고 내려오는 동안 나는 차를 준비했다. 그리고 나서 잔디밭으로 통하는 출입구인 좁은 테라스에 자리를 잡고 폐허가 된 정원을 등지고 서서 정원 쪽으로 팔을 뻗고 손바닥을 벌리는 포즈를 취했다. 조명을 밝히자, 정원은 대낮같이 환해졌다. 엉망이 된 토마토와 모란 잎사귀들, 완전히 꺾여버린 진달래 줄기, 슬레이트와 돌과 나사못들이 널려 있는 채소밭 이랑 위에 떨어진 늙은 사과나무의 꽃들, 그리고 잔디밭에 박혀 있는 벽돌 세 장이 보였다. 내가 온실을 만들고 싶어했던 베란다는 박살이 났다. 나는 말했다. "스트레인지웨이즈가 쑥대밭이 되면서 감옥 주변의 불쌍한 우리집들도 쑥대밭이 되었습니다!"

이 정도면 상사로부터 비난받지 않을 정도의 점잖고 그럴듯한 표현일 것 같았다. 리포터들은 "오케이, 완벽해! 좋았어! 오케이!"를 연발했다. 조명은 충분한 것 같다고 말했다. 담장 너머에는 화재로 인한 불그레한 기운이 번지고 있어서 드라마틱한 분위기를 연출하고 있었다. 이것은 시청자들에게 강한 인상을 줄 것이다. 방송국 관계자들은 장비를 챙겨들고 다시 다락방으로 올라갔다. 그들은 두 시간쯤 더 천창 아래서 망을 보다 돌아갈 것이다. 카메라 앞에서 공개적으로 속마음을 털어놓고, 내 고통과 혼란스러움을 알리고, 자발적으로 피해자들을 대변했다고 생각하니 큰 위안이 되었다. 피해자들 중 어떤 이들은 나보다 훨씬 더 운이 없었던 것 같았다. 조명 아래 드러난 지붕들은 형편없이 망가져 있었다. 나는 셰리주 한 병을 들고 소파에 앉았다. 「티투스 안드로니쿠스」 2막 첫부분부터 졸았던 것 같다. 깨어보니 오른손이 비어 있었고, 시계를 보니 새벽 2시였다. 리포터들이 집으로 돌아가는 소리도 듣지 못했다.

화요일 아침, 잠에서 깨어났을 때, 제일 먼저 머리에 떠오른 것은 루이즈였다. 오십대 초반임에도 그녀는 생기가 넘쳐서 외설스러운 꿈까지 꾸게 만들었다. 무기 공장 층계에서, 기계의 기름 냄새와 오래되어 녹슨 철근 냄새를 맡으며, 나는 잘 다듬은 머리가 헝클어질 것을 각오하고 그녀의 긴 주름치마 속으로 머리를 쑥 디밀었다. 은밀한 곳에 입술이 닿았다. 더 강한 자극을 주기 위해 혀를 낼름거려보았지만, 루이즈는 아무런 반응도 보이지 않았다. 바로 그 순간 초인종 소리에 잠을 깬 나는 그녀가 왔을 거라고 생각했다. 아침 9시. 문 앞에 있는 것은 다시 우리 집 다락방으로 일하러 나온 두 명의 리포터들뿐이었다. 그들은 공범의 미소를 띠며 내게 말했다. 바로 오늘이 결정적인 날이라서, 사태는 '뜨겁게 달아오를 것'이라고. 따라서 그들은 다락방에서뿐만 아니라 일층에서도 사진을 찍을 각오가 되어 있으며, 어쩌면 골목길과 울타리, 그리고 이날 진압군의 손에 넘어가게 될 정문을 고스란히 필름에 담기 위해 정원 한복판까지 달려나가 말뚝 울타리를 넘게 될지도 모른다고 했다. 나는 우리집 울타리가 망가지는 것쯤은 문제가 아니며, 그렇다면 이제부터 나무들을 방패로 삼기 위해 나무 아래에 의자를 갖다 놓아야겠다고 말했다. 그 젊은 모험가는 좋다고 했다.

─오케이, 난 갑니다, 오케이. 그런데 혹시 철모 있습니까?

나는 석공도, 광부도, 오토바이 타는 사람도 아니니 그런 게 있을 턱이 없었다. 그러나 머리에 벽돌을 맞게 될지도 모르는 상황이었다. 갑자기 좋은 생각이 떠올랐다. 나는 개수대 아래에 설치되어 있던 탈수통을 뽑아냈다. 리포터는 당황한 기색이 역력했다.

─아무것도 안 쓰는 것보다는 낫지 않습니까? 당신은 용감한 사람입니다!

그는 찡그린 얼굴에 마지못해 미소를 지어 보였다. 나는 부엌 문 뒤에 걸려 있던 사다리를 건네주었다. 그는 그것을 옆구리에 끼고, 오른손으로는 머리 위에 쓴 탈수통의 손잡이를 붙잡고, "갑니다!"라고 작은 소리로 말하고는, 아르헨티나의 바보 같은 약탈자들과 싸우기 위해 포클랜드 전쟁터로 가는 여왕 폐하의 훌륭한 군인처럼 달려나갔다. 20초 만에 그는 사월 초라서 아직은 빈약한 자작나무와 자두나무 잎사귀 아래로 사라졌고, 상록수인 키 큰 월계수 나뭇잎 덕분에 다행히도 완전히 보이지 않게 되었다. 곧이어, 오 마이 갓! 빌어먹을! 제기랄!—더 심한 욕이 나왔지만 이 정도로 하고—하는 소리가 들려왔다. 나뭇잎들이 흔들리고 쇠붙이 부딪는 소리가 들려오더니 그가 불쑥 다시 나타났다. 이번에는 사다리를 갖고 있지 않아서 지그재그로 달려왔다. 상대방의 동태를 살피며 처음 거리의 거의 두 배를 달려왔는데도 시간은 처음과 마찬가지로 이십 초가 걸렸다. 정원으로 날아드는 물건은 없었지만 우리는 아낌없이 그의 용기를 칭찬해주었다. 그는 만면에 미소를 띠며 내게 탈수통을 돌려주었다. 내가 그들의 보온병에 뜨거운 차를 채워주자, 그들은 다시 계단으로 몰려갔다. 이번 모험으로 우리는 많이 가까워진 것 같았다.

─안녕, 톰! 안녕, 잭! 조심하슈!

─그래야죠. 안녕, 헨리!

내무성에서 흘러나온 성보가 기자들 사이에 돌고 있는 것 같았다. 사람들은 경찰과 교도행정관들이 이번 주 화요일에 교도소를 비우기를 원한다는 것을 알고 있었다. 섹스와 관련된 죄목의 죄수들 중에서 거세되고 고문당한 십여 구의 시체가 발견되었다는 소문은 아직 부인된 바 없었다. 폭동 첫날 저녁에 당국에 항복한 한 젊은 죄수는, 일반 죄수들 모두가 이들을 미워했으며, 이들은 자신들이 수감된 건물 창살에 매달린 채로 경찰에 발견되었다고 BBC에 털어놓았다. 대영제국 내 모든 교도소에 이런 폭동이 전파될지 모른다는 두려움이 확산되고 있었다. 바로 오늘이 해방의 날인 것 같았다. 그래서 나는 오전에 우리집 뒤편 창가에 자리잡고 있는 또다른 여섯 명의 리포터들을 방문했다. 우리집은 카메라 셔터 누르는 소리로 온통 벌집이 되었다. 어떤 사진기자들은 어깨에 서너 개의 카메라를 메고 명사수 같은 능숙한 솜씨로 셔터를 눌러댔다. 나는 그들이 모두 같은 방향에서 사진을 찍으면 진실을 보여주지 못할 거라고 말해주고 싶었지만 참았다. 교도소 근처에 있는 집들 중에서 낮 시간 동안 개방되는 집은 우리집뿐이라는 사실을 알게 된 나는 입장료를 두 배로 올려서 일인당 20파운드씩 받기로 했다. 그래서 두 시간 동안 120파운드를 벌었다. 사정을 말하자면, 나는 본의 아니게 실직을 해서 낮에 집에 있었지만, 노동자이거나 점원인 이웃들은 새벽에 일을 나가 날이 저물어야 집에 돌아오기 때문에 집을 빌려줄 수 없었던 것이다.

무심코 시계를 보니 정확히 11시 23분이었다. 다락방으로부터 잭의 고함 소리가 들려왔다. 나는 정원 입구로 달려갔다. 교도소 지붕 꼭대기에서 세 명의 죄수가 적어도 20미터는 되어 보이는 대형 플래카드를 펼치고 있었다. 거기에는 '스트레인지웨이즈에 죽은 자는 없다'라고 씌어 있었다. BBC가 방송에 내보낸, 거세되어 교수형을 당한 죄수들에 대한 우스꽝스러운 정보를 부인하려는 의도인 것 같았다. 그때 방탄 트럭 두 대가 물대포를 싣고 파편 더미 속을 누비며 골목길을 지나갔다. 월계수 너머로, 대포들이 회전하다가 공중에서 방향을 잡고 몇 초간 멈춘 후, 군인들 표현대로 '발사'되는 것이 보였다. 카메라의 셔터들이 일시에 소리를 냈다. 셔터를 누르기 위한 손이 서너 개씩 되는 것처럼 말이다. 물대포가 작동뇌는 것을 본 것은 이번이 처음이었다. 대포가 뿜어내는, 마치 대리석처럼 매끄럽고 단단해 보이는 물줄기는 지붕 위에서 곡예를 하고 있는 폭도들로부터 불과 오륙 미

31

터 떨어진 곳까지 날아갔고, 폭도들은 근처의 굴뚝 받침대 위로 도망쳤다. 그러나 그다지 겁을 먹은 것 같지는 않았다. 오히려 유머감각을 과시라도 하려는 듯, 우리가 보는 앞에서 옷을 벗더니, 샤워하는 시늉을 했다. 등을 문지르고, 겨드랑이를 씻고, 사타구니에 비누질을 해댔다. 펌프질 소리, 뿜어나간 물줄기에 부딪혀 기왓장이 떨어져나가는 소리, 지붕이 삐걱거리는 소리가 공기를 온통 진동시켜 말소리가 들리지 않을 정도였다. 물탱크가 비워지기가 무섭게 트럭들은 하늘로 뿜어져나간 물줄기가 돌로 변하기라도 한 것처럼 비 쏟아지듯 날아드는 건물 잔해의 파편들을 맞으며 오던 길을 되짚어 정문 쪽으로 달려갔다. 울타리 쪽에서는 죄수들의 모습이 보이지 않았고, 그들의 공격이 무차별적인 만큼 물세례는 더욱더 강렬해졌다. 나 역시 파편 세례를 감수해야 했다. 그러다가 갑자기 평온해진 듯했다. 나는 더이상 참을 수가 없었다. 쓰레기 봉지를 움켜쥐고, 탈수통 양옆 고리에 묶은 굵은 고무줄을 턱 밑에 걸어 철모처럼 머리에 고정시킨 뒤, 정원에 널려 있는 잡동사니들을 주워담기 시작했다. 이런 대재난 앞에 무기력할 수밖에 없는 것이 속상했다. 하지만 루이즈는 아무렇지도 않은 듯 열심히 일을 했다. 한 시간쯤 후, 온갖 잡동사니 쓰레기—돌부터 시작해서 납 파이프, 90도짜리 작은 술병, 작은 바이스 실패처럼 감긴 구리선, 말굽, 전기 계량기, 몽키스패너—가 커다란 두 개의 봉지에 꽉 찼을 무렵, 내 발 앞에서 불과 일 미터밖에 떨어지지 않은 잔디밭에 벽돌 한 장과 녹아내린 라디에이터 파편 한 조각이 떨어졌다. 퍽! 퍽! 질겁을 한 나는 아직 끝나지 않은 소란에 분통을 터뜨리며 물러나고 말았다. 구운 베이컨 한 조각과 계란 두 개로 허기를 떼우고 있을 때, 사진 기자들은 떠났다. 나는 톰과 잭에게 오후 내내 집을 비울 거라고 알리고는 산책을 나섰다. 정원사를 찾아가 정원을 보호하기 위한 덮개를 하나 구입할 생각이었다. 오클랜드까지 버스를 타고, 내려서 오 분쯤 걸으면 맨체스터 북쪽에 시골 냄새가 풍기는 한적한 마을이 나타난다. 으리으리한 대저택들이 늘어서 있는 셔브룩 애비뉴를 지나면, 오른쪽에 로메오의 가게가 있는 좁은 거리가 나타난다. 그 거리는 도로관리과의 손길이 미치지 않는 곳 같다. 차도는 움푹 패어 있고 인도는 파헤쳐져 있다. 그러나 내 생각은 다른 데 가 있었다. 루이즈에 대한 생각, 그리고 머릿속에서 막연하게 커가는 어떤 위험에 대한 것이었다. 그러느라고 발 아래 무엇이 있는지 미처 보지 못해 오른발을 두 번이나 진흙탕 속에 빠뜨렸다. 제기랄! 빌어먹을! 나는 화가 잔뜩 나서 가게 안으로 들어섰다. 인사는 하는 둥 마는 둥 하고 바지 아랫단과 구두를 닦기 위해 스펀지와 물을 가져다달라고 엘리자베스에게 부탁했다. 나는 그녀에게 "고마워, 줄리엣" 하며 속삭이듯 말했고, 매번 그러듯 그녀는 얼굴을 붉히며 내게 대꾸했다.

—결말이 어떻게 날 것 같아? 우릴 모두 매장시킬 셈이야?

하지만 오늘은 내가 그녀에게 불평했다.

—공연히 불길한 생각 들게 하지 마.

그러나 그녀는 내 말을 알아듣지 못했다.

가게는 넓었다. 각종 새와 알록달록한 앵무새들이 세 개의 커다란 새장 안에서 울어댔고, 햄스터들은 나무로 만든 바퀴—움직일 때마다 작은 종이 울렸다—안에서 달리기를 하며 날카로운 비명을 질러댔다. 습기와 꽃냄새, 묘목과 곡식 냄새가 어찌나 강하던지 기름 공장에라도 들어온 것 같았다. 신발과 바지에 묻은 진흙을 물에 적신 스펀지로 깨끗이 닦아낸 후에야 기분이 좀 나아졌다.

—로메오는 저기 있나?

—응, 어떻게 가는지 알지?

나는 벽면이 선반과 서랍으로 꽉 찬 어두운 가게 뒷방으로 들어가 귀머거리이면서 벙어리인 찰스를 만났다. 그는 잿빛 셔츠를 입고 낡아빠진 회전의자에 앉아 책상 위에 거의 엎드린 자세로 계산을 하고, 재고를 정리하고, 주문서를 작성하고 있었다. 그는 누군가 방에 들어온 기척을 눈치채고, 이마와 콧등에 주름을 잡으며 머리만 약간 들어 안경 너머로 나를 쳐다보았다. 윗입술은 위로 말려올라가 있었고 콧소리로 무언가 중얼거리고 있었다. 나를 알아보자 대번에 미소가 번지며 얼굴이 환해졌다. 갑자기 할말이 없어진 나는 "잘 지냈어, 찰스?"라고 말한 후, 정원 쪽으로 나 있는 안쪽 문으로 다가갔다. 2천 평방미터나 되는 정원에는 땅바닥과 용기에 저장된 온갖 식물들이 있었다. 앞치마를 두른 로메오가 경운기를 탄 아우구스투스 황제처럼 자신만만하게 마음껏 누비고 다닐 수 있도록, 널찍한 통로들에는 가는 끈으로 경계가 표시되어 있었다. 나는 통로들 중 한 곳으로 들어섰다. 십여 미터 떨어진 곳에는 두 명의 조수가 있었다. 그들은 스코틀랜드 출신의 쌍둥이로, 12년 전부터 로메오의 손발이 되어 일을 돕고 있었다. 그들은 흙에 비료를 주고 화분을 비우고 옮겨 심고 뽑아내기도 하고 접수를 받고 짐을 풀고 다시 포장하기도 하는데, 지금은 퇴비를 만지고 있었다. 나는 그들이 일을 끝낼 때까지 기다릴 수가 없었다. 로메오는 진달래 온실에 있다고 그들이 알려주었다. 진달래 온실은 멀리 떨어져 있었기 때문에 나는 서둘러 걸어갔다. 로메오는 잿빛과 금빛으로 비닐 코팅된 예쁜 꼬리표 위에 엉성하고 큼직한 글씨체로 품종 이름들을 써넣고 있었다. 그가 항상 통로에 뿌려놓는 재 때문에 걸을 때마다 신발 밑에서 뽀드득 뽀드득 소리가 났다. 둥근 유리 천장 아래로 들어서자, 습하고 후끈한 공기가 얼굴에 끼쳐왔고, 키 큰 동백나무의 두툼하고 반들거리는 잎새들 사이로 눈같이 하얀 로메오의 머리가 보였다.

— 재를 보충해주어야 해. 부식토만 가지고는 부족하니까. 흙갈이를 해주더라도 마찬가지야. 잘 지냈어, 헨리? 생각해봐, 널 곤란하게 만들고 있는 건 네 엄마지?

이태리 만토바 태생인 로메오의 말투에는 이태리어 악센트가 남아 있어서, 상대방이 못 알아들을 때마다 부연 설명이 필요했다. 그가 엘리자베스를 만난 것은 30년 전 코르누아유 해변에서였다. 그때 마침 바스에서 원예 학회가 있었는데, 그는 엘리자베스의 세련된 용모, 투명한 피부, 수다스럽지 않고 차분한 성격에 반했고, 영국 시골과 영국식 정원의 풍성한 나뭇잎들과 그 푸르름에 끌렸다.

— 이봐, 덮개 있나? 정원을 덮어야겠는데.

— 뭐라구? 정원을 덮는다구? 그럼 오백 평방미터짜리 덮개가 필요하겠군? 너…… 너 혹시 서커스 무대를 꾸미려는 거 아냐? 그렇다면 나를 광대 아코디언 연주자로 고용해줘.

―웃기지 마, 로메오, 나는 밤낮없이 폭격을 당하고 있단 말이야. 무슨 대책이든 마련해야 해!

로메오는 내 말을 알아듣지 못했다. 나는 로메오에게, 도대체 텔레비전 뉴스를 보기는 하느냐고 물었다. 그랬더니 그는 버럭 화를 냈다.

―내가 야만인인 줄 알아? 난 정오 뉴스와 저녁 뉴스를 꼭 본다구! 대처 일당이 인두세로 국민들에게 바가지를 씌우려 하고 있지! 그녀가 시위대에 기마 경찰대를 보내서…….

―그 얘기가 아니고…… 폭동이…….

―스트레인지웨이즈에서 말이지? 바로 어제 저녁에 내가 엘리자베스에게 그 얘기를 했어. 이런 식으로 나가다가는 우리의 헨리가 다시 일자리를 잃고 말 거라고 말이야.

나는 못 들은 척 잠자코 있다가, 그가 내 말을 끊었던 곳에서 다시 이야기를 시작했다. 내가 상황 설명을 하자, 그는 내 말에 맞장구를 쳤다. 저런! 제기랄! 오, 주여! 이럴 수가! 등등.

―하지만 내겐 오백 평방미터나 되는 덮개 같은 건 없어! 그런 건 존재하지도 않을걸? 설사 있다고 해도 설치할 수가 없을 거야. 얼마나 무거운데. 지상 일 미터 정도 높이에는 설치해야할 텐데, 그러면 나무들은 어떻게 해? 그것까지 생각해봤어? 사월의 햇살을 못 받으면 식물들은 자라지 못하고 모두 노랗게 시들어버릴 거야. 그건 안 되지. 네게 필요한 건 오히려 묘판과 상자 안의 어린 나무들을 보호할 그물이야. 그게 훨씬 가볍고 다루기도 편하지. 오십 평방미터짜리 그물이 있으니까 이어서 쓰면돼. 쉽게 이을 수 있을 거야.

우리는 온실을 나와, 물결 모양의 슬레이트로 지은 창고로 갔다. 그곳에는 로메오의 붉은색 자동 경작기와 갖가지 도구들이 있었다. 그는 강화 플라스틱으로 만든 가벼운 그물을 내게 보여주었다.

―문제는 이게 두 개밖에 없다는 거야. 여덟 개를 더 주문해야 돼. 일 주일쯤 걸릴 텐데, 그때쯤이면 폭동은 다 끝나겠지. 네가 월요일 아침에 와서 얘기를 했으면, 바로 주문을 해서 내일 정오쯤에는 가져갈 수 있었을 텐데…… 차라리 미식축구 선수 유니폼을 사는 게 어때? 그러면 너는 달려나가, 날아오는 돌을 잡을 수 있을 거구…… 그러면 다시 젊은이가 될 거구!

―웃을 일이 아니야, 로메오. 난 지금 농담할 기분이 아니라구…….

―이틀만 지나면 끝날 거야. 시간이 약이야. 정원은 그때 가서 고치자구!

나는 답답한 마음으로 돌아오는 버스에 올라탔다. 해질녘의 도시는 추적추적 내리는 이슬비로 뿌옇게 흐려져 있었다. 로메오는 사태의 심각성을 제대로 깨닫지 못했다. 어쩌면 그로서는 그게 더 나을지도 모르겠다. 한편 루이즈는 대단히 동정적이었다. 어제 우리집에 들렀을 때, 그녀는 폐허가 되어버린 정원을 촬영하는 데 필름을 반 통이나 썼으니 말이다. 나는 상심한 나머지 내려야 할 정류장을 놓쳐버렸다. 지금까지 나는 평온한 은퇴를 꿈꾸고 있었나. 은퇴를 하면 주말마다 리버풀에 있는 어머니 집에 가서 프린시스 도크의 부둣가에 앉아 줄낚시를 즐길 생각이었다. 강어귀에서 조용한 노년을 보내려던 내가 은퇴도 하기 전에, 사방에서 나를 침몰시키려는 사태가 벌어지고 있는 것이다. 나는 다음 역인 오크 스트리트에서 내려, 수잔의 술집에 들렀다. 그곳은 그녀의 왕국이었고, 그녀는 여왕처럼 군림했다. 고색창연한 목재 벽면 위에는 '수잔 카를로스 심슨', 그리고 좀 띄어서 '주점'이라고 적혀 있었다. T자형 철제 지주에 매달려 있는 1파인트짜리 도자기잔이 문 위에서 바람에 삐걱거리고 있었다. 저녁 6시, 바에 있는 손님이 여섯, 홀에 있는 손님이 십여 명, 그리고 두 명의 웨이터가 수잔을 도와 서빙을 하고 있었다. 언제나처럼 세탁비누 냄새, 젖은 걸레 냄새, 그리고 꺼져가는 담배 냄새가 났다. 내가 기네스를 한잔 마시려고 카운터로 갔더니, 수잔이 내게 눈을 찡긋해 보이며 말했다.

— 당신도 저 커플을 알죠, 헨리? 저쪽 구석 말예요. 저 연인들을 위해서 샌드위치를 준비하는 중이에요. 배가 고프다고 하길래. 갖다 주고 와서 얘기하자구요…….

— 그렇게 말하니까, 내가 꼭 병석에 누워 있는 노인네라도 된 기분이군.

— 기분이 안 좋은 모양인데? 아니면 뭐 걱정거리라도?…… 어쨌든 갔다올게요.

나는 테이블에 자리를 잡고 앉아 그 날짜 『선』지를 뒤적였다. 커버 스토리로 폭도들의 항복이 임박했음을 알리고 있었다. 1560명의 죄수들이 다른 감옥으로 이송되었고, 80명의 폭도들만 남아 건물을 점령하고 있었다. 수잔이 나를 위해 기네스 한잔을 더 가지고 와서 내 옆에 앉았다. 정말 멋진 여자다. 농부처럼 굵은 뼈대, 넓은 엉덩이, 풍만한 가슴, 건장한 어깨, 선녀 같은 손, 에메랄드빛으로 칠한 마녀 같은 손톱, 역시 에메랄드빛 눈동자. 얼굴에는 주근깨가 있고, 웨이브가 있는 붉은 머리칼은 어깨 위에서 물결친다.

—빨간 머리 여자들이 모두 그렇듯이, 수잔, 당신도 불행한 여자야. 내가 당신의 예쁜 엉덩이를 만져주지 못하니……

—이런 바람둥이 늙은이 같으니! 무슨 생각을 하는 거예요? 기운 좀 차려봐요. 도대체 왜 그렇게 저기압이에요?

수잔은 향수 냄새와 관능적인 태도로 손님들을 끄는 은근한 매력을 지니고 있다. 단골 손님들은 각자 자신이 그녀와 아주 가깝다고 느끼는데, 이것은 그녀만의 대단한 능력이다.

—멍청한 소리 그만 하고, 감옥에서 무슨 일이 일어나고 있는지나 얘기해봐요.

—신문에 난 그대로야. 하지만 나를 포함해서 그 주변에 살고 있는 사람들에겐 훨씬 더 드라마틱한 일이지. 주변 주택가로 오발탄이 날아들고 있거든…… 그런 곳 가까이에 집들을 지었다는 것부터가 문제지!

—공동묘지 근처에 사는 것보다는 낫잖아요. 활기라도 있고…….

—그건 또 무슨 소리야?

—화내지 말아요. 내가 펜위크 공동묘지 입구로부터 이십 미터밖에 안 되는 곳에서 사 년 동안이나 살았다는 거 모르죠? 시외곽 지역에서는 감옥이나 공동묘지, 아니면 다 무너져가는 구제원 근처에 있는 집밖에 만날 수 없다는 거 잘 알잖아요.

—당분간 날아들 것은 기왓장뿐이야…….

나는 로메오에게 그랬던 것처럼 그녀에게도 이웃집들의 정원과 지붕이 어떤 상태인지 말해주었다. 같은 이야기를 반복해서 하다 보니, 끝없는 절망감이 엄습했다.

—당신은 아직 더 일할 수 있어요. 그건 내가 잘 알아요. …… 우리 가게에 나와서 나를 도와 로스트 비프와 샐러드를 만드는 건 어때요? 한 가지 주의할 건 있어요. 우리 가게 손님들에게는, 감옥의 죄수들에게 하던 것보다는 더 친절하게 대해야 해요!

나는 뭐라고 대답해야 할지 몰랐다. 아무튼 그것은 상당히 유혹적인 초대였다. 루이즈가 다시 돌아오지 않고 내 집에 아무 문제도 일어나지 않는다면…….

—고마워, 수잔. 고마운 얘기야, 아무렴…… 하지만 루이즈에게 이야기를 해야지. 아무렴, 해야지…….

—그러니까 당신 지금 루이즈란 여자와 사귀고 있는데 내게 숨겼다 이거예요?

—말하자면 현재 진행중이야…… 가까워지고 있지.

—아무튼 당신 지금 개 같은 기분이겠군요! 괴로운 일이죠!

—『앙글리칸 트리뷴』이라고 알아? 정기구독자가 이만이고, 발행부수가 육만이래.

—몰라요. 그런데 왜? 혹시 당신…….

—아무것도 아냐. 당신 제안에 대해서는 다음주에 대답해줄게, 오케이?

—당신 좋을 대로, 헨리 블레인.

수잔의 가게를 나설 때는 좀 기운이 났다. 벌써 밤이었다. 번쩍이는 네온과 가로등 불빛을 받으며 나는 산책 나온 사람처럼 홀가분하게 아스팔트 위를 성큼성큼 걸었다. 쇼윈도의 반짝이는 불빛들에 시선을 뺏기며 동네 입구까지 왔다. 평소에는 사람들의 왕래가 거의 없는 동네였는데 일요일 이후로는 사람들로 북적거렸다. 주변 동네 사람들이 하루 일을 끝내고 구경 삼아 교도소 주변으로 몰려들었기 때문이다. 경찰이 스트레인지웨이즈 주위 칠십 미터 이내로는 접근을 막고 있던 터라, 사람들은 저지선 안의 분위기가 어떤지 몹시 궁금해했다. 교도소 주변을 통과하는 간선 도로들에서는 담장만 바라다보일 뿐이었고, 폭동에 대해서는 아무것도 알 수 없었다. 최루탄과 몰로토프 칵테일(화염병의 일종—옮긴이)의 폭발음만 간간이 들려왔다. 화재는 곧바로 진압된 듯했다. 나는 걸음을 재촉했다. 우리집 앞 도로와 교도소 정문 앞을 지나가는 도로가 만나는 지점에는 초콜릿과 솜사탕을 파는 장사꾼이 있어서, 초콜릿과 설탕 냄새가 보초를 서고 있는 경찰들의 후각을 자극하고 있었다. 나는 우편함을 뒤져보았다. 하지만 광고 전단만 가득하고 루이즈로부터는 아무런 소식도 없었다. 허전하고 쓸쓸하게 보내게 될 저녁 시간이 걱정되었다. 나는 셰리주 한 병과 잔 세 개를 가지고 다락방으로 올라갔다. 톰과 잭은 할 일이 없어 보였다. 그들은 등받이 없는 의자에 앉아 무릎에 팔꿈치를 괴고 BBC1을 시청하고 있었다. 화면에는 이라크에 관한 소식이 나오고 있었다. 사담 후세인과 그의 가족이 나왔다. 그들은 자신들의 아파트에 있었는데, 다소 긴장이 풀리고 이국적인 사세였다. 모두들 미소짓고 있었으며, 색색가지 꽃들이 피어 있고 시원해 보이는 실내 정원에서는 분수대의 물소리가 들렸다. 모자이크 화면이 아름답다. 카메라는 땅에서 벽으로 이

동한다. 배경이 아름답고, 사람들도 아름답다. 나도 저렇게 안락한 삶을 살아보고 싶다. 기적이 없는 이런 삶이 지겹다.

—경쟁사의 화면을 보고 계시우? 놀랍군.

—아, 1TV는 지금 오락 프로를 하거든요. 그래서 제이티JT를 기다리는 동안 잠깐…….

—뭘 기다려요?

—텔레비전 뉴스Journal Télévisé요…… 오늘도 별볼일 없어요! 그들이 공격을 해올 거라고 생각했는데, 물대포 세 방에 모두 도망쳐버렸어요. 이 분짜리 화면이나 만들면 다행이지요: 사람들은 경찰이 던진 게 무언지 궁금해하고 있어요. 내무성 관계자들이 나바론의 대포 같은 볼거리를 제공한 게 전부지요!

—오늘 아침 내가 위험을 무릅쓰고 정원 구석에 사다리를 가져다 놓은 걸 생각하면 정말.

잭이 지적했다.

—그래요. 특히 내가 내일 지그재그로 나아가기 위해선 그게 꼭 필요하다구요!

잭의 얼굴이 창백해졌다. 나는 그들의 잔에 셰리주를 가득 부어주었다.

—자, 우리의 앞날을 위하여! 그런데 당신들 내일도 올 거요?

—지시는 받지 못했지만, 아마 오게 될 겁니다.

—당신들이 내게 낸 선금은 사십팔 시간으로 끝나고 내일부터는 재계약을 해야 하니까, 당신네 상관에게 미리 이야기를 해야 하는데…… 하지만 그건 문제가 아니네, 톰. 자네들은 내게 매우 호의적이지만, 사태는 그렇지 않다는 게 문제지. 자, 한 잔

더, 건배!

여전히 나를 불안하게 하는 상황 때문에 그들은 당혹스러워하며 나를 안쓰럽게 여겼다. 나는 그들과 후세인의 처자식들을 뒤로 하고 아래층으로 내려와 저녁식사를 준비했다. 감자와 양배추와 샐러리로 만든 샐러드를 곁들인 찬 닭고기, 그리고 호두와 요구르트. 나는 큰 접시에 음식을 담아 소파로 가지고 가 텔레비전 앞에 앉았다. 1TV를 틀어놓고 오락 프로를 보면서 뉴스를 기다렸다. 천만다행으로 25분가량의 여유가 있었다. 막 식사를 끝마쳤을 때 헤드라인 뉴스와 사건 화면과 음악이 나왔다. 스트레인지웨이즈의 폭동은 더이상 중요한 사건이 아니었다. 폭동에 관한 뉴스를 보기 위해 나는 인두세 문제, 8퍼센트의 인플레, 두 달째 계속해서 감소하는 실업률에 관한 뉴스를 보아야 했다. 백명의 죄수들이 여전히 남쪽과 동쪽에 있는 건물 네 개를 점령하고 있다는 설명과 함께 헬리콥터에서 찍은 화면이 나왔다. 지붕에 난 구멍들이 보였다. 검게 타서 생긴 구멍들이었다. 뒤이어 우리집에서 찍은 사진들도 나왔다. 진행자는 폭도들이 BBC의 전파를 타고 퍼져나간 소문, 즉 스트레인지웨이즈에서 열세 명의 죄수가 목매달려 죽었다는 소문을 부인하려는 의지를 가지고 있다고 말했다. 오늘 아침 우리집 정원에서 보았던 장면이 화면에 나왔다. 세 명의 죄수가 '스트레인지웨이즈에 죽은 자는 없다'라고 쓴 플래카드를 펼쳐 보이고 나서 굴뚝의 받침대 위에서 샤워하는 시늉을 했다. 진행자도 웃지 않을 수 없었을 것이다. 화면이 바뀌자 진행자는 예고되었던 항복은 오늘 없었다고 말한후, 다시 심각한 어조로 폭동의 또다른 희생자들이 있다는 것을 언급했다. 그들은 감옥 주변에 사는 사람들로, 교도소로부터 날아든 집기와 돌들 때문에 그들의 정원과 지붕이 크게 파손되었다고 했다. 저건 나다! 이번엔 내가 화면에 나왔다. 밤하늘에 조명이 눈부시다. 뺨과 턱이 푸른 기가 도는 검은색이다. 삼 일 동안 깎지 못한 수염과 쑥 들어간 눈 때문에 나는 난민 같은 얼굴을 하고 있다. 몸이 몹시 불편한 사람처럼 부들부들 떨며 약간 과장된 몸짓으로 정원을 가리킨다. 내가 뻗은 팔 끝에는 세상의 종말처럼 폐허가 된 장소가 펼쳐진다. 나는 그런 내 모습이 만족스럽다. 나는 동정심을 불러일으키는 존중받을 만한 희생자다. 조명이 아래로부터 비쳐서 광대뼈와 이마 위의 붉은 반점이 드러난 내 얼굴이 마치 드라큘라처럼 보이지만 않았다면 나는 퍽 만족했을 것이다. 나는 흥분으로 떨리는, 그리고 무척 인간적인 목소리로 말하고 있다. "스트레인지웨이즈가 쑥대밭이 되면서 감옥 주변의 불쌍한 우리집들도 쑥대밭이 되었습니다!" 진행자는 이 서민적인 동네 주민들의 피해는 누가 보상해줄 것인가 반문하고 나서 다음 뉴스로 넘어갔다. 이번에는 일본과 미국 사이의 무역 긴장 문제다. 나는 텔레비전을 끄고, 들고 있던 맥주잔을 단숨에 비우고 나서, 계단을 네 칸씩 뛰어 다락방으로 올라갔다. 톰과 잭이 공모자의 미소를 머금은 채 나를 맞았다. 나는 그들을 끌어안고 싶었지만, 자제하고 목소리를 높여 말했다.

　—동지들 만세! 멋진 취재야, 진실되고 감동적인. 하지만 좀 우습게 편집이 되어서…… 안 그런가? 어떻게 된 건지 사람들이 알면…….

　—축하를 받아야 하는 건 바로 당신이오, 헨리. 당신이 화면에

나왔으니까.

그들은 그날 저녁엔 별다른 일이 일어나지 않을 거라고 말했고, 노트북 컴퓨터로 본사와 연락을 취한 후 집으로 돌아갔다. 나는 문 앞까지 그들을 배웅했고, 그들은 내가 권하는 마지막 한 잔을 거절했다. 작별 인사를 나누려는데 전화벨이 울렸다. 나는 서둘러 식당으로 가다가 접시를 엎었다. 감자가 바닥으로 쏟아지고 요구르트가 양모 카펫을 적셔 몹시 화가 났지만, 혹시 루이즈가 내 인터뷰에 대해 의견을 말하려고 전화한 게 아닌가 싶어 얼른 수화기를 들었다.

—여보세요?

수화기 속에서는 유리잔 부딪치는 소리와 사람들이 떠드는 소리가 간간이 끼여드는 가운데 귀가 먹먹할 정도의 웅웅거림만 들려왔다.

—여보세요?

—헨리? 나 수잔이에요! 내 말 들려요? 난 사람들 소리 때문에 잘 안 들리거든요. 당신 텔레비전에 나왔던데, 봤겠죠? 아주 그럴듯했어요! 약간 아메리칸 인디언처럼 나오긴 했지만, 그야 뭐 기술상의 문제고. 우리 단골 손님들이 옛친구 헨리를 알아보더라구요. 당신이 우리 주방에 일하러 와준다면 우리는 대환영이에요!

—아, 수잔! 고마워. 너무 감동해서 당장 하겠다고 말하고 싶을 정노야……

—아뇨, 아직 시간은 있어요! 그냥 당신이 텔레비전에 나왔길래…… 사람들이 모두 당신을 보고 싶어해요! 그래서 전화를 하

지 않을 수 없었어요…… 헨리, 여기 있는 손님들이 당신 집으로 가서 직접 눈으로 확인을 하고 싶대요. 윌리 얘기로는, 당신은 지금 최전방에 있는 거래요.

—이것 참…… 말하기 곤란한데, 수잔. 입장료가 있어…… 기자들과 구경꾼들한테는 돈을 받아. 물론 당신은 공짜지만. 그냥 산책객들에게는 반만 받아. 그들은 무슨 이익을 얻자고 오는 건 아니니까. 그래서 십 파운드야. 이것도 큰 고역이야, 이해하겠어? 우리집 주소가 공개되고, 나는 손님을 받고…….

—알았어요. 어쨌거나 방향감각 잃지 말도록 해요! 본의가 아니라는 것도 잘 알리구요…… 당신은 이 사건 때문에 본의 아니게 사업수완을 발휘할 기회를 갖게 되었군요…… 아무튼 입장료가 있다는 걸 사람들에게 알릴게요. 나는 초대손님으로 갈 수 있겠죠? 그럼 안녕, 헨리.

나는 수잔을 무척 좋아한다. 은근히 비꼬는 듯한 그녀의 말투가 신경을 건드리긴 했지만, 입장료 수입을 포기할 수는 없었다. 그것은 피해에 대한 보상이기 때문이다. 의회와 내무성이 이 부근을 재해 지역으로 선포하지 않는다면 나는 보험회사로부터 손해배상을 한푼도 받지 못할 것이다. 어쨌든 나는 TV 출연의 효력에 아주 만족했다. 조만간 나는 수잔의 가게에서 축하를 받게 될 것 같다. 더 생각을 이어갈 새도 없이 또 전화벨이 울린다. 곧바로 수화기를 들었다.

—여보세요?

—헨리? 이 순진한 친구야! 고생이 많겠어, 자네! 오늘 오후에 자네에게 너무 섭섭하게 대한 것 같아 마음에 걸려. 텔레비전에

서 정원 모습을 보고서야 사태의 심각성을 깨달았어! 제기랄! 엘리자베스가 나를 진정시켜줬지…… 안 그래, 엘리자? 나는 꼭 감전된 사람 같았다구. 그렇지, 엘리자? 그 엄청난 증오와 폭력 이라니! 물론, 부당하게 갇히거나 선고를 받은 사람들도 있겠지. 하지만 어떻게 그럴 수가! 정말이지 그 불한당들에게 이가 갈려! 아, 헨리!

─로메오! 그렇게 생각해줘서 고마워!

─너무 걱정하지 마. 이 악몽이 끝나면 내가 자네 에덴 동산을 손봐줄 테니까. 날 믿어! 피해 정도를 살펴보기 위해 찰스와 엘리자도 함께 데리고 갈게. 가서 커피도 한잔 하고. 그런데 자네 집이 조망대(眺望臺)…… 에…… 그러니까 뭐랄까, 사건의 무대를 한눈에 볼 수 있는 특별석이 된 것 같아. 자네 눈앞에 펼쳐진 광경은 비극임이 틀림없지만, 그래도 자네는 영광스럽게도 매스컴을 탔고, 연기도 잘했잖나. 무고한 구경꾼…… 역사 속의 고발자가 된 셈이군!

로메오는 원래 원예가는 아니다. 그는 고상하고 품위 있는 정원사다. 그는 삶 속에서 영국과 이태리를 잘 조화시킬 줄 아는 교양 있는 사람이다. 프랑스 식이나 이태리식 정원에 대해, 또는 영국식이나 일본식 정원에 대해 그와 함께 이야기를 나눌 때면, 내가 유식하고, 교양 있고, 감수성이 예민한 사람이 된 기분이 든다!…… 색채감각을 지닌 사람이 된 것 같고, 나무를 알아보며, 크고 삭은 가지 중 어느 것을 쳐줄지, 어느 정도 공간을 줘야 할지 알 것만 같다! 언젠가 우리가 진짜 친구가 되면 셰익스피어에 대해서도 이야기할 날이 올 것이다. 아직까지는 나는 그의 오랜 고객 중 한 사람일 뿐이다. 그가 우리집에 와주는 것도 이번이 처음이다. 그는 사진과 도면을 통해서 우리집 정원을 알고 있는데, 나는 그가 내 작품인 우리집 정원을 감상하러 와주지 않는 것을 늘 유감스럽게 생각해왔다. 그런데 일이 묘하게 꼬여서, 정원이 망가지고 나서야 그가 방문을 하겠다는 것이다. 나는 셰리주 잔을 비운 후, 카펫에 엎질러진 요구르트를 닦고, 소파 밑으로 굴러들어간 감자를 줍고, 식당·거실·서재를 겸한 원룸을 좀 정리하고 싶었다. 나는 이번 인터뷰가 별로 불만스럽지는 않았다. 이웃들은 내가 공동의 문제의 대변인 역할을 해준 데 대해 감사할 것이고, 어쩌면 이 참에 스트레인지웨이즈 주변 주민들의 사생활 보호를 위해 조합을 만들지도 모른다. 교도소 안에서 차지하고 있는 위치 때문에 아마도 내가 그 조합의 회장을 맡기는 곤란하겠지만, 상관없다. 나는 장(長) 자리에 대한 욕심은 없다. 주방으로 만족한다. 방을 정리할 틈도 없이 전화벨은 계속 울려댔다. 교도관 친구들, 주방장 보조로 일하는 친구, 일 년 전부터 감감무소식이던 옛친구들로부터 온 전화였다. 축하가 쏟아졌다. 현장을 보러 가족이나 이웃을 데리고 오고 싶다는 요청도 많았다. 나는 입장료가 있다고 알려주면서, 돈을 내기 싫은 사람은 집에 얌전히 처박혀 있으라고 말했다! 수화기를 들 적마다, 루이즈의 전화이기를 간절히 바라다가 점점 화가 난 나는, 축하의 말도 칭찬의 말도 다 귀찮아졌다. 밤 11시. 저녁 시간 동안 한 일이 아무것도 없었다. 젖은 걸레를 가지고 부엌에서 나오자 또 전화벨이 울렸다. 그것이 그날 내가 받은 마지막 전화였다.

─여보세요?

—나다, 헨리. 저녁 내내 통화중이더구나. 이게 무슨 희극이냐? 네가 런던의 폭발에 대해 말하는 줄 알겠더라, 애야. V1, V2(2차 세계대전 말기에 독일군이 사용한 로켓탄―옮긴이)가 떨어졌다는 거냐, 별똥별이 떨어졌다는 거냐! 화성이 지구를 공격한 건 아니구? 얌전히 있거라, 헨리! 네가 누구냐? 훈장을 받은 이 엄마의 아들 아니냐! 네 백발과 우스꽝스러운 분장 때문에 마치 전방에서 막 돌아온 군인 같더구나. 어찌나 우습던지! 난 내일 친목회 회원들과 점심을 먹을 건데, 그 미망인들에게 뭐라고 해야겠니? 난 처음엔 너무 행복해서 "내 아들 헨리가 텔레비전에 나왔다!" 하고 소리를 질렀어. 그런데 이게 뭐냐? 더이상 집에 머물 수가 없더라. 넌 내게 사과해야 해. 난 지금 하틀리 집에서 전화하는 거다. 일 주일 후에 다시 전화하자. 사랑한다, 헨리.

그날은 추운 날이었다. 난방 온도를 최고로 높였는데도, 몸이 떨렸다. 허리부터 떨려오기 시작하더니 어깨까지 떨리고 머리도 아팠다. 아마도 감기에 걸린 것 같았다. 아스피린 두 알을 먹고 뜨끈한 차를 끓였다. 셰리주 잔을 끝까지 비우면서 참았다. 어머니는 87세의 나이에도 권위의식을 조금도 잃지 않고 있다. 그것은 자신의 영웅적인 과거, 남편의 자랑스러운 과거, 그리고 아들의 죽음에서 나오는 것이다. 나의 형은 스핏파이어(영국 전투기―옮긴이)를 타는 영국 공군의 젊은 파일럿이었는데, 임무를 마치고 돌아오는 길에 영불 해협 상공에서 사고로 죽었다. 어머니는 가족의 권위를 하나의 진액으로 자신의 몸 안에 축적하고 있었다. 어머니는 제대로 보고 옳게 판단했다. 나는 우리집 정원 문제에 지나치게 빠져 있었다. 어머니가 옳았다. 내가 텔레비신에서 지나치게 과장을 했던 모양이다. 나의 연극적 취미, 즉 위대한 셰익스피어의 역사 드라마나 비극에 대한 취미가 크게 작용했던 것 같다. 오한이 멈추지 않는다. 어깨의 떨림을 억누를 수가 없다. 이에서 딱딱 소리가 난다. 어머니에게 전화해서 이렇게 말해야 할 것 같다. "엄마, 엄마의 친목회 점심 모임을 방해해서 죄송해요. 제 생각은…… 생각은…… 아니에요, 사실 특별히 생각한 것도 없었어요. 사랑하는 엄마, 이번 일은 정말 유감스럽게 생각해요……" 하지만 나는 하틀리의 전화번호를 몰랐다. 탁자 위에 남은 음식을 치우고, 카펫 위에 남은 요구르트 자국을 지우려는데, 주전자가 노래를 부른다. 나는 차를 만들고 심호흡을 한다. 눈물이 솟구친다. 몸에 열이 있는 것 같다. 소파에 앉아 차를 마시며 마음을 진정시킨다. 헨리, 진정해, 이 늙은 친구야. 늙은 길동무, 진정하라구! 잘 시간이야. 오늘만 날도 이넌데, 그만 자자구! 인생은 아직 끝나지 않았으니까.

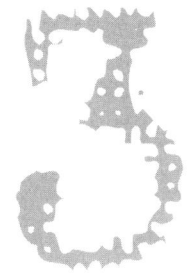

일요일 오후에 루이즈가 불쑥 나타났을 때, 나는 더이상 그녀를 기다리고 있지 않았다. 그녀는 수녀원 기숙학교의 사감 같은 옷을 벗어버리고, 굽 낮은 부드러운 가죽 단화를 신고, 무릎까지 내려오는 초록과 빨강 체크 무늬 스커트에 파란색 춘추용 재킷, 그리고 V자로 팬 목둘레에 매력적인 레이스가 달린 블라우스를 받쳐입고 있었다. 그날은 날씨가 화창했고, 그녀는 마치 봄의 천사 같았다. 그녀는 잿빛 머리를 산뜻하게 틀어올리고 있었는데, 그 모습을 보자, 나는 코에 걸치고 있는 안경을 벗고 콘택트 렌즈를 끼라고 그녀에게 충고하고 싶었다! 그녀가 먼저 내게 인사를 했다. 우리는 무슨 말부터 해야 할지 몰라 머뭇거렸다. 그녀가 내 코앞에 그 전날의 『앙글리칸 트리뷴』을 흔들어 보였다. 신문에는 월요일 날 그녀가 찍은 우리집 정원 사진이 나와 있었다. 사진 위의 '폭도들이 스트레인지웨이즈 주변 주민들에게 피해를 끼치고 있다'는 불안한 제목은 독자로 하여금 마치 폭도들이 마을을 공격하기 위해 감옥을 탈출한 것처럼 생각하도록 만들었다. 그녀는 전전날 신문도 가져왔는데, 거기에는 '폭동 둘째 날 진압군이 이미 몇 개 동(棟)을 점령했다'는 안심되는 제목과 함께 무기 공장에서 찍은 사진 두 장이 실려 있다. 좋은 샴페인이 있으니 한잔 맛보러 집 안으로 들어가자고 했더니, 그녀는 거절했다. 나는 인도 위, 특히 우리집 앞에서 어슬렁거리는 구경꾼과 기자들을 턱으로 가리키며 우리가 그들에게 구경거리가 되고 있으니 현관 앞에 계속 서 있을 수는 없다고 주장했다. 그러자 그녀는 10분 이상은 안 된다면서 안으로 들어왔다. 그녀는 단지 그녀의 신문이 나를 잊지 않고 있다는 것, 그리고 그 신문이 보통 사람들의 불행에도 무심하지 않다는 것을 보여주고 싶어했던 것인데, 그저께 내가 텔레비전 인터뷰를 함으로써 선수를 쳐버린 셈이 되었던 것이다.

　—하지만 그건 전혀 다른 문제예요, 루이즈! 오, 실례, 베이커 부인. 당신을 루이즈라고 불러도 괜찮겠지요? 루이즈, 텔레비전은 세상에 호소하는 기계일 뿐이랍니다! 나를 감동시킨 건 바로 당신 같은 누군가가 내 상황에 관심을 갖고 내 의도에 맞게 분명히 글로 표현해주었다는 점입니다.

　나는 내 말에 스스로 만족해서 그녀를 바라보며 활짝 웃었다. 그녀의 뺨이 살짝 붉어졌다. 그녀는 자유분방한 노처녀처럼 자기가 원하는 것이 무엇인지 잘 알고 있었으며, 어떤 일이든 능숙하게 넘어갔지만, 한 남자의 칭찬 앞에 무심할 수는 없는 것 같았다. 그녀는 나를 앞질러 복도로 들어갔다. 나는 그녀의 자태, 머리 모양, 곧은 등, 굴곡 있는 허리, 볼록한 엉덩이, 단단한 장딴지에 감탄했다. 아, 루이즈, 나는 손이 근질거린다. 마음만 먹으면 너를 식탁 위에 누이고, 스커트를 걷어올리고, 블라우스를 움켜쥐고, 네 목에 코를 박고 뜨거운 키스를 하며 〈여왕 폐하 만세〉(영국 국가―옮긴이)를 부를 것이다. 아, 루이즈. 그녀는 식당 쪽으로 난 문 앞에서 갑자기 낯선 표정을 한 나를 발견하고 놀라서 눈이 휘둥그레진 채 꼼짝도 하지 않고 서 있었다.

―당신 집엔 사람이 너무 많아요.

그녀는 얼떨결에 중얼거렸다.

나는 그녀의 목소리에서 단둘이 아니라는 사실에 약간 실망하는 기색이 느껴졌다고 믿고 싶었다. 촌스러운 불꽃 무늬 타일이 깔린 좁은 시멘트 테라스가 있는 정원 입구에 일곱 사람이 등을 보이고 앉아 있었다. 남자 넷에 여자 셋, 맨머리 넷에 보라색 부인용 모자 하나, 중산모 하나, 챙 달린 체크 무늬 모자 하나. 몇몇은 귓속말을 속삭이기도 하지만, 모두들 얌전히 앉아서 스트레인지웨이즈의 울타리와 지붕 쪽에 눈길을 고정시키고 있었다. 적막감이 감돈다. 아무 일도 일어나지 않았다. 그들은 1860년에 세워진 담장을 그저 응시하고 있을 뿐이었다. 의자를 차지하고 있는 사람들은 누군가로부터 소개받고 온 평범한 사람들, 한마디로 '구경꾼'들이다. 다른 부류는 현역 전문 리포터들, 간단히 말해 '리포터'들이다. 이들은 일층에서 다락방까지 마음대로 돌아다녔다. 단, 지하창고만은 출입금지 구역이다. 이들은 삼옥 쪽으로 난 창문은 어느 것이나, 아무 때나 쓸 수 있지만, 워낙 바쁘기 때문에 삼십 분 이상은 머물지 않는다. 반대로 '구경꾼'들은 내가 발급한 티켓을 가지고 낮 동안에 두 시간씩만 머물 수 있다. 시간은 입구에서 티켓에 찍어주었다. 나는 낡은 편지지 묶음을 찾아내 흰색 종이로는 구경꾼용 표를, 파란색 종이로는 리포터용 표를 만들었다. 돈벌이를 한 흔적을 남기고 싶지 않았기 때문에, 입장권은 나갈 때 다시 반납하게 했다. 내 설명을 듣고 있는, 안경 두께 때문에 더 커 보이는 루이즈의 두 눈에서 나는 찬탄과 놀라움을 엿보았다. 나는 어제 아침부터, 그러니까 텔레비전 인터뷰를 한 다음날부터 일을 더 체계적으로 처리하기 시작했다. 주문이 밀려들었기 때문이다. 수요일 하루 동안만도 열 명의 리포터와 일곱 명의 구경꾼들이 왔다. 그중 네 명은 주방장 보조인 에디와 간수—늘 투덜대고, 몸에 이가 있어서 누구 앞에서든 엉덩이를 긁적거리는 친구—의 소개로 왔고, 다른 두 명은 수잔의 단골 손님들로, 전에 그 술집에서 만난 적이 있는 사람들이었다. 열 명의 리포터들 중에 톰과 잭은 없었다. 그들은 어제 아침 그들의 프로듀서를 대동하고 왔다. 나는 입장료를 25퍼센트 할인해주었고, 그들은 그 보답으로 앞으로 어떤 일이 일어날지 상관 없이 일요일까지의 입장료를 미리 지불했다. 수요일의 경험 덕분에 나는 티켓을 발행하게 되었다. 시간 제한도 두고, 식탁 의자 네 개에, 여름에 정원에서 식사할 때 쓰는 접는 의자 세 개를 더 보태기로 했다. 어제는 아직도 바리케이드 안에 갇혀 있는 오십여 명의 죄수들 때문에 볼 만한 사건이 있었던 날이다. 그들은 우리집 정원 쪽을 향한 창문에 나타나서 우리에게 우호적인 신호를 보내왔다. 하지만 나는 아무런 대꾸도 하지 않았다. 그들은 창문들 사이에 긴 플래카드를 내걸었다. '항복 안 함.' 정오 무렵에 다시 그들 중 십여 명이 부피가 꽤 큰 쓰레기 봉지와 이틀 전 '스트레인지웨이즈에 죽은 자는 없다'라고 썼던 플래카드만큼이나 큰 플래카드를 등에 짊어지고 지붕 위로 올라갔다. 기왓장이 다 뜯겨져나가 곰조만 남은 지붕 위에 천으로 된 플래카드를 펼쳐 고정시키는 데는 족히 20분이 걸렸다. 바로 그때, 나는 그들도 텔레비전으로 내 인터뷰를 보았다는 것을 알았다. 그들이 주민들에게 입힌 손해에 대해 사과하고 있었기 때문이다. 플래카드에는 붉은 글씨로 이렇게 씌어 있었다. '죄송합니다, 주민 여러분. 폐를 끼쳐 죄송합니다!' 끝으로 그들은 쓰레기 봉지를 묶은 끈을 풀더니, 봉지 안에 팔을 쑥 집어넣고는 마치 마술사처럼 종이꽃들을 한아름씩 꺼내 거리에 뿌리기 시작했다. 그들이 작업장에서 만든 꽃이었다. 장미, 수선화, 다알리아, 백합, 마거리트. 잭은 가슴에 카메라를 끌어안고, 버밍엄 럭비팀 RCB의 센터포드처럼 단숨에 아래층으로 달려내려갔다. 내가 철모 대신 쓰던 탈수통을 내밀었지만 그는 눈길조차 주지 않았다. 그는 정원 입구에 얌전히 앉아 있는 구경꾼들을 밀치고, 곧장 정원의 나무 그늘로 달려갔다. 나뭇잎들이 부스럭거리는 소리와 함께 잭의 목소리가 들려왔다. "빌어먹을! 젠장! 우라질!" 나는 어린 나뭇가지들이 꺾이지나 않을까 걱정스러웠지만, 잭이 화를 내는 이유를 곧 알아챘다. 그는 간밤에 자기가 목숨을 걸고 가져다 놓은 그 빌어먹을 놈의 사다리를 필사적으로 찾고 있었던 것이다. 내가 부엌에서 작업을 하려면 그 사다리가 필요할지도 모른다고 그에게 미리 말해주긴 했지만, 역시 고약한 놈은 못 되는 나는 얼른 사다리를 옆구리에 끼고 그에게로 달려갔다. 거의 육십이 다 되는 나이에 숨을 헐떡이지도 않고 단숨에 달려갔으니 나도 꽤 건강한 편이다. 루이즈는 아직도 새파란 이 남자를 두 팔과 두 다리를 벌려 맞이하시라! 잭은 분을 못 이겨 얼굴이 시뻘게져 있었다. 나는 조심조심 되돌아왔다. 그가 다시 고함치는 소리가 들려왔다. "빌어먹을! 우라질! 에잇, 빌어먹을!" 곧이어 그의 머리가 월계수 위로 나타났다. 어깨 위의 카메라가 보였다. 그는 사월의 태양 아래 황폐해진 거리를 울긋불긋 수놓으며 보도 위로 부드럽게 내려앉아 굴러다니는 꽃들을 필름에 담았다. 전혀 예상치 못했던 광경이었으므로, 우리 구경꾼들은 흥분된 마음으로 떠나갈 듯 갈채를 보냈다. 잭은 상향 촬영 기법으로 사진을 찍으며 카메라에 한쪽 눈을 댄 채 환호성을 질렀다. 1TV뿐만 아니라 BBC1과 BBC2의 방송도 그의 취재에 따른 것이었고, 덕분에 스트레인지웨이즈 교도소 폭동 사건은 유명해지기 시작했다. 바로 그날 저녁, 사건의 발단을 잘 모르는 시청자들이 플래카드에 씌어진 문구를 이해할 수 있도록 해주기 위해, 폭도들이 스트레인지웨이즈 주변 주민들에게 수천 송이의 종이꽃을 뿌려준 이유를 알려주기 위해, 내 인터뷰의 일부가 재방송되었다. 입에서 입으로 전달되는 게 얼마나 놀라운 전파력을 갖는지 곧 입증되었다. 수요일 저녁 내내 쉴새없이 전화벨이 울려댔고, 오늘 아침에는 9시 30분부터, 소위 말해 공연이 대성황을 이루어서, 우리집에 있던 일곱 개의 의자가 전부 차버렸고, 오전중에만 2회나 손님을 받을 수 있었다.

루이즈는 식당 입구에 그대로 멈춰 서 있었다. 나는 4월 4일 수요일 하루 동안의 일을 그녀에게 낱낱이 말해주고 싶었지만, 그녀는 그럴 필요가 없다고 말했다. 어제 저녁 텔레비전으로 다 보고 강한 충격을 받았다며, 감옥의 폭도들을 감동시켰기 때문에 나중에 내게 유리할 거라고 덧붙였다. 그녀는, 표면적으로는 타인에 대한 동정심을 잃어버린 듯이 보이는 사람들에게서 끝없는 인간미를 발견했다며, 나와 인근 주민들을 옹호하는 그녀의 기사가 오늘은 한층 신중해질 것이라는 말도 했다. 나는 입을 다물고 그녀를 바라보며, 그녀의 말에 귀를 기울이며, 그녀에게 오래된 포도주를 한 잔 따라주었다. 비스킷 몇 조각과 함께. 그녀는 평소엔 식사 후 치즈 얹은 크래커를 먹을 때만 포도주를 마시지만, 특별히 '그날의 주인공'—'그날'이 아니라 '전날과 전전날'이라고 내가 고쳐주었다—과 함께 부엌에서 건배하는 것을 허락한다고 말했다. 그녀는 미소를 띠며 포도주를 한 모금 마셨다. 술기운이 눈으로 올라갔는지, 그녀의 눈엔 곧 눈물이 반짝였다. 눈물 때문에 더욱 빛나는 그녀의 커다란 초록색 눈은 나에게 미소를 보내고 있었다. 나는 행복했다. 그녀가 다시 돌아왔으니 말이다.

—자, 한 잔만 더! 건배!

술은 정말 좋은 안내자이며, 솔직한 인간적 접근을 쉽게 해주며, 사교성을 발휘하게 해준다. 루이즈는 술 두 잔에 벌써 긴장을 풀었고 물을 갈망하는 목마른 꽃송이 같은 모습을 드러냈다. 그녀가 내게 내주기로 한 10분이라는 시간은 이미 오래 전에 지나버렸다. 그녀는 자신에 대해 이야기했고, 내게 랭카셔 성공회 교회의 운동가가 되라고 권유했다. 그녀는 랭카셔 동쪽에 있는 로치데일이라는 까다로운 지역에서 12년 넘게 합창대를 이끌어왔다. 처음에는 피아노 반주자로 활동했지만, 취미로 언론계에 발을 들여놓게 되었고, 사회부 기자로 사고 현장에 달려가게 되었다. 그녀는 가난과 사회 불의에 관련된 사건을 취재했다. 언젠가는 돈과 관련된 중요한 부정 사건을 폭로한 적이 있었다. 양로원에 있는 노인들이 재산을 빼앗긴 사건이었다. 노인들은 어떤 권력기관의 강압적 지시에 의해 불리한 위임장에 서명을 할 수밖에 없었는데, 관련 은행에 공범이 몇 명 있었던 것으로 밝혀졌다. 그녀의 신문이 그 사건을 단독 취재했고, 루이즈는 승진했다. 이제 그녀는 스포츠, 예술, 사회, 부정 사건 등등 원하는 기사면 무엇이든 취재할 수 있게 되었다. 말하자면 백지 수표를 받은 셈이다! 나는 그녀를 축하해주었고 우리는 브랜디로 세번째 축배를 들었다. 이제 그녀는 눈동자가 빛날 뿐 아니라, 뺨과 귀까지 붉게 물들었다. 아, 루이즈, 네 얼굴이 불타고 있구나. 때마침 구경꾼 두 명이 불쑥 부엌에 나타났다. 중산모를 쓰고 있던 남자와 그를 따라온 파마 머리의 여자였다. 여자의 백발 머리에서는 보랏빛 광택이 났다.

　—이봐요, 한 시간째 앉아 있지만, 아무 일도 일어나지 않으니, 어쩌면 좋겠소?

　—음…… 건축 기술을 살펴보고, 하늘을 바라보기도 하고, 구름 모양이 어떤가도 보고, 종이꽃은 어떻게 만들었나 살펴보면 어떻겠습니까? 나도 어쩔 수가 없지 않소?

　—당신은 교도소 직원이라고 하던데…….

—그렇소. 하지만 내가 사건을 지휘하는 것도 아니고, 나야 그저 직원일 뿐이라서…….

　—이런 경우엔 입장료를 환불해주어야 해요. 당신은 마치 극장표를 팔듯이 입장권을 팔았는데, 무대는 텅 비어 있으니, 우리더러 거기서 뭘 보란 말이오?

　—내가 사건의 진전까지 책임을 질 수는 없는 노릇 아니오.

　—그러면 표를 팔 때 그런 이야기를 해줬어야지!

　루이즈가 있었기 때문에, 나는 그들에게 욕설을 퍼붓지는 못했다. 남자는 푼돈이나 만지는 구멍가게 주인 같았고, 여자는 깃털 빠진 닭처럼 신경질적으로 고개를 쳐들고 끄덕거렸다. 루이즈만 없었다면, 그들의 엉덩이를 걷어차서 내쫓았을 것이다. 엄마 말대로 정말 무력으로 다스리고 말았을 것이다. 하지만 나는 입을 다물고 구겨진 10파운드짜리 지폐 두 장을 그들에게 돌려준 후, 시간이 찍혀 있는 입장권을 돌려받았다. 그들은 짤막하게 인사를 하고는 분노한 귀족과 공작부인 같은 태도로 물러났다. 루이즈는 웃음을 억지로 참았고, 나는 단숨에 브랜디 잔을 비웠다. 그녀는 화제를 바꾸려는 듯, 보도에 흩어진 종이꽃들을 보기 위해 정원을 가로질러 가는 게 위험하지 않냐고 불쑥 물었다. 그리고는 다리를 떨며 내 팔에 기대어왔다. 그녀의 손은 가볍고 부드러웠다. 나는 아직도 수다를 떨며 앉아 있는 다섯 명의 구경꾼들에게 시야를 가려서 미안하다고 양해를 구한 뒤, 그녀를 정원의 월계수들 사이로 데려갔다. 우리는 울타리의 나뭇잎 속으로 숨어들었다. 사다리는 여전히 거기에 놓여 있었다. 나는 루이즈가 사다리를 올라가는 것을 도와주었다. 그녀는 계단을 하나씩

오를 때마다 비틀거렸다. 웃음을 터뜨리기도 하고 짧게 비명을 지르기도 했다. 무기 공장의 계단이 생각났다. 나의 시선은 그녀의 종아리 윤곽을 따라 올라가다가 스타킹의 솔기에 가서 멈추고, 허벅지 위쪽의 희고 물렁한 살을 감상하다가, 레이스 달린 짧은 팬티에 가서 멈춰버렸다. 놀랍게도 그것은 빨간색이었다. 반면에, 역시 레이스가 달린 거들은 파란색이었다. 그것을 보자, 영국 국기가 생각났다! 그러나 국기 색깔에 대한 생각은 곧 사라졌다. 루이즈의 치마 속을 들여다보는 것은 고통스러웠다. 동시에 정말 짜릿하기도 했다. 군침이 돌았다. 바로 그때, 루이즈의 목소리가 나의 몽상을 방해했다. 그녀는 파헤쳐지고 파편들이 널려 있는 거리를 바라보고 있었다.

―정말 아름답군요! 아름다워요. 저건 감옥의 폐허 위에서 피어난 꽃들이에요. 이것이 바로 인생이고 또한 그들이 권리를 되찾을 수 있다는 희망이 아닐까요, 헨리?

하지만 나는 나뭇가지에 단단히 붙어 있는 두꺼운 나뭇잎들 위로 머리를 내민 채 감탄하는 그녀의 말엔 아랑곳없이 그녀의 작은 팬티 가장자리로 우연히 삐져나온 음부의 털을 보느라 정신이 팔려 있었다. 아, 루이즈! 네 허벅지 안쪽을 한 입에 베어물어버릴 거야!

―지금 뭐라고 하셨어요, 헨리?

―……당신의 풍부한 감정에 감명을 받은 거요! 당신은…… 정말 시인이 될 소질이 있는 것 같소, 루이즈. 나는…….

―놀리지 말아요, 헨리!

현관문에서 초인종 소리가 났다. 나는 루이즈에게 균형을 잘 잡으라고 당부하고는 정원을 가로질러 가서 단숨에 문을 열었다. 로메오와 엘리자베스와 찰스였다. 오페라 극장에라도 가는 사람들처럼 옷을 차려입고 있었다. 당황한 나는 옆으로 비켜주었고, 그들은 죽어가는 사람에게 병 문안 온 듯한 태도로 집 안으로 들어왔다. 로메오는 이태리어로 인사말을 하며 나를 포옹했다. 그의 아내는 예의를 지키라고 그에게 주의를 주었고, 찰스는 매우 과장된 미소를 지어 보이며 눈을 찡긋하는 제스처로 인사를 하고는, 이 자리에 있게 되어 기쁘다는 듯 코를 풀었다. 나는 신발을 내려다보며 그들을 부엌으로 안내한 후, 의자에 앉히고 마실 것을 주려 했다. 하지만 로메오가 자기들은 시간이 없으니, 당장 감옥과 정원을 보고 싶다고 내 귀에 대고 속삭였다. 얌전히 앉아 있는 구경꾼들이나 통로에서 마주친 기자들을 보고도 그들은 놀라지 않았다.

　―위험하지는 않겠지, 헨리? 죄수들이 당신과 이웃 주민들에게 경의를 표하는 걸 어제 텔레비전에서 봤을 때, 내가 엘리자베스에게 말했지. 휴전이 된 것 같으니 헨리 집으로 쳐들어가자고 말이야.

　로메오는 연설이라도 하려는 사람처럼, 정면을 향해 말했다. 그의 가슴장식이 낡은 화물선 기계실에 놓인 생크림처럼 바르르 떨렸다. 그는 정원 쪽으로 나갔다. 루이즈가 여전히 약간 비틀거리면서 우리에게 다가왔다. 내가 루이즈에게 "이쪽은 로메오라고 하는데, 훌륭한 정원사요"라고 말하자, 루이즈는 "여왕의 정원사인가요?"라고 묻더니 웃음을 터뜨리며 딸꾹질을 하기 시작했다. 모두들 당황했다. 찰스만 냉정한 표정이있다. 약산 취한 루이즈라는 여자 곁에 있는 게 그 순간 내게 아주 잘 어울리긴 했지만, 나는 고상한 친구들이 보는 앞에서 그녀의 양쪽 뺨을 몇 차례 후려쳐 그녀의 뺨에 퍼런 손자국을 남기고 그녀가 정신을 차리게 만들어주고 싶은 욕망을 억제하기 힘들었다! 엘리자베스와 로메오는 멀리 가버렸고, 찰스만 혼자 다시 한번 미친 듯한 웃음을 터뜨리려는 그녀와 마주하고 있었다. 그녀의 아름다운 치아가 반짝였고, 어깨와 가슴이 경련하듯 떨렸다. 그것이 바로 루이즈의 미친 듯한 웃음의 전조였다. 나는 그들을 내버려두었다. 로메오는 몇 미터 떨어진 곳에서 가슴아파했다.

―가엾은 헨리, 가엾은 헨리! 가엾게도…….

나는 그가 황폐해진 정원 때문에 그러는 건지, 아니면 루이즈의 행동 때문에 그러는 건지 알 수 없었지만, 아무튼 쥐구멍에라도 들어가고 싶은 심정이었다. 루이스를 끌고 가시 단번에 목을 졸라 죽이고 싶었다. 내 손힘이 얼마나 센데! 조심해야지!

그러나 로메오가 허리에 두 주먹을 얹고 서서 탄식한 것은 돌과 나사못들이 날아와 깨뜨려놓은 온실 때문이었음이 밝혀졌다. 나는 마음이 놓였다.

―헨리, 틸란드시아는 기르기가 무척 어려워. 세 개나 더 있군! 이오니움도 있네! 이만큼 크려면 십오 년은 걸려!

로메오는 성큼성큼 걸어 정원 속으로 들어갔고, 엘리자베스는 그의 뒤를 따라갔다. 그는 피해를 조사하고 이태리어로 설명을 해주었다. 내겐 그의 말이 그저 불행을 노래하는 단조로운 선율처럼 들릴 뿐이었다. 나는 불행에 짓눌려 있었고, 그는 이런 재난을 더욱 실감나게 해주었다. 그는 떨리는 손으로 꺾인 나무 줄기와 짓이겨진 잎사귀들을 들고 있었고, 구경꾼들은 의자에서 일어나 그의 말에 귀를 기울이며 적당한 거리를 두고 그를 따라갔다. 그는 벨로프론 구타타—나는 그것을 간단히 작은새우풀이라고 부른다—의 일부가 남아 있는 깨진 화분을 왼손에 든 채 고개를 쳐들고, 아무것도 들지 않은 오른손은 주먹을 쥐고 휘두르며, 감옥의 담장 쪽을 향해 위협하는 몸짓으로 욕설을 퍼붓기 시작했다. 그는 폭도들을 야만인, 맘루크(중세 때 여러 이슬람 국가들의 통제권을 장악했던 노예 군단의 병사—옮긴이), 신앙도 법도 없는 오스트리아인 취급을 했다. 나는 그를 진정시키느라 진땀을 뺐다.

—쉿! 쉿! 로메오, 조용히 해, 제발! 보복당하면 어쩌려고 그래? 그들이 다시 공격을 시작할지도 몰라!

—종이꽃이 사과하기 위한 거라고 생각하나, 헨리? 천만에. 그렇지 않아. 종이꽃이야! 종이꽃은 천한 꽃이라고!

—내가 보기엔 아름답던데요? 보통 솜씨가 아니에요!

루이즈가 항의했다.

때마침 공교롭게도, 울타리 꼭대기에 보이는 좁은 창문들로부터 휘파람 소리가 들려왔다. 창살 밖으로 팔뚝이 나오더니 새 플래카드가 펼쳐졌다. 노란색 비닐 바탕에 녹색 글씨였다. '꽃은 고문하는 요리사 블레인을 위한 것이 아님!' 지독한 근시인 로메오는 엘리자베스에게 큰 소리로 그것을 읽어달라고 했다. 나는 그녀의 입을 들어막거나 때려누이고 싶었다.

—꽃은…… 고문하는 요리사…… 블레인을…… 위한 것이……
아님!

내 얼굴이 백지장처럼 창백해졌던 모양이다. 찰스가 의자를 하나 가져다가 재빨리 내 엉덩이 밑에 밀어넣었고, 나는 옆구리를 한 대 얻어맞은 사람처럼 실신하듯 의자에 주저앉았다. 로메오가 더듬거리며 물었다.

—그게…… 무슨…… 뜻이지? 그러니까 그들은…… 감옥에 텔레비전을 가지고 있단 말이군. 그들이 자네를 알아본 거야! 빌어먹을! 그들이 화면에서 자네를 알아보았다구! 신문에서 보는 데는 이틀이 걸렸고. 알겠나?

—도무지 이해가 안 가는군! 이건 배신이야! 누군가가 나를 해치려는 거라구! 우리는 죄수들과 직접 접촉한 적이 없어. 음식을 배급하는 건 내가 아니니까. 도대체 그들이 어떻게 나를 알아보았지?

—그들은 너를 잘 알아!

엘리자베스가 주장했다.

나는 괴저(환부가 탈락 또는 부패하여 생리적 기능을 잃게 되는 병—옮긴이)에 걸린 것처럼 고통스러웠다. 병이 뼛속까지 번지기라도 한 것처럼, 중환자처럼, 나는 몸을 떨었다.

—이건…… 이건 재앙이야! 고소를 해야 해! 고소를 해야 된다구! 저들은 네가 어디에 사는지도 알고 있어. 야만인들 같으니라구! 어쩔 수 없이 이웃 주민들의 대변인 노릇을 한 건데! 저들은 네 정원과 집이 어디에 있는지 정확히 파악한 거야. 사십오년도의 드레스덴(1945년 영국과 미국의 폭격으로 완전히 파괴되었던 독일 동부의 도시—옮긴이) 꼴이 될라!

더이상 아무도 말을 하지 않았다. 잠시 침묵이 흘렀다. 나는 슬며시 일어나 부엌으로 가서, 브랜디를 한 잔 따라 아스피린 세 알과 함께 단숨에 삼켰다! 정원에서는 플래카드의 문구에 대해, 아니 어쩌면 내 운명과 나의 장래에 대해 비밀집회가 열렸다. 나는 마음속 깊은 곳으로부터 증오심이 솟구치는 것을 느꼈다. 나는 폭도들을 몽땅 사형에 처할 것을 요구하는 바이다!

그들은 마침내 떠났다. 엘리자베스와 로메오는 같은 소리를 되풀이하며 떠나갔다.

—가엾은 헨리! 그리스도의 자비가 있기를. 가엾은 헨리!

찰스는 얼굴 표정으로 이 말을 대신하고 있었다. 나는 그들의 탄식을 참고 들을 수가 없어서 제발 빨리 가주기를 바랐다. 로메오가 재차 덧붙여 말했다.

—완전히 복구될 때까지 내가 도와줄게. 꺾꽂이 할 것들도 준비할게. 자네 혼자뿐이라는 생각은 버리게, 헨리.

그들에게 문을 열어주던 나는 뜻밖에도 여섯 명의 무리와 마주쳤다. 수잔이 소개한 사람들이었다. 로메오는 내 팔꿈치를 잡더니 나를 사람들로부터 약간 떨어진 곳으로 끌고 갔다.

—열두 개의 눈을 더 보태지 말게…… 자네를 표적으로 한 사악한 험담에 증인을 만들지 말란 말일세!

우리는 거리 한복판으로 나가, 감옥을 향해 돌아섰다. 성채 같은 감옥의 건물과 지붕들이 주택들 너머로 보이고, 오른쪽, 감옥 정문 쪽으로 오십 미터쯤 떨어진 곳에서는 플래카드가 보였다.

—로메오, 이것 봐. 사람들이 거리에 있든 집으로 들어가든 플래카드가 보이기는 마찬가지야. 일이 이렇게 된 이상 대가는 치러야 할 거라구.

나는 다시 현관 앞 층계에서 기다리고 있는 손님들에게로 가서 제발 잠시만 더 기다려달라고 부탁했다. 로메오의 방문으로 내 사업의 규칙은 결정적으로 타격을 받았다. 발행된 티켓의 시간을 체크해본 결과, 구경꾼들 중 세 명이 이미 30분이나 시간을 초과해서 관람하고 있음을 알게 된 것이다. 그들은 우리집 정원에서 보낸 즐겁고도 유익한 시간에 대해 감사하며 웃는 낯으로 작별 인사를 했다. 아직 15분간 더 관람할 수 있는 손님이 두 명 남아 있었다. 나는 60파운드를 받아 주머니에 넣은 후, 촌스러운 타일이 붙어 있는 테라스에 식탁의자 일곱 개를 빽빽하게 늘어놓았다. 신경이 날카로워졌다. 죄수들은 나를 모욕했고, 로메오는 성가시게 굴었으며, 루이즈는 내게 깊은 상처를 주었다. 내가 그녀에 대해 좀더 잘 알았더라면, 브랜디 세 잔을 앞에 놓고 행실 교육부터 했을 텐데! 그렇지만 나는 이런 심정을 감추고 그녀에게 예의를 갖추고 미소를 띠어야 했다. 목이 말랐던지 루이즈는 내게 네 잔째 술을 따라달라고 했다. 그녀는 맥이 풀린 상태로 야릇한 미소를 짓고 있었다. 그녀는 사태의 심각성을 모르고 있는 것 같았다. 빛을 발하는 해파리 무리를 찾아내려는 듯이 술잔 밑바닥만 뚫어지게 들여다보고 있었다.

—당신의 '훌륭하신 정원사'는 바보야, 헨리.

나는 아무 대꾸도 하지 않고 다섯번째 잔을 단숨에 비웠다. 루이즈는 검지로 천장을 가리키며, 저기서 꽃의 거리를 전체적으로 다시 보고 사진도 몇 장 찍고 싶다고 했다. 나는 다락방은 텔레비전 리포터들로 꽉 찼으니, 그곳 못지 않게 전망이 좋은 내 방으로 가자고 했다. 그녀는 몸의 균형을 잡기 위해 내 팔에 의

지해서 층계를 올라갔고, 나는 평정을 되찾았다. 내 방 창문에서 바라본 거리는 전쟁 직후의 축제나, 황수선화의 날을 기념하는 꽃마차의 행렬이 지나간 후나, 아니면 1485년 요크 가문과 랭커스터 가문 사이에 성립된 역사적인 평화—두 가지 장미, 즉 흰 장미와 빨간 장미가 서로 섞이게 되는—를 기념하는 것 같았다. 먹구름이 꽉 찬 낮은 하늘 아래에서 이 음산한 거리를 따뜻한 느낌을 주는 색채로 뒤덮기 위해 수만 송이의 꽃들이 필요했을 것이다. 멋진 광경에 술이 깼는지 루이즈는 창 밖으로 상반신을 내밀고 창틀에 허리를 의지한 채 사진을 찍기 시작했다.

　—그러다 떨어져요, 루이즈. 내가 잡아줄게! 내가 잡아준다구!

　나는 그녀의 파란색 재킷 밑으로 손을 넣어 포동포동하고 말랑말랑한 둔부로 접근했다. 아직 몇 센티미터 남아 있었다. 그녀의 엉덩이가 내 허벅지에 와 닿자 분노는 봄눈 녹듯 사라졌다. 아랫배로부터 올라오는 열기는 뜨거운 태양 그 자체였다. 루이즈는 내가 자기 허리에 손을 대고 있도록 내버려둔 채, 사진의 구도를 잡기에 여념이 없었고, 나는 애정을 갖고 우리의 국기에 대해 생각했다. 갑자기 요란한 소리가 났다. 스트레인지웨이즈에서 폭발이 일어난 줄 알았다. 두세 차례의 번개가 하늘을 찢어 놓았다. 루이즈가 펄쩍 뛰며 뒤로 물러났고, 그 바람에 나는 침대 발치에 놓여 있던 소파 위로 나가떨어질 뻔했다. 시원한 비가 억수같이 퍼부었다. 갑자기 공기가 신선해진 것 같았다. 늦여름의 뇌우는 감옥 안에 있던 진압군의 작전과 일치했다. 최루탄 터지는 소리, 비명 소리, 군화발 소리와 함께 높은 담장 건너편에서 개 짖는 소리가 선명하게 들려오고, 우측 지붕으로부터 매운

연기가 소용돌이를 일으키며 솟아올랐다. 이윽고 우리 머리 위로 헬리콥터 한 대가 나타났다. 헬리콥터 측면 문가에 진압복을 입은 남자 네 명이 보였다. 그들은 교도소 뜰 안과 지붕이 뚫려버린 건물 안으로 마취제 성분이 들어 있는 듯한 연막탄을 떨어뜨렸다. 내 방에서 3미터쯤 아래에 있는 구경꾼들의 외침 소리가 들려왔다. "아, 저것 봐!" "오, 저것 보세요!"에 이어 "마지막 공격이야!" "이젠 끝장이야!" "끝장이라구!" 하고 소리쳐댔다. 억수같이 쏟아지는 비는 작은 냇물을 이루고, 깨진 아스팔트 위에는 큰 물웅덩이가 생겨났다. 종이꽃들은 물에 잠겨버렸고 바구니에 담겨 있던 꽃들도 빗물에 떠내려갔다. 거리는 이제 막 숨을 거두었다. 색채가 사라지고, 희미한 잿빛이 어린 돌과 아스팔트의 음산한 장소로 바뀌었다. 톰과 잭은 다락방에서 부산하게 움직였다. 그들의 신경질적인 발소리가 천장을 올렸다. 세 명의 리포터들이 급히 방 안으로 들어왔다. 그중 두 명은 내가 모르는 사람들이었다.

—당신들 어떻게 들어왔습니까?

—미안합니다. 제프가 문을 열어주었습니다. 우리는 『맨체스터 가디안』에서 나왔는데요⋯⋯.

—당신들, 무척 숨이 찬 모양이군요. 얼굴도 빨갛고! 당신들 나이였을 때 나는 젊은이 못지않았소. 배 안에 있는 좁고 가파른 층계를 쏜살같이 오르내렸으니까. 그건 비탈길이나 마찬가지였소. 물론 지금도 여전하지만! 아무튼 환영하오! 한 사람당 이십 파운드요.

—우선 빨리 사진을 찍고 와서⋯⋯.

—시시하게 왜 그러슈? 시간 걸릴 것 없소. 입장권만 받고 나면 당신들은 마음대로 사진을 찍을 수 있고, 원한다면 지붕 위에 올라가도 돼요. 당신들 직업을 고려해서 더이상 충고는 않겠소만!

나는 그들이 주는 돈을 받아 주머니에 넣고 그들에게 파란색 표를 주었다. 그들은 다락방으로 통하는 계단을 서둘러 올라갔다.

—당신 집은 방앗간이 되어버렸어요, 헨리. 잘해보세요.

—나는 지금 본의 아니게 실업자가 되었소, 루이즈. 이틀 동안 일 주일치 수입을 올리긴 했지만, 고삐를 늦출 수가 없소! 특히 주말에 이웃들이 집을 개방하기라도 하면 경쟁이 심해질 거요. 그러면 나는 그들에게 가서 그들도 입장료를 받도록 설득을 해야 돼요. 그러지 않으면 시장을 잃게 될 테니까!

—당신 아주 나쁜 사람이에요!

루이즈가 속삭였다.

—아무튼 이번 주말에는 정말로 진압이 될 거예요. 그러면 당신도 다시 주방으로 돌아갈 수 있을 거고. 그런데 죄수들이 당신에게 왜 그렇게 악의를 품고 있는 거죠? 그런 가증스러운 글을 내걸고 말예요.

나는 루이즈에게 뭐라고 대답해야 할지 알 수가 없었다. 죄수들이 나를 알아봤다는 것은 큰 불행이었다. 아마도 그들 중 누군가가 직원용 매점에서 재고를 처리하는 일을 했던 것 같다. 다른 한 사람은 각 삼방의 문에 식사를 배급하는 일을 했을 것이고. 나중에 자세히 설명하겠지만 그 일은 엄청난 특권이다. 나는 필연적으로 그들과 마주칠 수밖에 없었다. 히지만 나는 조리사 보자를 쓰고 하얀 앞치마를 두르고 있었고, 그들에게 거의 말을 걸지 않았다. 음식 속에 쪽지나 돈, 면도날, 약, 각성제 따위를 넣어서 전달하는 것은 나와 아무 상관 없는 일이었다. 나는 못 본 척했다. 그것은 나의 조수들과 간수들과 죄수들 사이의 거래일 뿐이었다. 나는 그 일엔 관여하지 않고 요리만 했다. 그럼에도 지금 스트레인지웨이즈 안에 포위되어 있는 오십여 명의 죄수들 중 한두 명이 텔레비전에 나온 나를 알아보았다는 것은 불행이 한 번 더 나를 덮칠 거라는 증거가 아닌가. 나는 비탄에 빠진 얼굴로 루이즈 앞에서 한숨만 푹푹 쉬어댔다. 나는 다시 의기소침해졌다. 아, 루이즈. 나는 너를 원할 여유가 없구나. 우리집은 벌통처럼 소란스럽고 더이상 내 집이라고 할 수도 없어. 사람들이 들락거리고 오르내려서, 어느 방 하나 온전히 쉴 수 있는 방이 없어. 이런 상황에서 내가 어떻게 네 엉덩이에 손을 댈 수 있겠어.

　—무슨 말을 하고 있어요, 헨리?

　—기도를 하고 있소, 루이즈. 기도를 하는 거요. 하늘이 날 도와주기를!

　루이즈는 내 운명을 가엾게 여겼고, 나는 그런 그녀의 감정을 이용해 그녀에게 저녁식사를 함께 하자고 제안했다. 날이 저물어갈 무렵이었다. 그녀는 완강하게 거절했다. 그녀는 자기가 일하는 엉터리 신문에 또다른 기사를 써줘야 했다. 그녀는 죄수들이 스트레인지웨이즈 주변 주민들에게 꽃을 던져 사과의 뜻을 표한 사건을 다루고 싶어했다. 그녀는 전날의 기사와는 약간 다른 기사를 쓰고 싶었던 것이다. 나는 그녀로부터 나를 중상모략

한 플래카드의 내용은 일절 다루지 않겠다는 약속을 받아내고, 그녀의 부드러운 뺨에 키스를 했다. 그녀는 다음에 보자고 인사를 했고, 나는 내일 보자고 했다. 그녀는 미소를 지으며 가버렸다. 뒤이어 맨 마지막까지 남아 있던 구경꾼들과 리포터들이 자리를 떴다. 톰과 잭은 저녁 6시경에 거북한 표정으로 내게 인사를 하고 다락방을 떠났다. 우리집은 다시 침묵에 싸였고 다시 나 혼자 남았다.

월 5일 목요일, 나는 완전히 혼자라는 느낌이 들었다. 그 날은 내 인생 최대의 시련의 날이었다. 입맛이 없어진 나 는 과일과 치즈를 얹은 크래커에 붉은 포도주를 곁들여 먹었다. 잔을 들 때마다 루이즈를 위해 건배했다. 그러다 오늘 오후에 있 었던 마지막 충돌이 뉴스에 나올 거라는 생각이 들어 텔레비전 을 켰다. 스트레인지웨이즈 사건은 사건 뉴스 중 두번째로 나왔 다. 내무성 행정관 데이비드 와딩턴이 직접 출연했다. 그는 스물 다섯 명의 죄수가 추가로 항복했고, 감옥의 서쪽 건물들은 경찰 손에 넘어갔다며, 경찰에 경의를 표한다고 말했다. 나는 소파에 서 벌떡 일어나 요란하게 박수를 치고 나서 왈츠를 추기 시작했 다. 붐! 붐! 붐! 폭도들로부터 주방을 탈환했다. 주방은 구출된 것이다! 다음 화면에는 우리 교도소 소장인 오스카 오프리엘이 나왔다. 그는 투항하지 않고 마지막까지 남쪽 건물들에 남아 있는 이십여 명의 죄수들이 더이상 재고 식량에 접근할 수 없기 때문에 전원 항복할 순간이 임박했다고 말했다. 두 명의 BBC 리포터들은 어깨에 카메라를 메고 서쪽 건물들에서 일어난 공격을 추적할 수 있었다. 하지만 대치하고 있는 장면은 별로 나오지 않았다. 나왔다 해도 주목할 만한 사건이 없었다. 연기가 약간 피어오르고 서너 명이 멀리 달아나고, 투석전이 두 번 벌어졌지만, 스트레인지웨이즈의 안뜰은 보이지 않았다. 찍으려고만 했으면 어디에서든 찍을 수 있었을 것이다. 카메라가 주방과 냉동실을 오랫동안 비추었다. 다행히 별로 파손되지는 않은 것 같았다. 뉴스 진행자는, 리포터들이 주방에 들어갔을 때 발효된 야채와 부패하다시피 한 고기 찌꺼기들의 구역질 나는 냄새 때문에 거의 질식할 뻔했으며, 쌀과 밀가루 부대에는 애벌레와 바구미가 우글거렸다고 설명했다. 포위된 지 닷새 만에 비축된 식량이 그 정도로 못쓰게 되었다는 것은 무언가 이상한 일이었다. 폭도들이 폭로한 교도소 안의 생활 여건과 위생 상태에, 비위생적인 식량 관리 문제가 추가되었다. 교도소 주방장은, 오늘 오후 감옥 담장에 폭도들이 설치한 새 플래카드 때문에 문제가 되었다. 영국 내 교도소들의 총책임자인 판사 투민은 1989년 7월의 한 공식 보고서에서 스트레인지웨이즈의 생활 여건이 개선되고 있다고 평가했었다. 곧 조사위원회가 구성될 것이고…… 내가 텔레비전 수상기를 걷어차버리고 싶은 불 같은 욕망을 억제할 수 있었던 것이 발이 아플까 봐서였는지 아니면 돈이 아까워서였는지는 잘 모르겠다. 패널들은 말을 더듬고, 경악에 찬 외마디소리를 내지르고, 얼굴을 찡그리더니 엉뚱한 추측들을 하기 시작했다. 그래, 어디 맘대로들 해봐라. 쿵! 내 발이 소파의 불룩한 부분으로 날아갔지만, 소파는 끄떡도 하지 않았고 내 발도 무사했다. 소파의 녹색 천 위에 내 슬리퍼 자국이 잿빛으로 선명하게 찍힌 것이 전부였다. 나는 바보상자를 끄면서, 방금 전에 톰과 잭이 왜 그렇게 난처한 표정으로 인사를 했는지 깨달았다. 화면을 자세히 살펴보지는 않았지만, 아마도 내 다락방에서 망원 렌즈로 찍은 것들 같았다. 너무했다! 로메오의 말마따나 그런 '악의적인' 플래카드를 카메라에 담다니! 나는 잔에 남아 있던 포도주를 개수대에 따라버리고, 커다란 잔에 브랜디를 가득 채워서, 단숨에 마시고 싶었다. 건배! 사람들이 나를 그런 식으로 공격한다면 나도 생각이 있다. 내가 어떤 사람인지 보여주리라! 나는 술병을 들고 편안한 자세로 소파에 앉아 역사 드라마와 셰익스피어의 고전 비극들을 떠올리며 작중인물들 중에 지위가 높으면서 위기에 처해 꼼짝 못 하게 된, 나와 같은 모델을 찾고 싶었다. 감옥의 전기 시설이 폭동 첫날 파손되었으니, 아마도 일요일 정오 무렵부터는 냉장고가 작동하지 않았으리라는 것은 아무도 생각 못 하는 것 같았다. 해동시킨 음식, 특히 생선과 고기는 곧바로 익혀야지, 그러지 않고 여덟 시간 정도만 지나면 악취를 풍긴다는 사실은 누구나 알고 있다! 내 조수들이 냉장고 문 닫는 것을 잊거나 해동시킨 음식을 곧바로 익히지 않아서 음식에서 냄새가 날 때, 역겨운 냄새를 줄이기 위해 향료를 첨가하여 요리하는 경우는 있지만, 죄수들을 잘 먹여야 하는 건 우리의 기본 임무다. 게다가 재고 관리는 엄격하고, 하루에 주어진 분량을 초과할 수도 없다. 6일이 지난 해동 음식들이 냄새를 풍기는 것은 당연하다! 고기 찌꺼기들은 고양이와 개 먹이를 만드는 재료가 된다. 트럭들이 일 주일에 한 번씩 그것을 수거해가고 거기에서 검은돈이 들어온다. 이따금씩 나는 비계나 허파, 창자, 연골 따위를 가지고 맛 좋은 소시지를 만들어서 스튜 요리에 넣기도 한다. 양고기 뼈는 살을 깨끗이 발라낸다. 좀 오래된 것이라도, 수프나 순무 스튜의 맛을 내는 데는 그만이다. 한마디로, 뉴스 진행자는 무슨 말을 해야 하는지를 모르고 있는 것이다. 상한 음식을 가지고 어떤 집단을 손아귀에 넣는다는 건 어림도 없는 이야기다. 배에서건 감옥에서건 마찬가지다! 같은 배 위에서 수주일씩 같이 지낸 나머지 그 냄새조차 참을 수 없어진 선원들, 아니면 사회로 하여금 비싼 대가를 치르게 하는 쓸모없는 사람이나 무법자, 배척받는 사람들에게 복수를 하고 싶다고 해서 저질 음식을 이용해서 그들을 학대해서는 안 된다는 것을 나는 경험을 통해 알고 있다. 구역질 나는 음식으로 사람을 속일 수는 없다. 멀리서부터도 냄새를 맡을 수 있기 때문이다. 보통 수준의 후각만 가지고 있어도 10미터 전방에서 그것이 먹을 수 있는 음식인지 아닌지 가려낼 수 있다. 악취를 풍기는 음식은 아무도 먹으려 하지 않는다. 그런 음식이라면 땅바닥에 버려지거나, 감방의 칸막이 위에 얹히거나, 변기 속으로 들어가거나, 요리사의 얼굴로 날아가 그의 눈을 하나 멀게 하든지 타박상이나 화상을 입히게 될 것이다! 음식은 냄새가 좋아야 하고 먹을 만한 것이어야 한다. 신경을 써야 하는 것은 혀가 아니라 위와 창자다! 사람들이 음식을 맛있게 먹었지만, 먹고 난 후 모두들 화장실 앞에 줄을 섰다가 참지 못하고 바지에 실례를 하거나 뱃전에 엉덩이를 내밀고 바닷바람에 설사로 날려버리게 되면, 요리사는 몹시 기뻐한다. 음식의 재료 자체에 이상이 있었던 것이므로 요리사의 솜씨는 의심을 면하기 때문이다. 내가 요리사로 있었던 상선들에서 나도 그들을 흉내 내어 배를 움켜쥐고 화장실로 달려간 일이 몇 번 있었다 외롭고 고통스러운 선원들의 무기력한 수다를 피해서 그곳에서 조용히 셰익스피어를 읽다가 나오는 수밖에 없었다. 나도 환자인 것처럼 보였으므로, 그들은 나를 의심하지 않았다. 하지만 가끔은 화장실에서 조용히 책을 읽을 수 없는 경우도 있었다. 정말로 배탈이 난 선원들이 야만인처럼 화장실 문을 부술 듯이 두드려댔기 때문이다. 나는 그들을 다소 무기력하게 만들었고, 그것은 내 의도에 부합하는 일이었지만, 한두 페이지 이상은 책을 읽을 수 없었고, 내 뱃속에서는 꾸르륵거리는 소리도 들리지 않았다. 더이상 참을 수 없어진 사람들은 배의 통로 맨 끝에 있는 화장실을 향해 숨을 몰아쉬며 달려가고, 또 어떤 사람들은 갑판 위로 달려가 바다 위에 시원하게 볼일을 보았다. 내가 어떻게 갚아줄 것인지는 상상도 못 하고 모두들 내게 욕설을 퍼부었다. 내가 이유없이 괜히 복수를 하는 경우는 결코 없었다. 하지만 내게 욕설을 하거나, 위협적인 시선을 보내거나, 거만한 표정을 짓거나, 나로 하여금 내가 그들의 종이며 놀림감이라는 생각이 들게 행동을 하면 사차없다! 그런 사람들은 그 다음날로 당장 벌을 받게 된다. 그들의 창자 속에서 전쟁이 일어나고, 뱃속을 마구 비틀어대서 그 사정이 얼굴에 그대로 드러나 물에 불은 순대 꼴이 되게 하고 나면, 나 자신이 마치 신이나 악마가 된 기분이다. 내가 그런 목적에 쓰는 것은 농축 산화마그네슘을 주원료로 한 설사제다. 그것을 쓰면 음식의 맛을 변화시키지 않으면서, 제물로 삼으려는 사람에게 선택적으로 사용할 수 있다. 선원들이 내 술책을 알아챈 경우는 단 한 번뿐이었다. 내 나이 마흔 무렵, 기니 만(적도 근처 아프리카 대륙 서해안에 위치한 열대 해역—옮긴이)에 있는 라고스에서 면화와 기름을 싣고 리버풀로 가던 배 '카인지'에서였다. 아프리카인들은 종종 일상생활 속에서도 영혼이나 마녀의 존재를 인정하긴 했지만, 그들은 나를 선장에게 고발하지 않고, 오히려 '우리의 치료사 겸 요리사'라고 부르며 존경해 마지않았다. 우리 배에 타고 있던 어떤 술 취한 영국인의 존재를 내게 알려준 것도 바로 그들이었다. 그 영국인은 자기 방에 처박혀 노래를 부르기도 하고 울부짖기도 했다. 그리고 집요하게 그를 따라다니면서도 말은 하지 않는 한 여자의 영혼에게 말을 걸기도 했다. 아프리카인들은 내게 간청했다. 그의 음식에 물약과 미약(媚藥)을 넣어 저승의 여인과 결혼할 수 있게 해주라고 말이다. 그들은 영국인이 배를 떠나지 않으면 배가 조난을 당하게 될 것이라고 믿었다. 나는 그들의 요청대로 그의 음식에 강한 진통제를 넣었다. 그가 잠시 조용해지자 그들은 안심하는 것 같았다. 하지만 영국인은 저질 종려주만 마실 뿐, 음식에는 손도 대지 않았다. 비범한 저항력과 힘을 가진 여자 영혼은 그들에게 내 능력의 한계를 보여주었다. 아일랜드 해에서 배에 불이 나자, 그들의 믿음은 더욱 확고해졌다. 어린 견습선원 하나만 질식해서 숨지고, 나머지는 리버풀 항의 예인선에 의해 구사일생으로 구조되었다. 이 아프리카인들은 항해 기간인 6주 내내 한 번도 배탈이 나지 않았던 유일한 사람들이었다. 그들은 팀을 이루어 함께 식사를 했고, 나는 그들을 용서해주었다. 그러나 다른 한편으로 그들은 뱃속의 꾸르륵거림 때문에 신경이 곤두선 다른 승무원들의 인종 차별 감정을 자극했다. 다른 승무원들은 계속되는 복통에 시달렸다. 항문이 동백꽃처럼 벌어지면서 황토색 설사가 팬티를 더럽혔다. 불쌍한 나이지리아인들은 햇볕에 끄떡없는 시커먼 피부처럼 어떤 소화 장애도 견뎌내는 석탄처럼 시커먼 내장을 가진 더러운 악마 취급을 받았다. 카인지 호에서 인종 차별적 증오심이 커져갈수록 나는 기쁨을 감출 수가 없었다. 이 흑인들은 마침내 자신들이 함정에 빠진 걸 깨닫고, 마지막 2주 동안은 자기들도 뱃속 사정이 심각한 척했다. 그들은 배를 움켜쥐었고, 고통스러운 표정으로 얼굴을 일그러뜨렸다. 그들이 연극을 너무 잘해서 나는 감탄하지 않을 수 없었고, 우리는 다른 사람들이 없는 통로에서 마주치면 남몰래 참았던 웃음을 터뜨리며 눈물이 나도록 웃어댔다.

오늘 저녁 나는 술을 너무 많이 마셔서 「리처드 3세」의 2막에서 집중이 안 된다. 나는 바다와 대양을 누비고 다녔던 영웅적인 시절에 대해 스스로 연민을 느끼는 한편, 막무가내의 끔찍한 손아귀처럼 나락으로 나를 끌어내리는 추억이 줄줄이 떠올라 감개무량했다. 나는 아직 끝나지 않았다! 내 삶이 그 증거다! 전화벨이 계속 울려댔다. 하지만 시간이 너무 늦었다. 어쩌면 어머니의 전화인지도 모른다. 그래도 나는 수화기를 들지 않는다! 오늘 밤 나는 혼자다. 브랜디를 한 잔씩 따를 때마다 미래를 위해 건배한다. 가죽을 잔뜩 싣고 영국 국기를 휘날리던 대형 광석 운반선을 타고 칠레에서 돌아올 때 소동을 부리던 무리가 생각난다. 그들 중 일부는 기계를 수리하고 있었는데, 어느 날 저녁 나를 갑판 뒤쪽으로 끌고 가 협박을 했다. 그때 나는 나의 유일한 친구인 시를 마음속으로 낭송하며 조용히 파이프 담배를 피우고 있었다.

> 루크레치아의 가슴 위에 놓인 타르키니우스의 손이
> (상아로 된 성벽을 올라가는 야생 숫양처럼)
> 그녀의 심장 박동을 느낀다
> 아! 비탄에 잠긴 시민이여,
> 뛰어올랐다가 다시 떨어지고, 암벽에 부딪히고,
> 치명상을 입은 그는 팔을 떤다.
> 두려움은 점점 커지고 연민은 사라진다.
> 그는 돌파구를 찾아 그곳을 침범한다.

  그들은 내가 거의 매 끼니 돼지고기 요리만 한다고 비난했다. 하지만 난들 어쩌겠는가? 상관으로부터 어떤 지시나 명령도 받은 적이 없었는데…… 아예 제삿상을 차리라고 하든가 채식주의자용 요리를 만들어달라고 하시지! 한번 바다에 나가면 8주는 걸렸다. 항해 기간 내내 나는 이 거만한 자들에게 답변하는 일로 시간을 다 보냈다. 나는 세포 조직을 단단하게 만드는 납 성분을 주원료로 한 수렴제와 창자에서 음식의 수분을 몽땅 흡수해버리게 하는 건조제를 썼다. 말린 자두를 최대한 먹인다 해도 변비는 피할 수 없는 일이었다. 이 식이요법을 쓴 지 5주 만에 악당들은 물의 용도를 망각했고, 그들의 배는 돌처럼 단단해졌다. 호흡은 거칠어졌고, 다른 선원들은 그들에게 가까이 가지 않았다. 나는 아무나 붙잡고 '그들의 검은 영혼'에 대해 떠벌렸다. 지나치게 미신을 신봉하는 인도인 관리 두 명이 항해 도중 그들을 육지에 내려놓았다. 보건 당국에서 일 년에 두 번씩 기습적으로 조사를 나왔지만, 아무런 증거도 찾아내지 못했다. 그러나 그 상선에서 퇴직하고 삼 년이 지난 후, 나는 다시는 육지를 떠날 수 없는 운명이 되었다. 선원들 사이에서는 그들의 뱃속에 해도 뜨게 하고 비도 오게 하는 내 수법에 대해 추측이 무성했는데, 그것이 몇몇 상선 선장들의 항해일지에 보고되었고, 마침내 런던과 리버풀의 해상무역조합 보건위원회에까지 들어간 것이다. 어떤 고소 조항도 내게 불리하지는 않았지만, 어쨌거나 나는 의심을 받고 있었기 때문에 밀무역을 하는 작은 상선들말고는 일자리를 구할 수 없게 되었다. 나는 고향 리버풀의 어머니 집으로 돌아갔고, 그곳에서 구인광고를 통해 맨체스터의 지금 일자리를 구하게 되었다. 스트레인지웨이즈 교도소장은 배에서의 생활과 감옥 안에서의 생활 사이에 뭔가 공통점이 있다고 판단했던 것 같다. 두 곳다 무기력하고 폐쇄된 장소이며, 저항은 곧 반란이고 저항하는 자는 폭도로 몰린다. 소장은 냉정한 얼굴에 단호한 미소를 띠었다. 나는 계약서에 서명을 했고, 결국 이곳에서 일하게 되었다!

나는 너무 취해서 앞으로의 전략을 전혀 세우지 못하고 새벽녘에야 잠이 들었다. 「리처드 3세」 3막 4장에 얼굴을 박은 나는, 머리가 달아날까 탄식하는 불쌍한 헤이스팅스의 대사 위에 침을 흘려놓았다.

"그렇고말고. 그대는 바다 한가운데에 가라앉든지 돛대 위로 올라가든지 하게 될 것이다."

그러나 쉽게 믿고 확신을 가진다는 것은 얼마나 어리석은 일인가! 지푸라기여, 그의 목을 쳐라!

입 안이 말라서 혀가 잘 돌아가지 않는다. 아침 7시, 전화벨이 계속 울려대서 머리가 아프다. 이제는 그렇게 많이 마실 나이는 지난 모양이다. 전화하는 사람은 어머니는 아닐 것이다. 어머니는 반드시 보청기를 머리맡 탁자 위에 빼놓고 소음 방지용 귀마개를 착용한 후 밤늦게 잠자리에 들기 때문에 아침 9시 전에는 일어나는 적이 없다.

—아, 블레인, 자는 걸 깨웠나?

—안녕하십니까, 소장님. 영광입니다…….

—자네는 예상하지 못했나?

—저는…… 저는 좋은 소식을 들었습니다, 소장님. 폭도들로부터 주방을 탈취했다구요! 이제 식량이 없으니 곧 항복하겠죠!

—그 소식과 함께 나온 기자들의 해설은 듣지 못했나?

—그 탄식할 만한 해설 말씀이시군요, 소장님. 네, 정말 터무니없는 이야깁니다! 저는 가만있지 않겠습니다. 저는…….

—입 닥치게, 블레인! 자네, 텔레비전에서 너무 오버한 거야. 죄수들은 스트레인지웨이즈 주변 주민들의 대변인과…… 교도소 요리사가 어떤 관계인지 이미 알아버렸네.

—그 고약한 플래카드 말씀이신가요?

—자네, 폭도들이 이 마을에서 일으킨 혼란의 다른 측면을 잠

시라도 생각해본 적 있나, 왜 그걸 생각 못 하나? 그 동안 그들이 꽃을 통해서 자네에게 말을 걸지 않았나. 여론은 그 사건 이후 그들 쪽으로 기울기 시작한 거야! 신문을 읽어보게, 블레인. 알게 될 걸세! 쉬느라고 따분할 텐데, 읽어보면 재미있을 거야. 요컨대, 전쟁을 피해 달아난 망명자와 닮았고 텔레비전에도 출연했던 그 문제의 대변인이 다름아닌 감옥의 유리사라고 알려지면, 사람들은 정부의 처사에, 음모에 경악할 거란 말이지. 안 그런가? 그러니 잠자코 엎드려 있게, 블레인! 나는 이 혼란이 끝난 뒤 다시 화덕 앞에 서 있는 자네 모습을 보고 싶네. 함부로 나서지 말게. 신문기자들을 피하고, 사태가 정상으로 돌아가기를 기다리게. 그래도 주방에 대한 소문이 악화되면, 그땐 공식적으로 반박성명을 낼 참이네. 이제부턴 어떤 성명도 어떤 즉흥적인 행동도 삼가게. 잊어버리게, 블레인. 자네가 모두를 위해 안전장치가 된 거야. 우리가 시험에 들지 않도록 해주게! 안녕!

찰칵! 그는 나를 마치 자기가 조종하는 하수인처럼 다루더니 일방적으로 전화를 끊어버렸다. 그가 자신의 강렬한 이미지로 내게 뭘 상기시키려는 것인지 이해가 되지 않았다. 더구나 기자들을 피하라고 말하는 것도 웃기는 얘기가 아닌가? 기자들이 우리집에 주둔군처럼 진을 치고 있는데, 그렇다면 여행가방을 챙겨서 멀리 강변으로 휴가를 떠나 낚시라도 즐기라는 말인가! 떠날 수는 없다. 하지만 여기서 잠자코 지낼 수는 있다. 좋다! 아무것노 하지 않는 것, 지금의 내 생활에 아무 변화도 주지 않는 것이 현재로서는 나의 유일한 신념이다. 그러나 나의 의지와 결심에도 불구하고, 나는 오늘이 어제와 같지 않다는 것을 깨달았다. 톰과 잭은 9시에 도착했다. 그들은 냉담했고 억지로 예의를 지키는 척하며 이런 식으로 말했다. "우리가 비록 당신의 다락방을 사용하고 있긴 하지만, 당신과 같은 세계에 속해 있는 것은 아닙니다."

—우리가 공유한 전쟁에 대한 추억, 그것이 중요한 것 아닙니까?

나는 불쑥 '전쟁'이라고 표현했다.

그들의 시선이 동요하며 두려움을 나타냈고, 입가엔 일그러진 미소가 감돌았다. 그들이 내 말을 이해하지 못하는 것 같아서 나는 말을 바꾸었다.

—텔레비전 뉴스의 그 고약한 플래카드 화면을 촬영한 건 바로 당신들이지요?

—그건 BBC 화면입니다! 그리고 서리에서 찍은 거라구요!

그들은 동시에 한 목소리로 대답을 하더니, 다가올 뇌우를 피한 것처럼 안도하며 발뒤꿈치를 들고 층계로 달아나버렸다.

나는 정원 쪽 문을 열고 테라스로 나가 의자들을 정리했다. 하늘은 구름 한 점 없이 푸르고, 사월의 햇살은 포근했다. 나는 자연스러운 시선으로 그 저주받은 플래카드를 찾았다. 다행스럽게도 어제 일어난 화재의 불길이 창문을 통해 날름거리면서 플래카드의 노란색 비닐을 군데군데 녹여버렸다. 이제는 '꽃'이라는 단어와 '요리사'라는 단어만 겨우 알아볼 수 있을 정도였다. 나는 휘파람으로 노래를 불렀다. 악몽은 사라졌다. 구경꾼들은 여전히 몰려들었다. 대부분 술집 단골 손님들이었다. 단골 손님이 아닌 두 사람은 오늘 아침 로메오의 권유를 받고 온 사람들이었다. 내 사업은 계속되었다. 잘난 내 덕분에 우리집을 찾는 사람들은 거의 폭도들의 보호 아래 있다고 할 수 있었지만 나는 정원을 치우는 일은 하지 않았다. 나는 오히려 정원의 잔디밭과 나무 아래 여기저기에 파편들로 가득 찬 쓰레기 봉지들을 놓아두었다. 그것들은 폭동 이틀째 되던 날, 내가 죽음을 무릅쓰고 주워모은 것들이다.

—안녕하세요, 헨리 씨. 방해가 됐나요? 수잔 카를로스 심슨의 추천으로 왔습니다. 빈자리가 있나요?

—안녕하세요. 저는 로메오 몬타그의 소개로 왔습니다. 아직도 정원을 개방하고 계신가요?

신사 숙녀 여러분, 집은 여러분을 위해 활짝 열어놓았습니다. 입장료는 일인당 십 파운드입니다. 폭도들과 담 하나를 사이에 두고 일광욕을 즐기십시오. 확실한 볼거리도 있습니다! 야속하게도 사태의 진전은 아직 없습니다!

하지만 지금 나를 성가시게 굴고 화나게 만드는 것은 바로 기자들이다. 그들은 여전히 감옥 사진을 찍으러 온다고 말하고 있지만, 그것은 핑계이고 실은 우리집에서 어슬렁거리다가 나와 대화를 해보려는 속셈이다. 단도직입적으로 내게 말하지는 않았지만 그들이 내게 묻고 싶은 것이 무엇인지는 들어보지 않아도 뻔했다.

"당신이 정말 스트레인지웨이즈의 주방장입니까? 당신은 주방의 위생 상태에 대해 어떻게 생각하십니까? 당신은 그 많은 상한 음식이 발견된 것에 대해 놀라셨습니까? 폭도들은 왜 당신을 문제 삼고 있습니까? 당신은 울프 판사가 조사위원회 회장직을 맡게 된 것을 아십니까? 그는 교리에 충실한 가톨릭 신자로서, 청렴하고 어떤 압력에도 굴하지 않는 사람으로 알려져 있습니다. 좀 불안하지 않으십니까? '고문하는 요리사'라는 표현은 과장된 게 아닌가요? 아무튼 당신은, 사람들 말로는 자기 일을 정확히 해내는 사람이라고 하던데……"

개 같은 놈들! 그들은 나를 자극한 후 달콤한 말로 달래는가 하면, 위협하고 나서 격려해준다. 나는 정성들여 면도를 하고, 스킨을 바르고, 머리의 웨이브를 완벽하게 손질한 후, 자잘한 바둑판 무늬가 있는 셔츠 위에 넥타이를 매고, 목이 V자로 팬 털 스웨터를 입는다. 그리고는 낡은 진갈색 가죽 구두를 질질 끌고 다닌다. 나는 변두리의 아담한 집에서 괴롭힘을 당하고 있는 성실한 시민의 모든 자질을 가지고 있으며, 입가엔 변함없는 웃음과 욕설을 담고 있다. 누군가가 내 사진을 찍으려고 하면 주먹이 근질거린다. 그러나 나는 두 손을 주머니 깊숙이 잘 간직하고 있다. 한 손엔 손수건을 쥐고, 다른 손엔 담뱃갑을 쥔 채. 뚜렷한 주장도 없고, 의도적으로 사람들을 놀라게 할 행동도 하지 않고, 소장에게 충실하고, 흥분한 폭도들이 큰소리로 하는 주장을 믿을 만큼 어리숙하다. 이제 그만! 막 내려! 이건 정말 시련이다. 나는 저녁 무렵 진이 다 빠진 상태에서 집을 나서 수잔 집으로 한잔하러 가기로 했다. 어제의 대결에 이어, 오늘도 달콤하고 부드럽고 다정한 휴식의 날이다. 한가롭게 아파트 생활을 하는 한 노인이 어떤 노파와 우리집 정원에서 두 시간여를 '역사의 침묵' 속에 보내고 나서 내게 화를 낸 이유도 바로 거기에 있다. 지붕 위에 폭도는 한 명도 나타나지 않았고, 경찰도 더이상 새로운 공격을 시도하지 않았다. 당국이 스트레인지웨이즈라는 존재 자체를 아예 잊혀지게 만들려는 게 아닌가 싶을 정도로 평온하기만 했다. 지금까지 천오백여 명의 죄수들이 다른 교도소로 이송되었다. 그것은 최악의 숙식 문제를 야기시켰고, 내무성은 폭동이 다른 교도소들로 번져나갈까 두려워했다. 나는 더이상 사람을 받지 않기로 하고 톰과 잭에겐 외출한다고 알렸다. 카드놀이를 하고 있던 그들은 내 말에 대답을 하는 둥 마는 둥 했다. 나는 그들을 쫓아버리고 싶었지만, 일요일까지 집을 빌려주기로 그들의 프로듀서와 계약을 맺었기 때문에 어쩔 수가 없었다.

술집 문을 밀고 들어서자, 내 집에 온 것처럼 마음이 편해졌다. 나무 탁자에 배어 있는 맥주 냄새, 자욱한 담배연기, 왁자지껄 떠드는 소리. 나는 사람들을 밀치고 카운터로 갔다. 수잔은 주방에 있었다. 나는 마일드 한 갑을 산 후, 긴 의자의 한쪽 끝에 가 앉았다. 하루라도 여기 오지 않으면 생활에서 뭔가 빠진 것처럼 허전하다. 몇몇 손님들이 나를 알아보았다.

―헤이, 헨리, 이제 유명인사가 됐지?

―안녕하슈, 헨리 씨, 날 알아보시겠소? 공격이 있던 날 당신 집을 방문했었는데…… 기억하시오? 화재, 헬기, 개 짖는 소리를? 꽈광! 그때 뇌우도 한몫 했었지!

친구들이 몰려와서 귀를 기울였다. 그들은 이야기에 감명을 받아 고개를 끄덕였다.

―아, 텔레비전에서는 다 볼 수가 없지! 하지만 현장에 있으면 문제가 달라. 그렇지 않은가, 헨리? 이건 완전히 전쟁 장면이야!

—꼭 감옥 안에 있는 것 같아. 안에 있으나 밖에 있으나 마찬 가지라구. 하지만 소문을 듣자 하니 거기에 살면 너절한 것을 먹 게 된다더군……

그의 빈정거리는 미소, 마르고 창백한 얼굴, 쉰 목소리가 불쾌 했다. 내가 긴 의자에서 일어나자, 친구들이 길을 비켜주었다. 나 는 그가 어떤 의도로 그런 의미심장한 지적을 하는 것인지 물었 다. 그는 더이상 웃지 않았다. 그의 주름진 피부가 잿빛으로 변 하더니, 텔레비전에서 끔찍한 것을 보았다며, 사람들이 죄수들을 짐승 취급한다더라고 대답했다. 테이블 주변에 둥그렇게 모여선 사람들 사이로 수잔이 슬며시 끼어들었다. 그녀는 허리에 두 주 먹을 대고 서서 나와 시선을 교환한 후, 눈살을 찌푸렸다. 그녀 는 시선을 내 대화 상대자에게로 고정시킨 채 우리에게 물었다. 창고에는 맥주가 가득 차 있고, 낭신들이 원하는 것은 그 매주 가 아니냐고. 모두들 미소를 지으며 뿔뿔이 흩어져 제자리로 돌 아갔다. 다리가 떨려왔다. 나는 탁자 위에 펼쳐져 있는 어제 날 짜 『선』지를 집어들고 읽기 시작했다. 나는 태연한 척했다. 수잔 의 집에서조차 공격을 받는다면, 계속 여기 머물 필요가 없다. 그녀가 내게로 몸을 숙이더니, 조용히 말했다.

—이십 분만 기다려요, 헨리 씨. 돌아와서 당신과 함께 맥주를 마실 테니까.

나는 신문이 나를 보호해주는 방패라도 되는 것처럼 활짝 펴 들었다. 같은 테이블에 앉은 사람은 이해심이 있었다. 그가 500cc 잔 두 개를 가지러 카운터로 갈 때마다 나는 그에게 돈을 슬쩍슬쩍 건넸다. 나는 마일드 한 모금 빨고 기네스 한 모금 마시기를 반복하면서 신문을 한 줄 한 줄 읽어나갔다. 신문에는 모든 게 다 있다. 주가(株價), 광고, 스포츠, 왕실의 스캔들, 날씨. 나는 따분해서 죽을 지경이었다. 맥주도 위안이 안 되고 카를로스 심슨 양을 기다린 지도 45분이나 지나서, 막 자리를 뜨려는 참이었다. 홀은 텅 비어 있었다. 내가 『선』지를 접고 있을 때, 수잔이 불쑥 나타났다. 그녀는 한 손엔 맥주가 가득 담긴 잔 두 개를 들고 다른 팔에는 등받이 없는 의자를 끼고 있었다. 그녀는 근심스러운 표정이었다. 그녀는 상황이 어떻게 나를 그 지경으로 몰고 갔는지 이해하지 못하고 있었다.

—사람들이 주방에 대해 하는 말이 사실이에요, 헨리?

그녀가 내 주방에서 무슨 일이 일어나고 있는지 알았더라면!

나는 가마솥에 백인분의 음식을 만든다. 나는 솥에 이십 킬로의 질 나쁜 백미를 쏟아넣는다. 그것은 동그스름하지도 길지도 않은, 소위 으깨진 쌀이다. 다음에 물 40리터를 붓는다. 월계수잎 따위는 넣지 않는다! 약한 불에서 익힌다. 쌀이 물을 흡수하면, 솥은 반짝이는 하얀 시멘트 같은 쌀로 가득 찬다. 나는 가끔 맛을 본다. 이따금 돌이 씹히는가 하면 생쌀도 씹히고 질척거리면서도 단단한 쌀이 씹히기도 하지만, 그렇게 나쁘지는 않다. 혀를 모욕하는 정도는 아니다. 그저 그렇다. 먹을 만하다. 그런 밥 옆에 삶은 무 세 조각을 놓으면 식사 준비 끝. 재수없는 날이면 나는 그 정도에서 그친다. 재수없는 날이란 내 기분이 나쁜 날이다. 나는 이곳 스트레인지웨이즈에서 인간성에 대한 왜곡되지 않은 풍부한 관점을 얻게 되었는데, 가끔은 그 인간성에 유감을 갖게 된다. 세상을 현미경으로 보는 것처럼, 증오심 옹졸함 사악

함 비열함 살의 사랑 우정 명예 연대감 두려움 능력, 이 모든 것이 선명하고 간단명료하게 나타난다. 감동적일 정도로 정확히. 나는 소금도 토마토 소스도 저민 고기도 넣지 않는다. 나는 돌이 된다. 그들의 뱃속이 돌로 변하기를 원하며, 그들이 돌똥을 누기를 원한다. 그래서 나는 고집스럽게 며칠 동안 같은 종류의 음식을 반복해서 준다. 쌀, 면류, 감자, 면류, 감자, 쌀. 그 사이에 내 기분이 다시 좋아져도 나는 예정대로 실행에 옮긴다. 그래도 나는 가마솥을 써서 요리한다. 하루는 두 쪽으로 쪼개진 말린 완두콩을, 다음날은 꽃양배추를, 다음 다음 날은 강낭콩을, 네번째 날은 돼지감자를 가마솥에 삶는다. 냉동고 덕분에 계절에 관계 없이 똑같은 결과를 가져오는 같은 종류의 재료를 사용할 수 있다. 나는 월계수잎, 소금, 후춧가루, 때로는 큰 양파, 마가린, 그리고 내가 제조한 소시지를 넣는 걸 잊지 않는다. 맛을 내고 조미료를 쓰고 향료를 치면, 그들은 깨끗이 먹어치운다. 그러나 이런 식의 식사를 일 주일 이상 하면, 내장들이 소위 전쟁을 일으킨다. 뱃속에서 꾸르륵 소리가 나고, 트림과 방귀가 나온다. 같은 건물 안에 갇혀 있는 천육백 명의 죄수들의 규모를 상상해보라. 스트레인지웨이즈의 공기는 수백만 번의 길거나 짧은, 근엄하거나 날카로운, 한 번으로 끝나거나 연발인, 메마르거나 눅눅한 방귀 소리로 진동하게 된다. 그것은 온갖 종류의 집중 공격이며 전쟁이다. 감옥 안의 복도와 감방들을 보이지도 않고 잡히지도 않고 억누를 수도 없는 방식으로 오염시키는 장내 가스의 악취가 코를 찌른다. 죄수들이 이런 요란한 표현 방식에 만족스러워한다는 것을 나는 알고 있다. 나는 내 기분이 별로일 때, 죄수들의 뱃속을 이용해서 듣기 괴롭고 숨쉬기 곤란한 분위기로 간수들을 괴롭히는 것을 즐긴다. 간수들은 아마도 죄수들의 바지 속에 머리를 처박고 있는 듯한 기분을 느꼈을 것이다. 그러는 동안 간수들은 신경질적이 되고 흥분을 하고 공격적으로 변해서, 침착성과 자제력을 잃고 주변 상황을 진정시키지 못하게 된다. 어떤 간수는 정년퇴직할 나이가 다 되어가는 아주 예민한 사람으로, 파리 한 마리 죽이지 못하는 사람인데도, 마치 우연히 여왕 폐하의 전함에 승선하기라도 한 것처럼 자신의 직무를 충실히 수행한다. 그는 코가 자주 마른다는 핑계로 항상 라벤더 향수 병을 들고 다니면서 가제 수건을 그 향수병에 담가 그것으로 코를 틀어막고 다닌다. 아무리 상황이 긴박할 때에도 그가 뛰는 것을 본 사람이 없으며, 코의 물렁뼈와 얼굴의 뼈들은 마치 소금에 절인 음식처럼 라벤더 향수에 젖어 있기 때문에, 우리는 그를 '느린 가제 수건'이라고 부른다. 나는 변함없는 확고한 결심으로 나흘마다 번갈아가면서 렌즈콩, 빨간 강낭콩, 제비콩, 싹양배추 요리를 할 수 있다. 나는 그 요리에 종종 양 뼈다귀나 자투리 고기나 수백 킬로그램씩 사서 쓰는 닭날개 따위를 첨가한다. 이따금 나는 바다 위에서 요리하던 때처럼, 산화마그네슘을 넣기도 한다. 내 기분이 나쁠 때 넣는 것이 아니라, 인간에 대해 실망할 때 넣는다. 그런 때면 나는 그 인간이 싹양배추로 인해 화장실 변기 바닥에 고약한 냄새를 풍기는 설사를 쏟게 만들고 싶은 욕망을 억제할 수 없기 때문이다. 장은 설사로 비워지고, 배는 내장을 비워내고, 세상은 암갈색 액체를 쏟아내어, 불덩이를 품고 빛을 발하는 지구의 중심으로 강물이 되어 사라지도록. 스트레인지웰이즈의 주방장인 내가 아는 것은, 이 저주받을 작은 마을에서 내가 그들의 창자에 대해 가지고 있는 권한이 주변 공기, 세포 조직과 살의 상태, 정신적 기질적 성향, 그리고 배관의 기능—건물의 배관이든 뱃속의 배관이든—에 절대적인 영향력을 행사하게 해준다는 사실이다. 하지만 그런 사실을 아는 사람은 나 혼자뿐이다. 나는 인간의 천함을 그 본질까지 구체화시킬 수 있고, 반대로 역사의 드라마에 나와 있듯이, 향유를 바른 예수 그리스도의 피부처럼 부드럽게 순화시킬 수도 있고, 음식 맛을 갑자기 바꿔 폭동을 야기시킬 수도 있다. 그리고 배관을 조여서 감옥을 돼지우리로 변하게 할 수도 있다. 그러나 이 마을에서 내가 얼마나 전지전능한지를 아는 사람은 아무도 없다.

　—뭘 생각해요, 헨리? 아무 말도 안 하고 있네? 그 이야기가 사실이에요?

　—수잔, 한 집단을 위한 요리라는 게 어떤 건지 잘 알지? 아무리 죄수라도 아무 음식이나 줄 수는 없는 거라구!

　나는 해동시킨 음식이 얼마나 빨리 변질되고 상하는지를 그녀에게 상기시키고, 푸줏간의 자투리 고기는 개와 고양이의 사료로 쓰인다는 것을 설명했다. 또 사람들 입맛에 맞게 하기 위해 내가 발명해낸, 맛 내는 비법이 얼마나 요술을 부리는지도 말해주었다. 한편, 내가 그 이름은 말하지 않은 에반스 노턴이라는 노랭이 관리인이 있는데, 그는 자신의 관리능력을 증명하기 위해 예산을 동결시키고 보건소와 수의사의 검사를 무시하며, 오래 보존할 수 있는 식품 보관 방식에는 관심조차 갖지 않으면서 어떠한 명령이든 식료품의 질이 어떠하든 통과시킬 준비가 되어 있다는 것도 말해주었다. 물을 포도주로 변화시키려면 예수가 되어야 한다는 것을 수잔은 이해하지 못한다!

―수잔, 당신에게는 털어놓아야겠어. 흘려듣고 못 들은 걸로 하라구. 하지만 당신도 알다시피 나는 못된 놈이 아니야! 내 요리 속에 음식 외에 어떤 것들이 들어 있는지 당신이 안다면! 면도날, 칼, 약, 주사기, 쪽지, 각종 문의사항, 설탕, 심지어는 연애편지까지 들어 있다구! 그래도 나는 모른 척하지! 눈감아줘. 그게 그들의 일상생활에 도움이 된다면. 그건 그들 문제야. 나까지 간수 노릇을 할 생각은 없거든.

수잔은 눈이 휘둥그레진 채 내 이야기를 열심히 듣느라고 맥주에는 손도 대지 않는다. 나는 내 잔을 비우고 그녀의 것까지 마셔버렸다. 나는 어느 날 저녁 텔레비전에서 보았던 것을 그녀에게 이야기해주었다. 아시아, 특히 중국의 대도시들에 관한 프로그램이었다. 거기엔 수세식 정화조도 하수 재처리 시설도 없다. 그 물들은 모두 땅속으로 직접 스며든다. 수억 인구의 배설물이 땅속으로 스며들면 어디로 가는 걸까? 가스 분출, 유독가스를 발생시키는 발효 현상, 농토의 부식, 지반 침하 따위가 일어나지 않을지 궁금하다. 또 흙이 액화되거나 내려앉지는 않는지, 하늘이 거대한 방귀를 뀌는 것처럼 고약한 냄새가 하늘로 치솟지는 않는지도 궁금하다. 그리고 그곳 사람들은 이곳 스트레인지웨이즈처럼, 빈약한 식사밖에 하지 못하는 가난한 사람들이기 때문에 그들의 똥은 더욱 악취를 풍기고 형태가 없을 것이며, 그곳의 땅은 그들의 피부처럼 연주창과 괴저에 걸릴 것이다. 나는 켜켜이 쌓인 똥 위에 집을 짓고 사는 사람들을 상상해본다.

그들이 집을 짓고 모여 살면 살수록, 지하는 더 황폐해지고 더러워진다. 지구의 내장 속을 우리의 창자에서 비워낸 내용물로 채우면, 지구의 핵에 있는 불이 꺼져버리지 않을까? 결국 우리가 채운 똥으로 인해 지구가 꽉 차버린 정화조처럼 폭발하게 되고 우리는 엄청난 폭발음과 함께 하늘로 솟아오르게 되지는 않을까?

— 이봐요, 헨리! 나한테 왜 그런 끔찍한 이야기를 해주는 거죠? 신비주의자라도 된 거예요? 그렇다면 내 맥주까지 마셔줘요. 난 이제 손님들에게 가봐야 해요. 텔레비전 출연은 당신에게 도움이 안 돼요!

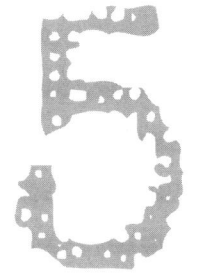

　이즈는 청년처럼 쥐색 블라우스의 윗단추를 풀어 주름살 없는 목을 드러내고 있었다. 그녀가 내게 말을 하기 위해 상반신을 기울였을 때, 끈 없는 브래지어의 하얀 레이스 가장자리가 보였다. 그러나 나는 걱정스럽고 의기소침해져서 테이블 아래 있는 내 무릎을 그녀의 무릎 가까이 가져갈 수가 없었다. 우리는 흰색 냅킨 위에 두 손을 얌전히 놓고 있었다. 조명은 황금빛이었다. 촛불의 불꽃이 안경 렌즈에 반사되어 그녀의 눈이 보이지 않아, 그녀는 마치 종잡을 수 없는 약삭빠른 사람처럼 보였다. 우리가 맨체스터 한복판, 왕립 도서관 근처의 프랑스 식당에 있게 된 것은 '프랑스 요리'를 무척 좋아하는 루이즈의 아이디어 덕택이었다. 음식 값도 포도주 값도 말할 수 없이 비쌌고 나는 실직 상태였지만, 우리 둘이 함께 하는 첫번째 저녁식사였기 때문에 속으로만 끙끙 앓고 내색할 수 없었다. 시작부터 우아했다. 내 것으로는 까치밥나무 열매로 만든 미지근한 소스를 뿌린 노루고기 파테 요리가, 그녀 것으로는 작은 새우를 넣고 흰색 소스를 얹은 고기파이가 나왔다. 그 다음엔, 내가 제대로 맞춘 건지 모르겠지만, 버터와 생크림이 들어간 노르망디 소스를 얹은 대구 요리를 먹었다. 이제 나는 포도주를 곁들인 소갈비를, 루이즈는 얇게 저민 소등심을 기다리고 있었다. 프랑스 요리에는 소스가 너무 많다고들 하는데……

— '부르주아' 요리는 다 그래요, 헨리!

그녀는 내가 싫어하는 거만하고 젠체하는 표정으로 나를 주눅들게 했다. 나는 두 개의 잔에 생테밀리옹 포도주를 가득 채웠다. 나는 퍽 흡족했지만, 루이즈의 기분을 상승시키기에는 과히 좋은 밤이 아니었다. 그녀는 자신이 쓴 '동네를 꽃으로 장식한 스트레인지웨이즈의 폭동'이라는 제목의 기사를 내게 보여주었다. 그것은 폭도들에 관한 열정적인 글이었다. 그들은 진정으로 인간미가 있고 악의가 없는 사람들이며, 떨어질 위험을 무릅쓰고 미끄러운 지붕 위에서 꽃비를 뿌리며 사과할 줄 아는 사람들로 묘사되어 있었다. 내 입장에서는 그 기사가 심히 의심스러웠다. 그녀가 김이 나는 고기 요리를 앞에 두고 불쑥 말했다.

— 텔레비전을 보고 놀랐어요, 헨리. 주방 모습이 정말! 그런데 당신에 대한 플래카드의 내용이 사실인가요?

피가 스며나오는 갈비를 한 입 베어물자 포도색 소스가 접시 위에 방울방울 떨어졌다. 루이즈는 내가 입맛이 떨어진 것엔 아랑곳하지 않고, 자기 접시에 코를 박은 채 태평스럽게 등심 고기를 베어물고 있었다. 흥분해서 들고 있는 포크 끝에 달린 고기가 떨렸다. 루이즈는 고개를 들어 나의 경직된 얼굴을 바라보았다.

—당신을 화나게 하고 싶지는 않았어요. 당신이 뭘 좀 알고 있을 것 같아서…… 당신은 겉보기에 무뚝뚝해 보이는데 사실은 주의깊고 부드러운 사람 같아요. 난 그저 당신을 좀더 이해하고 싶었을 뿐이에요.

나는 그녀에게 한 집단을 위한 주방이 어떤 것인지 설명했다. 감옥의 관리인인 노턴에게 냉장고가 고장나서 냉동고 안의 음식이 녹는다는 것과 개와 고양이를 위한 자투리 고기에 대해 이야기했을 때, 그가 "가엾은 짐승들!"이라고 중얼거린 것도 말해주었다. 힘줄이 많은 갈비를 뜯으며 하수 처리 시설 없이 건축된 중국의 대도시들에 대해서도 이야기했다. 수잔과 달리 루이즈는 나의 '그릇과 내용물의 이론'에 동의해주었다.

—지상에서의 우리의 행동은 항상 바닥을 향해 우리를 끌어당기는 중력을 상쇄시키는 방향으로 진행되죠…….

—바닥을 향해서라…….

—농담이 아니에요, 헨리! 우리는 비물질적이고 순수한 영혼의 비약을 통해서 중력을 상쇄시키고 있어요! 그 영혼은 우리를 하늘로, 그리고 신에게로 끌어올린다구요.

—당신 말이 맞아요. 하지만 나는…….

—보세요! 소위 사회의 쓰레기라고 할 수 있는 밑바닥 인생들조차도 폭동이 일어나자 제일 먼저 지붕 위로 올라갔잖아요. 신

의 계시라도 받으려는 것처럼!

루이즈는 나를 이해했다고 느끼는 것 같았다. 그녀가 나의 주장에 공감하고 확신을 갖게 되자, 분위기는 부드러워졌다.

―이 고기는 케이크처럼 입에서 살살 녹네요.

그녀는 다시 미소를 지었다.

―당신 덕분에 기운이 납니다. 루이즈. 매스컴이 무슨 말을 하든, 매스컴에 의해 진흙탕 속을 끌려다니는 것은 정말 괴로운 일입니다.

―헨리, 아시다시피, 당신이 메시지를 남기지 않았다면, 나는 당신에게 전화하지 않았을 거예요. 정말로 엄청난 충격을 받았거든요!

하지만 사실 나는 입 다물고 가만히 있을 뻔했었다. 수잔이 자기 맥주잔 앞에 나를 앉혀놓고 가버린 뒤, 나는 기분이 울적해져서 집으로 돌아왔었다. 나는 몹시 흥분된 상태로 루이즈에게 전화를 걸었는데, 자동응답기가 작동되었다. 삐! 하는 신호음이 나오기 전에 수화기를 통해 교회음악과 찬송가가 흘러나왔다. 파이프 오르간의 떨리는 음에 이어 쉰 목소리가 나왔다. 이 정도 되면 듣는 사람은 질려버린다. 이건 정말 귀를 고문하는 행위다. 그것은 1분간이나 계속되었다. 나는 그런 식의 전화 녹음을 통한 과시적 신앙심에 실망했다. 그녀와 통화한다는 것이 너무 힘들게 여겨졌다. 그래서 나는 수화기에 대고 더듬거리며 말했다. 루이즈는 금요일 날 나타나지 않았다. 내가 전날 밤 그녀에게 "내일 봐요"라고 작별 인사를 했었고, 그녀는 내게 부드러운 눈길을 주었기 때문에, 나는 그녀가 올 거라고 생각했었다. 아, 루이즈, 나는 정말 수화기를 다시 내려놓고 싶었는데…… "안녕하세요? 루이즈예요! 제가 어디에 있든 상관없이 저는 녹음된 것을 들을 수 있으니까……" 삐삐!

　―여보세요?…… 저…… 저는 헨리 블레인입니다. 안녕하세요, 루이즈! 궁금해서 전화했는데 안 계시는군요. 소식 기다리겠습니다. 곧 연락 바라고…… 어…… 헨리였습니다!

　찰칵! 나는 수화기를 내려놓았다. 나는 기계에 대고 말하는 게 싫다. 만약 내가 울타리 깎는 기계에 목이라도 베어서 긴급전화를 했더라면, 나는 아마도 "안녕하세요?" "안녕!" "도와줘요!"라는 말을 꺼내기도 전에 목 잘린 돼지처럼 피를 흘려야 했을 것이다. 그녀를 만나면 자동응답기의 종교음악 때문에 무척 짜증스러웠다는 말을 하리라. 그렇게 해도 별로 무례한 지적은 아니다. 내가 응답기에 메시지를 남기고 나서 10분 후, 전화벨이 울렸다. 나는 전화기로 달려갔다. 소장의 비서 스미스 양이었다. 그녀는 점점 더 끔찍한 해석이 나오고 있는 주방의 상태에 대해 신문에 공식 반박성명을 발표하게 될 것이라고 알려주었다. 이제 사람들은 우리가 죄수들의 음식에 개와 고양이의 사료를 섞어 넣는다고까지 주장한다는 것이었다. 소장이 내 주장을 듣고 싶어한다고 했다. 나는 자투리 고기 판매대금이 비자금으로 쓰인다는 것은 밝히지 않은 채 설명을 했다. 비서는 내 말에 귀를 기울이더니, 조만간 말을 좀 바꾸라고 충고했다. 그녀가 전화를 끊기 선에 내린 '우정 어린' 결론이었다. 못된 여자! 빼빼 마른 그녀는 자신이 오스카 오프리엘 경이 불러주는 편지를 대필한다는 이유로 조지 왕의 보호 아래에라도 있는 것으로 생각하고 있다. 나는 정원 쪽으로 몇 걸음 걸어가다가 벽돌에 걸려 발목을 삐끗해서, 욕설을 해대며 그 자리에 주저앉아 발목을 세게 문질렀다. 하지만 머리를 드는 순간, 어둠 속에서 지붕 위를 걷고 있는 사람의 모습이 눈에 들어왔다. 분위기는 부드러웠다. 나는 곧이어 지붕 오른쪽 용마루 위에서 담뱃불이 깜빡이는 것을 분명히 보았다. 여전히 항복하지 않고 있는 저 폭도들은 도대체 무슨 생각을 하고 있단 말인가? 저 가엾은 녀석들은 도대체 무엇을 꿈꾸고 있는 걸까? 하루속히 모든 것이 정상으로 돌아갔으면 좋겠다. 죄수들은 각자 감방으로 가고, 간수들은 초소로 돌아가고, 나는 주방으로 가고. 모든 사람이 정상적인 생활로 돌아가고, 사회가 정상적으로 움직이기를! 루이즈는 삼십 분 후에 전화를 해왔다. 그녀는 흥분하지 않고 순순히 내 제안에 동의해주었다.

 —네, 네, 왜 안 되겠어요? 당신 좋으실 대로…….

 그녀는 내게 '메이드 인 프랑스' 식당의 주소를 알려주었고, 나는 긴장된 자세로 이의없이 받아들였다.

 쿨로미에 산(産) 치즈가 아주 좋았다. 우리는 생테밀리옹 포도주를 두 병이나 비웠다. 그리고 플로팅 아일랜드(커스터드 크림에 달걀 흰자를 얹은 요리—옮긴이)를 맛보았는데, 그 요리는 마치 우리의 조국을 찬양하는 것 같았다. 루이즈는 웃음을 터뜨렸고, 눈에 눈물까지 고였다. 나는 그 순간을 이용해서 내 무릎으로 그녀의 무릎을 압박했다. 그녀는 내가 하는 대로 내버려두었다. 나는 나폴레옹 꼬냑을 두 잔 주문했고, 그날의 수입을 몽땅 술값으로 탕진했다. 저녁식사에 그렇게 많은 돈을 써본 적은 없었지만, 루이즈가 양지바른 곳에 누운 고양이처럼 만족해서 흥흥대니, 나도 절로 기분이 좋아졌다.

　그녀는 그 식당에서 걸어서 15분 거리에 살고 있었다. 나는 그녀를 집까지 바래다주었다. 그녀는 마치 화해의 밤처럼 행복해했다. 길을 건널 때 나는 그녀에게 팔을 내밀었다. 그녀의 걸음걸이는 나른했다. 똑바로 걷지 못했고, 종종 느닷없이 웃음을 터뜨리고 머리를 뒤로 젖히면서 "저것 봐요! 가로등이 철책에 갇혀 있어요!"라고 말하며 웃다가 딸꾹질을 했다. 나는 가로등을 올려다보며 쓴웃음을 지었고, 우리는 가던 길을 계속 갔다. 마침내 우리는 큰 마로니에 나무 한 그루가 서 있는 뜰을 둘러싼 세 동(棟)의 벽돌 건물이 있는 평범한 주택가 근처에 다다랐다. 우리는 고양이 오줌 냄새가 나는 층계참 앞에 섰다. 루이즈는 나에게 더이상 따라오지 말라고 했다.

　―이제 이층은 나 혼자 올라갑니다, 헨리 주방장님!

　그녀는 웃음을 터뜨리며 군대식 인사를 흉내내다가 첫번째 계단에서 그만 미끄러졌다. 나는 그녀가 넘어지기 직전에 그녀의 허리를 끌어안고, 순간적으로 그녀의 입술에 키스를 했다. 그녀는 다시 계단을 올라갔다. 그녀는 가볍게 머리를 흔들어 박자를 맞추면서 〈옐로 서브머린〉을 불렀다. 아파트 주민들을 모두 깨울 작정인가 보다. 잠시 후 문 닫는 소리가 들렸다. 나는 화가 나면서도 여전히 들뜬 기분이었다. 어머니 말씀대로, 내일도 날이다. 시두를 것 없다. 나는 우리집 근처까지 가는 버스를 탔다. 나도 젊은이가 된 기분으로 〈옐로 서브머린〉을 휘파람으로 불었다. 11시 10분에 집에 도착해서, 지금 슬리퍼를 신고 집 안에 있다. 차를 한 잔 준비한 후, 텔레비전을 틀었다. 코미디 프로인 것 같았다. 대머리에 수염을 기르고 상반신은 벗은 한 남자가 두 팔을 머리 위로 쳐들어 역기를 들고 있었고, 역기의 양끝에는 번쩍이는 금박 장식의 비키니를 입은 젊은 여자 두 명이 자전거를 타고 있었다. 남자의 얼굴은 붉으락푸르락했고, 건장한 상반신은 부들부들 떨렸다. 쿵! 마침내 그는 모든 것을 놓쳐버렸다. 자전거가 나가떨어지고, 금발 미녀는 안장에서 퉁겨져나오면서 땅바닥에 곤두박질쳤다. 갈색 머리 미녀는 자전거 위에서 비틀거리고 있었다. 바닥에 등을 대고 뻗은 남자는 숨을 헐떡였고, 사회자는 그에게로 급히 달려가서 살펴보고는 구급대를 불렀다. 그는 공포에 사로잡힌 것 같았다. 무대 위에는 긴장이 감돌았다. 금발 여인은 발목이 부러져 일어나지 못하고 개구리처럼 가랑이를 벌린 채 앉아 있었는데, 그 자세가 무척 에로틱했다. 갈색 머리 여인은 두 손으로 얼굴을 가리고 울고 있었다. 흐느낌에 따라 브래지어 위로 비어져나온 젖가슴이 들먹거렸다. 구급대가 산소호흡기를 가져오고 의사가 달려왔다. 카메라는 죽어가는 역도 선수를 집요하게 비추었다. 금발 아가씨의 가랑이와 갈색 머리 아가씨의 젖가슴. 저것이야말로 코미디가 아니고 무엇인가!

전화벨이 울린다. 이 시간에 전화한 사람은 틀림없이 루이즈일 거라고 확신하며 전화를 받았다.

―루이즈?

―네 에미다, 헨리야! 루이즈가 누구냐? 이틀 전부터 너하고 통화할 수 없었던 게 바로 그 여자 때문이로구나? 너 또 결혼할 거니?

―안녕하세요, 엄마. 잘 지내시죠?

―너 뉴스 봤냐? 아니지, 넌 네 애인하고 있었겠구나. 그 여자 참 대단한 여자다…… 네가 문제가 되고 있다는 소식을 듣고 어제 저녁에 너랑 통화하고 싶었는데…….

네 명의 남자 간호사가 들것 두 개를 들고 나타난다. 그중 하나에 금발 미녀를 싣는다. 발목이 많이 아픈지 얼굴이 일그러진다. 한편 갈색 머리 미녀는 머리카락을 쥐어뜯고 옷을 박박 찢는다. 브래지어 밖으로 젖가슴이 완전히 드러난다. 젖꼭지가 조명 아래 반짝인다. 그녀는 슬픈 얼굴을 하고 질질 짠다.

―나는 네가 곧 방송에 나와서 답변을 할 줄 알았다. 그들이 블레인 가문에 먹칠을 한 거야. 내 말이 틀렸냐?

다른 들것 위에는 역도 선수를 싣는다. 무척 무거워 보였다.

―오늘 저녁엔 너희 소장이 나와서 인터뷰를 하는데, "우리는 죄수들에게 적당한 음식을 주려고 최선을 다한다"고 말하더라.

이제 역도 선수는 들것 위에 누워 있다. 남자 간호사들은 들것을 들어올리지 못하고 무거워서 비틀거린다. 특히 그중 호리호리한 간호사는 얼굴이 온통 빨개져서 보는 사람들을 긴장하게 만든다. 사회자는 마치 스포츠 중계를 하듯이 모든 상황을 중계한다. 앞에 선 사람이 비틀거리자, 뒤에 선 사람도 들것을 놓치지 않으려고 보조를 맞추어 기우뚱거린다.

―또, "주방 직원들 중에 환경에 잘 적응하지 못하는 사람이 있다면 조사위원회가 그것을 밝힐 것이며, 우리는 필요한 조처를 다 취할 것이니 안심하시오"라고 말하더라. 적응 못 하는 사람이라는 게 바로 너, 헨리 아니냐? 그들이 너한테 덮어씌우려

는 거 아니냐?

—난 이미 요리사 모자를 쓰고 있는데 뭘 더 씌우겠어요?

심장병 환자인 역도 선수는 이윽고 산소 마스크를 떼고 눈을 뜨더니, 팔꿈치로 바닥을 짚고 상반신을 일으키려 한다. 카메라를 향해 미소를 지어 보이고 텔레비전 시청자들에게 쾌활하게 인사를 한다. 간호사들은 비실비실 뒤로 물러나고, 관중은 떠나갈 듯이 박수를 친다.

—농담이에요, 엄마. 농담이라구요!

—아, 지금 이 상황에 웃음이 나오냐! 너는 도살장으로 끌려가도 웃겠구나. 텔레비전 방송국에 답변할 권리를 요구해라! 너 자신을 방어해야지. 빌어먹을! 네 아버지나 형이나 나를 생각해봐! 나는 더이상 외출을 할 수가 없어, 이웃집 여편네들을 만날까 두려워서. 내 아들이 '고분하는 주방장'이라니! 내가 어떤 표정을 지어야겠니? 싸워야 해. 난 널 믿어. 사랑한다.

찰칵! 어머니는 전화를 끊었고, 나는 치미는 분노를 느꼈다. 그녀의 어조는 점점 냉랭해졌다. 더이상 계속하다가는 전화통을 붙잡고 울부짖게 될까 봐 전화를 끊어버린 것이다. 나는 곤혹스럽고 씁쓸한 기분이었다.

늙은 역도 선수와 두 명의 아가씨가 방청객들에게 인사를 했다. 사회자는 기뻐서 어쩔 줄을 몰랐다. 텔레비전 시청자들의 요구가 많아진 만큼, 앞으로는 그런 방식이 유행할 것 같다. 충격을 받은 사람들은 역도 선수가 정말 죽었으며 마지막 단말마의 경련 속에서 사람들에게 작별 인사를 한 것이라고 믿었다. 내가 생각했던 것처럼 희극이라고는 할 수 없는 이 오싹한 방송은 성공작인 것이다. 제목은 '가족과 함께 하는 저녁시간'이었다. 나는 자러 올라갔다.

*

톰과 잭이 오늘 아침에 내 방을 가로질러 지나갔다. 나는 아직 이불 속에서 몽롱한 상태로 신문을 읽고 있었다. 침대 발치에서 그들을 발견한 나는 벌떡 일어났다. 검정색 가죽 점퍼를 입은 잭과 두꺼운 모직 외투를 입은 톰에게서 신선한 냄새가 났다.

—체포를 한대요?

나는 성급하고 불분명한 어조로 물었다.

그들이 미소지었다.

—주말인데도 늦잠을 자지 못한다는 건 문제예요. 정말 유감스러워요.

톰이 한숨을 섞어가며 말했다.

우리는 인사를 나누었고 그들은 가던 길을 갔다. 그들은 어제보다는 덜 냉정해 보였다. 녹색 줄무늬가 있는 자둣빛 고급 파자마를 입고 하얀 베개를 등뒤에 대고 침대에 기댄 나는 마치 파샤(터키 문무 고관을 일컫는 칭호—옮긴이)가 된 기분이었다. 그런데 나는 기자들은 주말에도 일을 한다는 것, 그리고 이웃들에게 요금을 철저히 받으라고 주의를 주러 가야 한다는 것을 잊고 있었디. 나는 침내에서 벌떡 일어나 부랴부랴 옷을 입었다. 옷은 소박하면서도 깔끔하게 입고, 정성껏 면도를 하고 화장수를 발랐다. 내가 방문할 집은 모두 일곱 집으로, 우리집처럼 스트레인지웨이즈를 한눈에 내려다볼 수 있는 전망을 가진 집들이다. 그 중 네 집은 정원이 없어졌다. 세입자들은 정원터에 멋대로 샤워실과 화장실을 짓고, 부엌을 넓히고, 강화 시멘트로 개집을 짓고, 닭장을 세우고, 돌담과 함석 지붕으로 작업장을 만들어놓았다. 그곳에서 소형 오토바이를 수리하기도 하고 부엌 살림도구들을 만들기도 하고, 그런 과정에서 남은 건축 자재들을 정원에 쌓아두기도 했다. 그렇게 정원은 주말이나 저녁 시간에 부업을 하기 위한 작업장으로 변해버렸기 때문에, 감옥의 남쪽 담장을 따라 뻗어 있는 골목길로 연결되는 통로로 사용하기가 불가능해졌다. 그래도 뒷벽에 창문이 나 있으므로 혹시 기자들이 올지도 모르니까, 신문기자에게는 25파운드를, 텔레비전 방송국 기자에게는 50파운드를, 말하자면 우리집에서 받는 요금보다 25퍼센트가 더 비싼 요금을 받으라고 말해주었다. 나는 힘들게 확보한 고객들을 잃고 싶지 않았다.

나는 대체로 이웃들과 좋은 관계를 유지하고 있으며, 멋진 정원, 오 년마다 리폼린 칠을 하는 담장, 그리고 감옥의 주방장이라는 내 신분 때문에 이 동네에서는 어느 정도 유명인사다. 그들은 반쯤 범죄의 소굴로 끌려가고 있는 자녀들에게 겁을 주기 위해 내게 스트레인지웨이즈에서 일어나고 있는 가장 비열하고 가장 무시무시한 이야기를 해달라고 여러 차례 부탁했다. 이야기하는 것을 좋아하는 나는 스트레인지웨이즈에서 일어나는 가혹 행위에 관한 전문 이야기꾼이 되었다. 나는 그들에게 파벌 싸움, 자기 파를 선택하지 않을 수 없는 사정, 천육백 명의 죄수를 거느린 소왕국에서 고관처럼 생활하는 두목들, 이따금 감옥 밖에서 들어오는 후원금의 결산, 매음, 자살, 어디서나 유통되고 있어서 점점 많은 죄수들이 접하게 되는 마약 이야기를 해주었다. 특히 자동차 절도로 들어온 젊은 죄수들 중에 마약 중독자들이 많다는 것도 이야기해주었다. 내가 교묘한 살인, 신체 절단 사건, 강간, 간수들의 눈총을 받으며 의무실로 끌려가는 부상자의 상태 따위를 구체적으로 묘사하면 그들은 경악한다. 부모들은 내 이야기에 질겁을 하지만, 청소년층 자녀들은 병적인 호기심을 나타낸다. 그들의 눈에는 그 지옥 같은 세계로 가보고 싶은 욕망이 이글거린다. 나는 이야기를 꾸며낼 필요가 없다. 그저 평소에 귀를 열어놓기만 하면 된다. 왜냐하면 주방은 교통의 요지이기 때문이다. 식기는 음식을 배급하는 데뿐 아니라 소식을 수집하는 데도 쓰인다. 내가 재미있게 묘사하는 이 이야기들 덕분에 나는 매일 저녁 동네의 거의 모든 가정에서 맥주를 얻어 마실 수 있었는데, 그 이야기들은 그들의 자녀를 바른 길로 인도하는 데 전혀 기여하지 못했고, 따라서 나는 차츰 그들에 대한 영향력을 잃어갔다. 우리는 이제 서로 예의를 지키며 날씨에 관해 몇 마디 인사말을 나누곤 한다. 하지만 나는 감히 사이먼, 폴, 앤, 매튜, 알리샤의 장래에 대해 더이상 알려고 하지 않는다. 그들은 13세에서 20세 사이인데, 집에 경찰이 빈번히 드나드는 것으로 보아, 그들의 미래는 이미 돌이킬 수 없는 곳으로 멀리 가버리지 않았나 생각된다. 그래도 나는 가는 곳마다 환영을 받았다. 사람들은 내가 텔레비전에 나와서 지역 주민들의 입장을 옹호해준 데 대해 고마워했고, 어떤 이들은 보험에 손해배상을 청구할 수 있기를 바랐다. 땜질투성이의 썩은 지붕이 폭동 더분에 반 이상 부시

졌을 경우, 보험이 적용된다면 오히려 횡재를 하는 셈이다. 내가 1TV에 나가서 실상을 밝힌 덕분에 그들은 지붕을 수리받거나, 또 누가 알랴, 새 지붕을 얹게 될지…… 이웃들은 기자들에게 입장료를 받는 것에 모두 동의했다. 주물 제조가 직업인 오코너 영감은 정원을 차지하고 있는 창고 아래에 기계 부품이나 주물이나 녹슨 철판들을 모아두는 진짜 작업장을 가지고 있다. 그는 여섯 아이들과 전업주부이자 술꾼인 아내의 가장인데, 그의 작업장에는 사진기자들에게 내줄 수 있는 창문이 두 개 있었다. 그는 눈을 찡긋하며, 더 비싼 요금을 받을 수는 없는지 내게 물었다.

―왜 안 되겠어, 데이비드? 최하가가 정해진 건데! 약해지거나 움츠러들어서는 안 돼. 신문사에 사진을 파는 가격만큼은 받을 수 있다구!

나는 왼손 주먹을 쥐고 흔들며 덧붙여 말했다.

―그들이 우리를 속여먹진 않을 거야, 데이비드!

그는 면도도 제대로 하지 않은 창백한 얼굴에 환한 미소를 지으며 내게 위스키 한 잔을 권했다. 가엾은 오코너, 그는 이 사업으로 한푼도 벌지 못할 것이다. 스코틀랜드 산 위스키는 정말 좋았다. 건배!

나는 어떤 직감 같은 것 때문에 부쉬네 집에 가는 것은 미루고 있었다. 하지만 아침 내내 맥주와 위스키를 대접받고 열렬한 환영을 받았기 때문에, 예정대로 일을 끝내버리기 위해 3번지에 있는 그의 집을 방문하기로 결심했다. 피터 부쉬의 30톤 트럭은, 이따금 주말에 그러듯이, 팬 차도와 인도 사이에 걸쳐 있는 그의 집 앞에 세워져 있었다. 트레일러를 달면, 트럭은 그의 집보다 양옆으로 더 많이 삐져나와서 1번지와 5번지 전면을 부분적으로 가렸는데, 겉보기에는 아무에게도 방해가 되지 않았다. 내가 2분 정도 기다렸을 때, 입구 쪽 복도로부터 시멘트 바닥에 슬리퍼 끄는 소리가 났다. 그는 항상 파란색 작업복 바지와 역시 파란색의 소매 없는 메리야스 셔츠를 입고 있다. 머리가 반쯤 벗거졌고, 턱은 새까맣고 숱이 많은 수염에 가려져 있고, 키가 작고 목이 보이지 않는, 그레코로만형 레슬링 선수 같은 단단한 근육질 체형이다. 그가 내게 힘차게 문을 열어주었을 때, 나는 공기 구멍으로 빨려들어갈 것 같은 두려움을 느꼈다. 그 구멍에서는 담배 냄새와 지독한 땀냄새가 코를 찔렀다. 그는 계속 담배를 피우면서 들리지도 않는 작은 소리로 인사를 했다. 나는 그를 방해한 데 대해 사과했다. 그는 잠자코 나를 아래쪽에서부터 훑어보았다. 내가 그에게 상황 설명을 하자, 그의 얼굴이 하얗게 질렸다. 그의 손이 날아오는 것도 보지 못했는데, 그는 벌써 내 인조가죽 점퍼의 목덜미를 움켜잡고 있었다. 곧이어 내 체크 무늬 운동복 셔츠의 단추가 뜯겨져나가는 소리가 났고, 내 발은 더이상 바닥을 딛고 있지 않았다. 그의 겨드랑이 냄새 때문에 질식할 것 같았다. 나는 그렇게 들린 채로 복도 끝으로 끌려갔고, 이어 그의 거실 안으로 들어가게 되었다. 그는 나를 무슨 소포 꾸러미처럼 베란다 문 앞에 내려놓았다. 그곳에는 타이어들로 꾸민 새 정원이 있었다. 트랙터의 타이어들은 소관목과 장미나무를 심는 화분으로 쓰였고, 타이어의 크기와 겹쳐쌓기에 따라 이삼층짜리 화분이 되었다. 작은 침엽수가 심어진, 사람 키높이만한 피라미

드형 화분도 있었다. 밑에는 트럭의 타이어가, 꼭대기에는 미니 오스틴의 타이어가 쓰였다. 베고니아가 심어진 한쪽 구석에는 소형 자동차와 유모차 바퀴들이 배치되어 있었는데, 최근 전쟁에 쓰인 포탄으로 구성된 뾰족탑 때문에 마치 힌두교 사원 같았다. 길 가장자리에는 절반 또는 사분의 일로 자른 타이어가 놓여 있어서, 마치 고카트(차대만 있는 1인승 소형 자동차—옮긴이) 경주 트랙을 관상용 정원으로 용도 변경한 곳처럼 보였다. 그는 그곳에 삼각대를 설치하고 구도를 잡으며 사진 찍을 준비를 하고 있는 세 명의 사진기자들을 가리켰다. 아직은 마지막 공격이 문제되고 있기 때문이다. 나는 오늘 아침에 폭도들이 내건 플래카드 바로 아래 부쉬의 정원에 있었다. 그들은 아직 몇 달분의 식량을 가지고 있다며, 절대로 항복하지 않겠다고 했다. '백 년간 먹을 비스킷과 초콜릿 있음. 항복 절대 불가!' 아마도 간수들의 구내식당 안에 비스킷과 맥주와 초콜릿과 차가 많이 저장되어 있었을 것이다. 피터가 위에서 내게 소리쳤다.

　—우리집은 텔레비전과 신문 기자 모두 무료 입장이야! 나는 감옥에 있는 녀석들이 어떻게 싸우고 있는지, 그리고 경찰이라는 비열한 작자들이 그들을 내쫓으려고 무슨 짓들을 하는지 널리 알려졌으면 좋겠어. 이 형편없는 주방의 쓰레기 같은 놈아, 썩은 음식물로 그들을 굶주리게 하고도 부족해서 이제는 그들을 이용해 돈까지 벌겠다는 거냐! 네 눈깔로 직접 똑똑히 보고 잘 이해했겠지? 자, 그럼 썩 꺼져버려! 꺼져!

　나는 깨달았다. 내가 피터의 아들이 리즈 감옥에 있다는 사실을 너무 늦게 기억해냈다는 것을. 나는 기자들의 얼굴에 웃음이

스쳐가는 것을 눈치챘다. 나는 그 속에서 그저께쯤 우리집에 왔던 기자를 알아보았다. 다시 한번 내 발이 허공으로 들려진 채 반대 방향으로 돌려지더니, 더러운 속옷 보따리처럼 밖으로 내동댕이쳐졌다. 나는 출입문 쪽으로 나 있는 4미터 정도의 자갈길 위에서 몸의 균형을 잡으려고 애를 썼다. 열려 있는 현관문을 통해 나가려고 너무 빨리 달리다가 그만 부쉬의 트럭 바퀴와 충돌하고 말았다. 머리가 바퀴 옆에 처박히면서 쿵! 소리와 함께 나는 인도 위에 주저앉았다. 머리가 울리고 별이 보이고 목도 아파왔다.

　—내가 조금만 젊었더라면 널 묵사발을 만들었을 거다, 부쉬.
　나는 닫혀버린 그의 집 문 앞에서 혼자 중얼거렸다.
　목덜미를 문지르며 위를 올려다보니, 부쉬의 새 아내가 커튼도 없는 방 창문 앞에 서서 나를 내려다보고 있었다. 끈 없는 검정 브래지어를 하고, 하얀 복슬 강아지를 품에 안고 있었다. 드러난 어깨에는 문신이 선명했고, 까만 머리 위에는 머리털을 고정시키는 녹색 끈이 안테나처럼 고정되어 있었다. 그녀는 굵은 시가를 피우고 있었다. 입술 안쪽에는 고리가 매달려 있었다. 피터보다 열다섯 살 어리다. 그녀는 나의 참패를 보고 마음껏 깔깔거리는 중이었다. 부쉬의 첫번째 아내 메리가 생각났다. 그녀는 전혀 다른 외모의 여자였다. 키가 크고 말랐으며 피부가 하얬고, 어깨 위에서 찰랑대는 금발 머리에 가슴은 탄력 있고 풍만했으며, 상당히 여성스러운 옷차림을 하고 다녔다. 내가 그녀를 슈퍼마켓 주차장에서 우연히 마주친 것은 86년 여름, 7월의 어느 무더운 날이었다. 그녀는 표범가죽으로 만든 굽 높은 구두에 엉덩이가 꽉 끼는 연녹색 미니 스커트를 입고 엉덩이를 씰룩거리며 먹을 것들로 넘치는 카트를 끌면서 걸어가고 있었다. 나는 마치 쇠가 자석에 끌리듯 그녀를 따라갔다. 30미터 정도 떨어진 곳에서, 정오의 태양 아래, 그녀의 카트에서 바퀴가 하나 빠지더니, 개 먹이 통조림과 크래커와 소시지가 쏟아져내렸다. 나는 세인트버나드 종 개처럼 신속하게 그녀를 도와주러 달려갔다. 나는 그녀를 도와 바닥에 흩어진 물건들을 주우면서 눈요기를 했다. 노르스름한 블라우스의 깊이 팬 목부분을 통해 가슴의 볼록한 윤곽이 보였다. 나는 그녀의 사타구니에 갈색 털의 깜찍한 짐승이 숨어 있으리라고 짐작해보았다. 바퀴축이 부러져버려서, 쉽게 고쳐질 가망성은 없어 보였다! 나는 동정심이 일었다. 집 근처 골목길에서 5분 거리밖에 안 되는 곳이었으므로, 나는 그녀의 충실한 하인이 되기를 자처하여 무거운 봉지와 병과 상자들을 집까지 날라다주기로 했다. 메리는 날씨에 관해서, 시골 할아버지 집에 놀러 가 있는 아들에 관해서, 그리고 남편 피터는 잘 지내고 있으며 국제수송단에서 일하기 때문에 아마 지금 터키와 이라크의 중간 어딘가에 있을 거라는 이야기를 하며 음탕한 미소를 지었다. 아, 세계 구석구석을 여행할 수 있다니! 내가 소리쳤다. 얼굴이 땀범벅이 되고 숨이 조금씩 차올랐다.

　—잠깐 들어왔다 가세요, 블레인 씨. 얼음 넣은 시원한 오렌지 음료를 만들어드릴게요.

　우리는 부엌에 있었다. 메리는 냉장고 앞에 쭈그리고 앉아 있었고, 냉장고 문은 활짝 열려 있었다. 그녀의 블라우스가 너무 짧아서 내가 그녀에게 사온 물건들을 하나씩 건네줄 때마다 허리가 드러났다. 그런 식으로 사십여 가지 음식들을 정리하다 보니, 우유 한 병, 구다 치즈 한 덩어리, 셀로판지로 싼 소시지 여섯 개, 요구르트 네 병, 레몬 한 자루를 그녀에게 건네줄 적마다 그녀에게 가까이 다가가…… 옳지, 바로 이때다! 내 오른손이 우연히 그녀의 허리에 닿자, 나는 왼손에는 자두 비스킷을 든 채 오른손으로 그녀의 엉덩이를 만졌다. 메리는 한숨을 쉬면서 다일 바닥에 두 무릎을 댔다. 한 손은 냉장고 문을 붙잡고 있었고, 다른 한 손은 물건을 건네받으려다 받지 못한 채 비어 있었다. 나는 그 손이 내 가랑이를 더듬다가 장님과도 같은 능숙한 손놀림으로 바지 앞단추를 여는 것을 느꼈다. 나는 터키 남자처럼 발기했다. 자두 비스킷을 야채 바구니 속에 던져넣고 나서 그녀의 스커트를 허리까지 끌어올리자, 창백하고 펑퍼짐한 엉덩이가 눈부시게 드러났다. 그녀는 반지 낀 손으로 내 페니스를 단단히 붙잡아 숲이 무성한 자신의 사타구니로 가져다가, 음부 속으로 게걸스럽게 빨아들였다. 그 뜨거운 열기. 메리는 정말이지 열대계절풍이었다! "계속, 헨리. 계속해!" 그 말을 하는 것이 그녀인지 나인지 알 수 없었지만 아무튼 우리는 일치단결해 소리를 맞추며 계속했다. 문이 열린 채, 층층이 쌓여 있는 음식들을 자기 안에 채우려고 안간힘을 쓰며 그르렁대는 냉장고를 배경으로 그녀의 엉덩이가 드러났다. 전율하는 그녀의 우윳빛 엉덩이, 활처럼 휜 허리, 어깨, 금발의 뒤통수, 우유병, 작은 맥주병들, 에멘탈 치즈, 오이피클이 들어 있는 유리병, 얇게 저민 베이컨, 달걀이 내 시야에 들어온다. 모든 것이 울리고 경련한다. 메리는 오른손으로 냉동실을 뒤져 얼음그릇을 찾아내더니 신경질적으로 그것을 끄집어냈다. 계속해, 헨리. 계속! 그녀는 얼음 한줌을 움켜잡더니 가슴의 움푹한 곳에 갖다 대고 애무했다. 헨리, 계속해! 우리는 천국에 있어요, 엄마. 천국에요! '캐나다에 있는 나의 오두막집' 풍의 나무로 만든 벽시계와 도자기로 된 고양이가 절정의 순간, 냉장고 위에서 타일 바닥으로 떨어져 산산조각이 났는데도 메리는 모른 척하고 스커트와 블라우스를 고쳐입었다.

　—그 나이에 웬일이야? 대단해.

　그녀는 입가에 미소를 머금으며 내게 말했다.

　우리는 오렌지 음료에 보드카를 섞어 마시면서 붉은색 호마이카 테이블에 마주 앉아 글자맞추기 놀이를 했다. 그녀는 내가 아직도 젊고 용감한지 확인하고 싶어했고, 그 뒤 우리는 일 년쯤 지속적으로 그녀의 부엌에서 만났다. 하지만 부엌 한구석에 놓인 매트 위에 자리잡고 앉아 우리의 광란을 지켜보던 독일산 양치기 개의 존재는 나를 거북하게 만들었다. 메리는 한숨을 쉬면서 쉰 목소리로 개에게 나가라고 소리를 지르곤 했지만, 구경거리가 있기 때문인지 아니면 우리의 냄새 때문인지 흥분한 개는 꼼짝도 하지 않았다. 나는 여러 차례 개를 부엌문 밖으로 내쫓고 문을 닫아버렸지만, 개는 혼자서 문을 열었다. 하루는 내가 의자를 쓰러뜨려서 문을 가로막았더니 그놈은 복도에서 한바탕 난리를 피웠다. 으르렁거리고 울부짖고 미친 듯이 발톱으로 나무문을 긁어대는 바람에 나는 긴장이 풀려버렸고, 한참 헐떡이다가 김이 새어버린 메리는 분해서 발을 굴러댔다.

　—미쳤어? 어디 아픈 거야?

　—몰라! 빌어먹을! 저 저주받을 놈의 개 때문이야.

—오, 가엾은 에이스! 내 보물! 쟤가 당신에게 방해가 된단 말이지?

　그러니 긴 혓바닥을 축 늘어뜨린 채 침을 질질 흘리며 음탕한 시선으로 우리를 바라보고 있는 그 독일산 셰퍼드의 존재를 참아줄 수밖에 없었다. 나는 내 금발의 정부의 불덩이 같은 몸뚱이에 몰두하느라 방심한 사이에 그놈이 내 엉덩이를 물어뜯을까 봐 항상 두려웠다. 게임의 점수가 백중지세가 되고 한 판이 거의 끝나갈 무렵이면, 메리는 신경질적으로 글자판을 흐트러뜨리고는 뜨거운 입김을 내뿜으며 단숨에 식인귀처럼 내 위에 올라타곤 했다. 그러는 동안 그녀의 어휘는 놀랍도록 발전해서, 처음 몇 주처럼 이기기가 쉽지 않았다. 페니스가 일어나 흔들리고 있는 상태에서 갑자기 그녀가 나를 내버려둔 채 냉동실에 미리 준비해둔 얼음그릇을 꺼내러 갈 때면 여간 곤혹스럽지 않았다. 열대계절풍의 지칠 줄 모르는 열기를 그대로 유지하기 위해, 한바탕 화끈한 섹스 끝에 기진맥진한 내 페니스를 다시 밀어넣기 전에, 그녀는 그 얼음그릇을 손 닿는 곳에 가까이 가져다 두곤 했다. 그녀는 수녀가 염주알을 주무르듯 손가락으로 얼음 조각들을 만지작거리다가 습관적으로 가슴의 움푹 팬 곳을 문질렀는데, 그것은 바로 우리가 천국의 문 앞에 있다는 예고였다. 하지만 그런 다음 그녀가 나를 올라타면 내 가슴 위로 얼음물이 흘러내려서 불쾌했다. 하루는 그녀가 지나친 친절을 발휘하여 예고도 없이, 갑작스러운 욕망의 위력을 내게도 나눠주려는 듯이 내 갈비뼈를 애무하고 싶어했다. 그녀 아래에 있던 나는 깜짝 놀라서 거칠게 허리를 들썩거렸다. 그러는 바람에 그녀의 엉넝이를 머리 위쪽으로 날려버릴 뻔했다. 다행히도 우리는 땅바닥에 있었기 때문에 그녀가 손을 앞쪽으로 뻗으면서 균형을 잡았다. 그 대신 가장자리까지 철철 넘쳐나는 쓰레기통과 청소 용품들, 그리고 개수대 아래 세워둔 포도주병과 기름병들이 쓰러졌다.

—맙소사, 이런 식으로 나를 자극하다니!

그녀는 병들이 쓰러지는 소리를 들으며 계집아이처럼 새된 목소리로 외쳤다.

내 속에서 노병의 불꽃을 살려내기 위해 그녀의 손과 입이 고도의 기술을 필요로 하는 것은 사실이지만, 나는 쾌락과 진지한 집중을 동시에 요구하는 일로부터 벗어나기에는 너무 민감하고 소심했다. 그래서 나는 그녀의 후배위를 기꺼이 받아들여, 튼튼한 철제 다리가 달린 호마이카 테이블 위에 함께 걸터앉았다. 테이블 위와 바둑판 무늬 글자맞추기 놀이판이 일음으로 젖어 있어서, 그 젖은 자리와 에이스의 아가리를 피해야 했다.

우리의 섹스와 글자맞추기 게임은 다음해 5월 2일 피터 부쉬가 그의 30톤짜리 트럭으로 담장과 땅을 진동시키며 우리집 창문 아래를 지나갔을 때 끝이 났다. 그는 이번에는 일 주일여를 머물다가 다시 폴란드로 떠났다. 나는 더이상 끓어오르는 욕망을 참지 못하고 스트레인지웨이즈의 담장을 따라 나 있는 골목길을 이용해서 집 뒤쪽으로 갔다. 당시 그곳엔 전나무가 한 그루 있었고, 잡초가 무성했다. 나는 빨래를 너는 빈터 쪽에 나 있는 쪽문을 밀고 들어갔다. 보도에도, 인도에도, 벽면과 유리창 위에도, 나무와 하늘에도, 경련을 일으키는 메리의 풍만하고 하얀 엉덩이밖에 보이지 않았으며, 그로 인해 목이 메고 고통스러운 발기가 일어났다. 나는 소리 안 나게 복도 쪽 문을 열고 발꿈치를 들고 걸어들어가다가, 수상한 헐떡거림 소리가 들리는 거실 입구의 그 쓰레기 같은 개 앞에 꼼짝 못 하고 멈춰 섰다. 번들거리는 눈동자, 벌어진 아가리, 그 어느 때보다도 길게 늘어진 혓바닥. 나는 석상처럼 굳어버렸다. 그 아래쪽, 연녹색 양탄자 위에 홀랑 벗은 채 바닥에 등을 대고 다리는 개구리처럼 벌리고 누워 있는 메리는 마치 로마 신화에 나오는, 암늑대 발 아래 있는 로무스와 로물루스 같았다. 하지만 그녀는 그 독일산 양치기 개의 젖꼭지를 빨고 있는 것이 아니라, 능숙한 손놀림으로 수음을 해주고 있었다. 시계추처럼 규칙적이고 부드러운 손놀림을 하면서 그녀 자신은 눈을 감고 헐떡이며 다른 손 검지를 클리토리스 위에 얹은 채 음부를 어루만지고 있었다. 나는 우산꽂이로 쓰는 커다랗고 무거운 단지를 있는 힘을 다해 개의 머리를 향해 내리쳤다. 발기에 몰두해 있던 개는 피할 엄두도 내지 못했다. 둔탁한 소리가 나고, 그 쓰레기 같은 개의 눈이 스르르 감기더니, 여주인의 가슴 위에 배를 깔고 그대로 뻗어버렸다. 개의 털 속에 코를 박고 있던 메리는 무슨 일이 일어났는지도 모르는 채 덮쳐오는 개의 무게에 몸을 뒤틀었다. 나는 거실과 복도의 문들을 소리나게 닫고, 화난 황소처럼 씩씩거리며 집으로 돌아왔다. 메리는 역시 가까이 할 여자가 못 돼! 집에 들어오자, 옷 갈아입을 시간도 없이 전화벨이 울렸다.

　—더러운 자식! 나쁜 놈! 경찰에 고발할 거야!

　—그럼 나는 풍기단속반에 고발하겠어!

　찰칵! 나는 수화기를 내려놓았다. 이걸로 충분하나! 하루 종일

한 가지 장면이 내 머리를 떠나지 않았다. 메리와 에이스와 내가 한 침대에서 뒹구는 장면. 제목은 '우리 셋.'

한밤중에 누군가가 부엌 창문을 두드렸다. 현관문을 열었다. 메리였다. 검정색 긴 외투를 두르고, 입술은 루주로 떡칠을 했다. 진하게 눈화장을 했어도 퉁퉁 부은 눈을 감출 수는 없었다. 개 때문에 하루 종일 운 것 같았다. 그녀를 집 안으로 들이고 문을 닫자마자, 그녀의 외투자락이 커튼처럼 양옆으로 열렸다. 외투 안에는 자줏빛 실내복을 입었고 검정색 스타킹에, 내 키와 맞먹을 만큼 높은 구두를 신고 있었다. 가터 벨트가 허리선을 강조해 주었으며, 음부는 그대로 드러나 있었다. 그녀는 꽃향기가 나는 향수를 뿌린 것 같았다. 그녀의 한 손으로는 내 목덜미를 어루만지고, 다른 한 손으로는 내 바지 앞쪽을 능숙한 솜씨로 열었다. 그녀의 혀가 내 귓바퀴 안쪽을 더듬더니, 마침내 내 입술 사이로 들어와서 이들을 하나하나 훑어나간 다음 잇몸을 애무했다. 그녀의 가슴과 목은 저항할 수 없는 자석이 되었다.

—당신은 아까 질투를 한 거야. 그렇지, 귀여운 심통쟁이?

나는 몸을 빼면서 그녀의 옆구리에 주먹을 한 대 먹이고 허벅지를 발로 걷어찼다. 그녀는 고통으로 몸을 뒤틀면서 신음 소리를 냈다. 내가 두 손으로 그녀의 희고 가는 목을 조르자, 그녀의 두 팔이 허공에서 허우적거렸다. 나는 그녀를 어린 암탉처럼 질식시킬 것이다. 그녀의 목소리가 나오지 않았다. 내 손가락 사이에서 짓눌린 그녀의 성대는 녹슨 경첩처럼 삐걱거리는 소리밖에 내지 못했다. 화장은 소용없었다. 메리, 너의 뺨이 입술의 루주보다 더 빨개지는구나! 그녀의 몸부림은 더이상 그녀의 의지를 반영하는 것이 아니었다. 다만 육체의 식물적, 반사적인 최후의 발악일 뿐이었다. 나는 보랏빛으로 변한 그녀의 목을 놓아주었다. 메리는 죽은 해초처럼 흐물흐물 내 발치에 쓰러졌다. 이윽고 나는 볼일을 보았고, 욕망을 만족시킨 페니스를 그녀의 실내복 자락으로 닦고 바지 속으로 거둬들인 후, 앞단추를 잠그고 평온을 되찾았다. 그러나 그녀의 집으로 달려가 도둑이 들었던 깃처럼 꾸며야 했다. 에이스는 등나무 줄기 양탄자 위에 길게 드러누운 채, 수놓은 시트를 덮고 있었다. 목 둘레에 검은 리본을 매고 있는 그 개의 머리는 평소의 두 배 크기로 부풀어 있었다. 나는 보석과 수표책과 신용카드, 메리의 지갑, 부엌의 소금항아리 안에 숨겨놓은 현금 약간을 내 주머니에 쑤셔넣은 뒤, 그녀의 아들 방에 있는 낡은 타자기로 다음과 같이 쳤다. '나도 여행을 좋아해요, 여보. 안녕. 날 찾지 말아요. 시간만 낭비하게 될 거예요. 메리.'

가엾은 피터 부쉬가 자기 식구들을 먹여살리기 위해 바그다드와 카불까지 대형 트럭을 몰고 가고 있을 것을 생각하자, 몹시 씁쓸했다. 아무튼, 그녀의 원피스 바지 재킷 블라우스 양말을 여행가방에 닥치는 대로 쑤셔넣고 집으로 돌아온 나는 헛간에서 삽 곡괭이 가래를 가져다가 정원의 사과나무 아래를 파기 시작했다. 이미 나의 전처 두 명과 정부 하나, 그리고 지나치게 욕심이 많았던 협박꾼 하나가 매장되어 있는 땅속에 또하나의 무덤을 만들기 위해 땅을 파고 흙을 운반하는 데는 족히 세 시간이 걸렸다. 내가 두번째 아내를 매장하는 장면을 스트레인지웨이즈의 창문을 통해 목격했던 그 협박꾼은 2년 뒤 석방이 되자 찾아와 나를 등쳐먹으려 했다. 그는 마르고 소심한 남자였는데, 우리 집에 올 때는 언제나 파란색 양복에 조끼까지 챙겨입고 넥타이를 매고 모자를 쓰고 크림색 레인코트를 걸친 채 나타났다. 그는 큰 인쇄소의 회계원이었는데, 회사 공금을 유용하여 몇몇 납품업자들을 파멸시키고 회사를 파산으로 몰고 갔다. 그가 와서 우리집 문을 두드리면, 나는 이층 창가에서 그를 지켜보곤 했다. 그는 세무 관리나 집달리처럼 당당하면서도 예의바르고 공손했다. 그는 나의 식당 겸 거실에서 차를 받아마시고, 때로는 술을 한잔하기도 했지만, 나를 방해하거나 내 시간을 뺏는 것은 원치 않았다. 그는 목이 가늘고 얼굴에는 여드름이 났는데, 말할 때에는 입술 끝으로 웅얼거리는 버릇이 있어 귀를 곤두세우고 들어야 했다.

 ─블레인 씨, 나는 당신의 처지를 매우 동정하고 있소. 미누라가 너무 지나치게 굴면 어느 순간 죽이고 싶어지지요. 그건 너무도 당연하오! 하지만 이걸 아셔야 하오. 당신이 경찰에 부인의 실종신고를 했다고 해서 그녀의 재산에 대해 권리를 행사할 수는 없는 노릇이란 말이오. 그녀의 사망이 증명되기 전에는. 또한, 그녀를 정원에 매장하는 것도 들키지 말았어야 했소. 하지만 그러지를 못했으니…… 내 급여에 해당하는 돈을 내게 지불하시오, 적어도 내가 재취업을 할 때까지.

 매주 그가 돈을 챙기러 올 때마다, 나는 그가 과연 취직을 할 수 있을지 불안했다. 그때마다 그는 억양 없는 목소리와 화난 말투로, 자기도 여기저기 원서를 내보며 모욕적인 시도를 반복하고 있지만 급증하는 실업이 그의 사회 복귀를 매우 어렵게 한다는 것이었다. 나는 그가 혼자 살고 있으며 공범은 없다는 사실을 확인한 뒤, 어느 날 오후 그가 돈을 받으러 와서 내 식당 겸 거실 겸 서재에서 과자와 차를 앞에 놓고 머뭇거리고 있을 때, 찻주전자 안에 강력한 수면제를 탔다. 그리고 나도 함께 차를 마셨다. 그가 의심하지 않을 만큼만. 그가 소파 위에 쓰러졌을 때는, 나 역시 정신이 몽롱한 상태였다. 나는 비틀거리며 그를 땅바닥에 누이고 그의 얼굴 위에 오리털 베개를 얹었다. 그는 약간 경련을 일으켰을 뿐, 이내 고통 없이 숨을 거두었다. 그 베개 위에 머리를 대고 잠을 자다 몇 시간 후에 깨어보니 그는 차가운 시체로 변해 있었다. 앨버트 엑스턴은 그걸로 끝이었다.

어쨌든 그날 밤은 무척 피곤했고, 예전만큼 젊지도 않아서, 4년 전만큼 땅을 깊이 팔 수 없었고 무덤 뚜껑을 열 때는 긴 노루발 장도리를 가지고서도 엄청난 힘이 필요했다. 흙이 가능한 한 시체를 빨리 흡수하도록 하기 위해 바닥을 따로 만들지 않은, 측면은 시멘트로 바른 묘지였다. 나는 15년 전 이웃들의 시선을 피해 은신처로 쓰려고 그것을 만들었다. 처음엔 단 한 번, 나의 사랑하는 엘리노어를 위해서만 사용할 생각이었다. 그녀는 변덕스럽고 잔인하고 독선적인 아내였다. 나는 작업을 끝내고 6주가 지난 후 무덤 뚜껑을 다시 열어보았다. 혀는 검게 부풀어오르고 크고 푸른 두 눈은 움푹 패고, 뼈만 앙상한 손가락들은 목 속에 꽂혀 있었다. 그녀는 무와 당근을 넣은 양고기 스튜를 무척 좋아했는데, 단 두 숟가락에 독약이 그 위력을 발휘하기 시작했다. 그녀는 보호자인 내 품안에서 세 시간 동안 단말마의 고통 속에 경련을 일으키며 세상을 떠났다. 그녀는 몸이 말랐기 때문에 무덤이 지나치게 커 보였다. 어쩌면 그때 내가 그곳을 여러 차례 쓰게 되리라는 예감이 들었는지도 모르겠다. 하지만 나는 그것이 그녀만의 무덤이라고 생각했고, 따라서 내가 몰래 작업하던 헛간은, 사과나무의 성장을 방해하고 정원의 미관을 해친다는 이유로 헐어버렸다.

메리를 묻던 날 밤, 나는 공포 속에서 일을 했다. 두 가지 위험한 징후도 있었다. 밤참 전에 항상 개를 데리고 길가로 산책을 나오던 벤튼 영감이 그날은 평소와 달리 스트레인지웨이즈를 따라 정원 쪽으로 산책을 나왔다. 한 시간쯤 지나서는 방광염이 있는 제리가 집안 구석구석 오줌을 싸고 다녀서, 벤튼은 그놈을 차고에 가두어두러 다시 밖으로 나와야 했다. 내가 삽에 의지하고 서 있을 때, 그는 우리집 말뚝 울타리에 몸을 기대고 있었다. 그때는 자정이 넘은 시각이었다. 나는 그에게 낮에는 바쁘기 때문에 어제 저녁 배달받은 묘목을 오늘 밤에 심지 않으면 주말이면 죽게 될 것 같아 땅을 파고 있는 거라고 설명했다. 내가 주방기구에 대해 잘 알듯 정원 가꾸기에 대해 잘 아는 그는 내 말에 고개를 끄덕였다. 하지만 나는 어렴풋이 보이는 그의 얼굴에서 흰 콧수염이 씰룩거리는 것을 보았다. 포근했던 오월의 그날 밤, 나는 그가 그의 폭스테리어를 데리고 자리를 뜰 때까지 약 5분간 식은땀을 흘려야 했다. 한 시간 반 뒤 무덤 뚜껑이 활짝 열렸다. 내가 땀에 흠뻑 젖은 채 기진맥진해서 몸을 떨고 있을 때, 인접한 집의 이웃이 자기 방 창문을 열었다. 아마도 불면증 때문에 바람을 쐬러 나온 모양이었다. 다행히도 그는 창문을 소리나게 열었다. 두 발을 모으고 무덤 속으로 뛰어내릴 시간 여유밖에 없었다. 신발 밑창에 뼈가 부러지는 느낌이 와 닿았다. 나는 엘리노어, 제인, 리즈, 그리고 앨버트의 썩고 남은 시체들 속에 거의 십분 정도를 매복해 있었다. 이웃집 이층 창가에 담뱃불과 밝은 색 잠옷 상의가 보였다. 나는 그가 다시 잠자리로 돌아갈 때까지 참을 여력이 없었다. 나는 살의 형체가 거의 없어진 해골들 사이에 저녁으로 먹은 것들을 조용히 토하기 시작했다. 나는 내가 좋아하는 윌리엄을 생각하며, 머리가 아픈 중에도 암송을 해보았다. "오 신이여! 저는 호두 껍질 속에 갇힐 수도 있을 것이고, 무한한 우주 공간의 왕이 될 수도 있을 것입니다. 제가 악몽만 꾸지 않는다면."

나는 이 또다른 시련으로 지칠 대로 지쳐 기다시피 해서 간신히 집으로 들어갔다. 매우 정력적인 여자였던 메리는 죽은 지 다섯 시간이 지나 약간 굳어 있었지만, 나는 능숙한 솜씨로 그녀의 옷을 벗기고 나서, 위스키 두 잔을 단숨에 들이켰다. 보름달 아래 푸르딩딩하게 보이는 그녀의 유백색 몸뚱이를 그녀가 입고 있던 검정색 외투로 둘둘 말아 품에 안고, 구덩이를 향해 종종걸음으로 걸어갔다. 그리고 그녀의 푸른 입술에 작별의 키스를 한 후, 벌거벗은 그녀를 나의 작은 죽음의 세계로 보냈다. 나는 뚜껑을 닫고, 구덩이를 메우고, 그 위에 양탄자를 깔듯 잔디를 덮었다. 엄마 말대로, 일이 너무 감쪽같이 끝나서 오히려 어리벙벙했다. 새벽에 나는 샐포드의 대형 쓰레기 처리장으로 가서 산더미처럼 쌓여 있는 쓰레기늘 속에 메리 부쉬의 옷가지들과 가방을 버렸다. 영원한 여행을 떠난 자여, 마음에 평화가 있기를! 그후 피터는 3년 동안이나 안정을 찾지 못하고 방황했고, 그들의 아들은 버밍엄에서 전기기술을 다 배우지 못하고 자동차와 컨테이너 도둑이 되어 리즈 감옥에 투옥되었다. 그래, 피터 부쉬, 네가 괴력을 발휘해서 육십 살이나 먹은 사람을 집 밖으로 집어 던져 네 트럭 타이어에 요란한 소리를 내며 부딪혀 머리가 깨질 뻔하게 하고 엉덩이는 중유가 고인 웅덩이에 빠지게 해도 내버 려두겠다. 네가 새 정부(情婦)를 데리고 허세를 부려도 좋다. 자 외선으로 피부를 갈색으로 태우고 펑크 머리를 하고 야하게 치 장을 한 너의 정부, 채색 유리세공 장신구를 휘감은 그녀의 팔에 안긴 흰색 푸들 역시 스위스 산 치즈처럼 구멍이 뚫린 귀에 커 다란 모조 귀고리들을 달아 땡그랑거리고 있지. 그래 그런 너의 정부를 마음껏 자랑해라. 그녀가 이층 창가에서, 마치 기독교 순 교자의 고통을 지켜보는 황후처럼 검은 입술 사이에 시가를 물 고 깔깔거려도 좋다. 어쨌든 피터 부쉬, 나는 너를 오쟁이 진 남 편이자 홀아비로 만들어버렸으니! 내가 이를 악물고 그에게 중 얼거린 말은 바로 이런 것들이었다. 나는 다시 분노로 끓어오른 다. 부쉬, 두고 보자. 네가 30톤짜리 트럭을 모는 장바닥의 싸움 꾼이라고 해도 내게는 당할 수밖에 없을 거다!

나는 당당히 일어서서 집으로 돌아왔다. 도중에 사람을 만나지 도 않았고, 트럭이 가려준 덕분에 이웃들에게 부쉬에게 당하는 장면을 들키지도 않았다. 사진을 찍으려는 기자들은 부쉬의 집만 빼고는 이 거리의 어디를 가나 입장료를 내야 할 것이다. 우리집 부엌은 벌써 중유 냄새로 가득 찼다. 나는 팬티와 바지를 세탁기 에 넣고 욕실로 들어가 엉덩이를 문질렀다. 오늘 저녁 루이즈가 차를 마시러 왔을 때 중유 냄새를 맡게 하고 싶지는 않다.

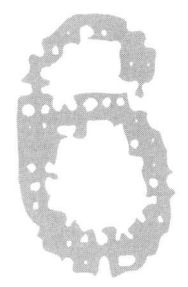

장미향 화장수를 반 병이나 쏟아넣은 물에 오랫동안 엉덩이를 담근 채 나는 어제 저녁 어머니가 한 말을 다시 음미해보았다. 어머니 말대로, 송아지처럼 도살장에 끌려다닐 수는 없다. 스트레인지웨이즈의 소장이 자기 부하직원을 제대로 옹호하지 못한다면, 나 혼자 뛰는 수밖에 없다. 텔레비전에 나가서 답변할 권리를 얻으려면 어떻게 해야 하는지 루이즈와 의논하고 싶었다. 그녀가 차를 마시러 와주겠다고 했는데, 나는 여전히 그 놈의 중유 냄새 때문에 쩔쩔매다가 결국 비상 수단을 쓰게 된 침이다. 5시성에 부이즈가 산뜻한 옷차림으로 도착했다. 파란색 바지와 빨간색 스웨터를 입고 흰색 단화를 신은 그녀는 마치 소년 같았다. 그래서 나는 잠시 다른 생각을 하게 되있다. '함께 시골로 주말을 보내러 갈 수 있을까?' 우리는 애플파이를 곁들인 차를 마시며 카드놀이를 했다. 내내 미소 띤 얼굴로 한숨 섞인 시선과 점잖은 말만 주고받았다. 마침내 그녀가 항복한 것은 저녁 7시가 넘어서였다. 바로 그때 문제가 생겼다. 그녀가 내 품에 몸을 맡기면서 이렇게 속삭였던 것이다.

─헨리, 정말 믿을 수 없어요! 당신 피부에서…… 꽃향기가!

나는 기분이 좋고 만족스러웠다. 하지만 어떻게 하면 텔레비전에 다시 나가서 답변을 할 수 있느냐는 질문을 하기에 적합한 순간은 아니었다. 그녀에게 썩 어울리는 비로드 바지는 내 관심을 끌기에 충분했다. 그런데 슬쩍 끌어내리기란 불가능했다. 몸에 착 달라붙어 있었기 때문이다. 나는 초반부터 벗기는 일에 애를 먹게 만든 그녀가 원망스러웠다. 둘이 함께 그 일을 힘겹게 끝냈을 때, 그녀는 겁에 질린 듯이 보였다. 그녀는 흥분한 상태에서 약간 숨차하며 과장된 말투를 썼다. 우리 입에서는 여전히 소심한 말만 나오고 있었지만, 내 손은 이미 그녀의 허리와 엉덩이를 더듬기 시작했다. 루이즈는 메리처럼 내 바지 앞단추를 나도 모르게 슬쩍 열 만큼 능숙하지는 못했다. 나는 더 뜨거운 키스를 하기 위해 내 허리띠를 풀고 단추를 열고 뱀처럼 몸을 비틀어서 바지가 발목까지 흘러내리게 했다. 내 허벅지에 와 닿는 루이즈의 미지근하고 부드러운 허벅지가 느껴졌다. 그녀의 숨소리가 거칠어졌다. 우리는 허리부터 발끝까지 완전히 벗었다. 루이즈는 정말로 몸이 달아올랐고, 우리의 입술은 뜨거운 키스로 붙어버렸다. 내 손가락들은 더듬거리며 그녀의 충혈되어 부풀어 오른 외음부를 찾았다. 마침내 나의 팽팽해진 페니스가 광신도

126

가 신을 향해 고개를 드는 것처럼 하늘을 향해 섰을 때, 루이즈가 갑자기 얼굴을 들었다. 나는 그녀가 깊은 물 속 잠수를 끝내고 산소호흡기를 빼내려는 것이라고 생각했다. 하지만 그녀는 눈을 크게 뜨고 나를 뚫어져라 쳐다보더니 꺼져들어가는 떨리는 목소리로 간신히 중얼거렸다.

―나는 처녀예요, 헨리…….

―제기랄! 오, 미안, 루이즈. 나는 그저 소파의 부드러운 연두색 플란넬을 생각하고 있었던 것뿐이라오.

맙소사! 오, 부드러운 처녀막이라니! 나는 그 처녀가 재수없게 의자나 문지방에 부딪히지 않게 하기 위해 왼손으로 처녀를 붙잡고 일어서서 싱크대로 갔다. 그리고는 배기 후드 위쪽 찬장에 정돈되어 있는 깨끗한 행주 두 장을 집어들었다. 나는 한 번도 처녀를 건드려본 적이 없었다. 침착하게 굴어라, 헨리. 세심하게 해야 돼! 그녀는 오십대가 틀림없는데도 아직 사십대 같다. 이건 참 묘한 경험이군! 나는 무한한 우주 공간으로 열려 있는 그녀를 향해 시위를 당길 수도 있다. 하지만 침착해라, 헨리. 초연해져라, 부처처럼. 심호흡을 하고, 루이즈가 고급 창녀처럼 참을성 있게 너를 기다리고 있는 소파까지 가기도 전에 부엌에서 사정해버리지 않도록! 야단났군. 나는 뒤꿈치를 들고 살금살금 걸어 소파로 돌아갔다. 오! 나의 숫처녀여, 네 엉덩이를 들어라. 너의 순결하고 순수한 몸뚱이 아래 이 행주를 대줄 테니! 루이즈는 내 말에 따랐고, 우리는 흰색 바탕에 붉은색 체크 무늬가 있는 천 위에서 다시 포옹하고 혀운동을 하기 시작했다. 마침내 그 순간이 오고, 나는 그녀의 손에 내 페니스를 맡겼다. 그녀는 그것을 여행가방의 손잡이나 에스컬레이터의 난간처럼 쥐고 있었다! 부드럽게! 우주 공간에서의 군함 조작이다. 러시아와 미국이 창공에서 다시 만난다. 몸을 지탱하고 있는 내 오른쪽 다리의 장딴지에 경련이 일어난다. 나는 막 점령군에게 정복당하기 직전에 있는, 놀란 그녀의 음부 속 뜨거운 곳으로 안착하고 싶어 미칠 지경이다.

—괜찮아, 루이즈? 괜찮아?

내가 그녀에게 묻는다.

—괜찮을 거예요.

나는 준비가 되었다. 복부와 허리를 스쳐가는 비로드의 감각. 나는 더이상 자제하지 않고 일을 시작한다. 루이즈도 나를 따라 한다. 나를 당겼다 밀었다 하면서 내 허리의 비곗살을 주무른다. 우리의 호흡은 하나가 된다. 쾌락의 신음 소리가 그녀의 목구멍 저 깊은 곳으로부터 흘러나온다.

—좋아, 루이즈? 좋지, 그렇지?

나는 불안하다.

—아무 느낌도 없어요, 헨리…… 처음에는 좀 아팠지만, 쳇! 이젠 아무렇지도 않아요. 신문도 읽을 수 있겠어요.

나는 그녀에게, 그러면 왜 절정에 이른 암코양이처럼 가르랑거리며 한숨을 뿜어댔느냐고 물었다. 그녀는 쾌락을 느껴보려고, 스스로를 자극하려고 그랬다고 대답했다. 내가 성숙하지 못하거나 관대하지 못한 남자였다면, 그녀의 솔직한 답변에 화를 냈을 것이다. 어쨌든 발기가 풀리는 것은 어쩔 수 없었고, 내 페니스는 그녀의 무심함 앞에 말랑말랑해졌다. 체크 무늬 행주 위에는 분홍빛 얼룩이 보일락 말락 했다. 처녀막의 흔적은 보이지 않았다. 루이즈가 엉터리 수작을 한 것은 아닌지 의심스러웠다. 그녀가 처녀라면 나는 성령이겠다.

우리는 저녁 내내 여러 차례 일을 치르면서 간간이 휴식기에 들면 어색해지기도 하고 수다를 떨기도 했다. 루이즈는 첫 남편의 성불능에서 받은 정신적 충격에 대해 말했고, 동물에게도 인간들처럼 성불능이 있을까 하는 문제를 놓고 나와 토론도 벌였다. 예를 들면 기린이나 영양에게도 성불능의 불행한 짝짓기가 있을까? 우리는 상당히 지적인 사람이 된 기분이었다. 논쟁을 하는 동안 나는 우리의 벌거벗은 아랫도리를 가리기 위해 내 실내복을 자주 끌어내려야만 했다. 우리는 크래커 위에 영국 농가에서 직접 만든 스틸턴 치즈를 얹어 먹고 셰리주를 마셨다. 나는 계속해서 술잔을 채웠고, 그러는 동안 우리 사이는 좀더 부드러워졌다. 루이즈는 빨리 배웠다. 행위가 반복되면서 그녀의 성기는 마치 잠에서 깨어나는 듯했고, 그녀 스스로도 차츰 나아지는 것을 느끼는 것 같았다.

—당신…… 어쨌든 당신이 나의 선생님이시니까…….

—잠깐, 학생이 선생을 능가하는 경우도 종종 있어!

적어도 그것이 나의 은밀한 희망이다. 루이즈는 웃음을 터뜨리고 우리의 혀는 다시 끝없는 키스 속에 휘감겨버린다. 이 새로운 시도가 좋아야 하는데. 하지만 나는 지쳤고, 스스로를 조절하기가 힘이 든다. 루이즈는 아마도 무언가를 재촉하는 듯하다. 전에 없이 허리와 배와 엉덩이와 허벅지를 움직이더니, 끝내 야비한 말〔馬〕처럼 나를 발로 치기까지 한다. 그녀는 눈을 감은 채 기분좋게 느리고 규칙적인 리듬을 타며 그 박자에 몰두한다. 입가에는 미소를 띠고 몸을 떨며 손으로는 내 가슴을 마사지한다.

—헨리! 헨리! 헨리! 아! 헨리이이! 헨! 리이이!

옳지! 루이즈는 드디어 천국에 발을 들여놓았다. 나도 마찬가지다. 부드러우면서도 단단하고 뜨겁게 달아오른 루이즈의 성기 속으로 빨려들어간 나는 마치 존재도 없이 사라져버리는 것 같았다. 그녀는 의외의 발견에 몹시 흥분했다. 이런 새로운 감정이 그녀를 놀라게 한 듯했다. 그녀는 행복감에 사로잡혀서 말했다. "이건 축복이에요." 오, 죄송! 그녀는 성호를 그으며 고쳐 말한 후, 셰리주 한 잔을 단숨에 마시고는 또다시 시작하기를 원했다.

—삼십 년 지각이에요. 그래요! 하지만 이젠 일초가 급해요. 자, 헨리, 어서요!

나는 너무 지쳐서 재충전의 시간이 필요하다고 말했나. 그녀는 화가 나서 서둘러 옷을 입더니, 투덜거리며 집으로 돌아가려고 했다. 나는 더 있으라고 간청하면서, 축 늘어진 채 꼼짝도 하지 않는 내 물건을 그녀에게 보여주었다.

—이건 내 마음대로 움직일 수가 없는 거야. 내 지배를 받는 게 아니거든!

—크림이 있다고 하던데요!

그녀가 도도한 목소리로 외쳤다.

—뭐라고? 크림이라니…….

—그래요! 발기 촉진을 위한 크림 말이에요! 그럼 잘자요, 헨리. 잘 쉬고 좋은 꿈 꾸세요!

그녀의 목소리에는 비웃음이 담겨 있었다. 나는 검정색 줄무늬가 있는 하얀 실내복을 허리에 두르고 현관까지 쫓아나가 겨우겨우 "봐서 내일 올게요"라는 말을 받아냈다. 키스도 없이, 시선도 주지 않고, 신체 접촉은 전혀 없이! 문은 조명이 밝지 않은 거리 쪽으로 열려 있었다. 부슬부슬 안개비가 내리고 있었고, 루이즈는 그 잿빛 어둠 속으로 종종걸음치며 사라졌다. 현관의 나로부터 일 미터쯤 떨어진 곳에 톰과 잭이 있었다. 나는 그들의 존재를 완전히 망각하고 있었다. 그 녀석들은 애써 진지한 체하면서도 뭔가 노골적인 말을 하고 싶어 못 견디는 표정이었다. 그들의 눈이 외설스러운 암시로 빛났다. 헝클어진 머리에 가슴은 드러내고 하반신은 실내복으로 발목까지 감싸고 있는 내 모습을 보았으니 당연한 일이기도 했다.

―마지막 공격이 있소?

나는 체면을 차리느라고 이렇게 물었다.

―마지막 공격이요?…… 아하, 마지막 공격! 비 때문에 오늘 저녁은 포기했대요. 아마 내일이나 하겠죠. 이번엔 훨씬 더 화끈할 겁니다! 경찰들이 지금 확성기를 설치하는 중이거든요.

나는 무슨 소리인지 이해하지 못했다. 그들이 하려는 것은 소방관들의 무도회가 아니다. 나는 감히 그들에게 더이상 묻지 못했고, 그저 그들이 빨리 사라져주기만을 원했다. 제발 빨리! 나는 물러났고, 우리는 서로 잘자라고 작별 인사를 했다. 바이바이!

*

나는 밤뉴스를 보면서 셰리주를 두 잔이나 마셨나. 스트레인지웨이즈의 폭동은 다시 사건 뉴스 중 톱기사가 되었다. 폭동 이틀째 되던 날 감옥에서 들것에 실려나오는 피투성이 부상자들을 보여주는 낡아빠진 화면들이 나왔다. 뉴스 진행자는 이들이 다른 감옥의 죄수들로부터 가혹 행위를 당한 바 있는 이십여 명의 성범죄자들이라고 설명했다. 응급실 입구가 보였고, 흰 가운을 입은 의사가 인터뷰에 응했다. 부상자 중 한 명은 오늘 계속되는 내출혈로 인해 사망했다. 의사로서 비밀을 지켜야 하는 의무 따위는 아랑곳없이, 그 외과의사는 사지가 손상된 환자는 하나도 보지 못했다고 단호하게 말했다. 휴우! 모두들 한숨을 돌리는데, 진행자가 다음과 같이 덧붙였다.

─아직도 항복하지 않은 죄수들이 장악하고 있는 남쪽 건물 창살에 사형당한 시체가 매달려 있다는 소문은 지금으로서는 사실 무근으로 판명되었습니다. 오히려 문제는 간밤에 레스터에 있는 소년원에서 일어났습니다. 오늘 아침에는 플리머스 근처 다트무어 교도소에서 심각한 폭동이 일어났고, 죄수 한 명이 자기 감방에서 불에 탄 시체로 발견되었습니다.

벽돌 건물인 교도소 전경이 나온다. 푸른 하늘로 검은 연기가 피어오르는 것이 전부다. 진행자는 또 이렇게 말한다.

─주동자들이 브리스톨 교도소로 철수하자마자, 거기서도 심각한 문제가 발생했습니다. 사백 명에서 육백 명가량의 죄수들이 건물 내 다른 곳으로 몸을 피했고, 폭도들 가운데 일곱 명이 부상당했습니다.

진행자는 심각한 어조로 정부의 불안감을 대변해보려고 애를 쓰지만, 바이러스처럼 번지는 폭동의 전염은 점점 희극적으로 변해간다. 그는 걱정스러운 표정으로 보도를 하지만 속으로는 기쁨을 감추지 못하는 듯했다.

　—감옥의 폭동은 인두세, 인플레, 높은 금리에 대한 격렬한 시위에 이어 정가를 술렁이게 하고 마거릿 대처 정부를 마비시킬 것으로 보입니다.

　다음으로 그는 요즈음 정치 시평으로 많은 신뢰를 받고 있는 피터 젠킨스를 돌아본다. 젠킨스는 항상 형광빛이 도는 녹색 나비 넥타이를 맨다. 마치 알몸에 넥타이부터 매고, 거기에 맞춰 옷을 입는 것 같다. 이제 녹색 나비 넥타이는 그의 상징이 되어버렸다. 어느 누구도 감히 텔레비전에 녹색 나비 넥타이를 매고 출연하지 못한다. 혹시 표절 시비에 휘말릴까 두려워서. 그는 적갈색 머리에 황소처럼 힘이 세고, 아마추어 럭비 국가대표팀에서 활동한 경력이 있어 대중에게도 매우 인기가 높다. 자, 해보시지, 피터! 그는 발음이 분명치 않다. 그는 이번 스트레인지웨이즈 사건은 최근 몇 년 동안 우리나라도 관심을 기울이고 있는 제3세계적 재난 상황으로 보아야 한다고 말한다. 그는 엄지손가락을 내밀면서 '킹스크로스 지하철역 화재 사건'을, 그리고 엄지와 검지를 내밀면서 '클래팜 철도재난'을 인용하고, 엄지와 검지와 가운뎃손가락을 흔들면서 '힐스보로 축구경기장'에서 짓밟혀 죽은 사람들을 예로 들었다. 그의 말에 따르면, 이 세 가지 사건은 같은 맥락에서 해석된다는 것이다. 그의 손이 더이상 움직이지 않는다. 세 손가락을 벌린 손이 얼굴 높이에서 멈춘다. 그 숫자가 피할 수 없는 것이기라도 한 양! 너무 많은 사람들이 낡아빠진 시설에 무더기로 수용되고 무능한 직원들에 의해 관리되고 있는 것이다! 그 대목에서 나는 벌떡 일어났다. 무능한 직원이라니? 간수들? 총지배인? 요리사? 소장? 빌어먹을! 저들이 나를 초대해서 단 이 분 동안만 말할 기회를 준다면!

진행자는 감동해서 머리를 끄덕이며 젠킨스의 비위를 맞추어 한술 더 뜬다.

—그것은 울프 판사 조사위원회의 초기 보고들에서도 확인된 것입니다. 그 뒤, 우리는 최근에 스트레인지웨이즈의 죄수들에게 배급된 음식과 주방의 위생 상태에 대해 알게 되었는데…….

—정말 경악할 일입니다! 짐승도 먹을 수 없는 음식들이지요!

젠킨스가 중간에 끼여든다.

획! 슬리퍼가 소파로 날아가는 것과 동시에 나는 텔레비전을 끄고 리모컨을 책꽂이를 향해 던져버렸다. 이런 식으로 물고늘어지는 데는 질렸다! 우리가 그 더러운 작자들을 위해 호화 식당을 운영하고 있는 것인지, 아니면 그냥 먹여살리는 것으로 만족하고 있는 것인지부터 밝혀야 한다. 노턴은 지불전표를 볼 때마다 죄수들에게 돈이 너무 많이 들어간다는 말을 수없이 해왔다. 교도소장 오프리엘의 인터뷰는 빠르게 효력을 발휘했다. 어머니가 내게 몇 번이나 이야기한 바에 따르면, 그는 직원들 중 일부가 아마도 부적격자들일 거라고 말했다는 것이다. 나는 진흙탕에 말려들지 않을 거다, 절대로! 신중해야 한다! 바보같이 굴지 말자! 일요일인 내일 루이즈에게 말해야지! 나는 저들이 하루빨리 폭도들과 협상을 끝내려 하며, 폭동이 전국으로 확산될까 봐 두려워하고 있다는 것을 잘 알고 있다. 하지만 나는 그렇지 않다!

*

　나는 오늘 아침 일 주일분 쇼핑을 하기 위해 프레스톤 스트리
트의 대형 매장에 갔다. 먹을 것과 마실 것들을 카트에 잔뜩 담
았다. 오늘 저녁은 샹들리에를 켜놓은 예쁜 식탁에서 루이즈와
마주 앉아 함께 식사를 하고 싶다. 내가 슈퍼마켓 주차장에서 메
리를 만났던 날처럼 해가 쨍쨍한 여름날이다. 나는 정오쯤 집으
로 돌아왔다. 우리 동네는 온통 흥분의 도가니였다. 초콜릿 사탕
과 솜사탕 장수가 있었고, 그 옆에는 파라솔과 테이블과 의자를
갖춘 '피시 앤 칩스'(영국인들이 즐겨 먹는 대중적인 음식—옮긴
이) 장사가 자리를 잡았다. '20가지 입맛에 맞춘 20가지 알려지
지 않은 요리법'에 따라 햄버거 속을 굽는 밴, 즉석에서 먹기도
하고 포장 판매도 하는 나무로 된 가판용 피자 손수레도 있었다.
조금 떨어진 곳에는 야광 장난감 장수, 동양이나 아프리카산 싸
구려 액세서리 장수, 통통 튀는 공과 석고로 만든 파이프로 뽑기
를 하는 가건물도 있었다. 대로는 그렇게 장바닥으로 변해버렸
고, 감옥으로부터 70미터 거리에는 안전선이 설치되어 있었다.
모여든 사람들은 작은 빌라들이 있는 이 동네 사람들만이 아니
었다. 부자 동네의 멋쟁이들도 있었다. 그들은 모험을 즐기려고
이곳에 온 게 아니다. 그들은 예쁜 자녀들과 순종 강아지들을 끌
고 나와 한가로이 산책을 즐기고 있었다. 여기저기 주차시켜놓
은 닭장차 안에서는 경찰들이 카드놀이를 하거나 졸거나 무전기
에 귀를 기울이고 있었다. 아직 볼거리는 아무것도 없었다. 기와

가 날아가버린 빅토리아 시대의 낡은 건물, 교도소의 지붕들 위에 폭도들의 모습이 가끔씩 보일 뿐. 구경거리는 오히려 거리에 있었다. 축제 때처럼 유치하고 들뜬 분위기의 거리에서 사람들은 서로 곁눈질을 하고 있었다. 기름이 묻어나고 김이 오르는 생선튀김이나 칠리케첩을 바른 햄버거를 먹으며 즐거워하고 있는 시골 부자들도 보인다. 가건물에서는 요란한 음악이 흘러나오고 간간이 엽총 소리도 들린다. 나는 스탠드 앞에 쇼핑백들을 내려놓고, 다섯 발을 쏘아 다섯 개의 파이프를 전부 맞혀 쓰러뜨렸다. 내 솜씨는 여전했다. 나는 봉제인형을 받았다. 경찰복을 입은 경찰견 인형이었다. 나는 술꾼 아내와 어린 세 아이들을 데리고 거리를 어슬렁거리고 있는 데이비드 오코너를 발견하고 곧장 그에게로 다가갔다. 그는 진심으로 웃으며 반가워했고, 나는 그의 막내아들에게 경찰견 인형을 넘겨주었다. 꼬마의 푸른 눈이 갑자기 빛났다.

　―고맙습니다, 헨리 아저씨.

　아이가 더듬거리며 천천히 말하자, 아이의 부모도 내게 고맙다고 말했다. 그러나 나머지 두 아이들은 자기들은 인형이 없다고 투덜거리기 시작했다. 오코너는 할 수 없이 돈을 치르고 두 번 시도를 해보았다. 그러나 그는 사팔뜨기라서 초점을 정확히 맞추지 못했고, 열쇠고리 한 개도 받지 못해서 아이들에게 웃음거리만 되었다. 내가 그들을 남겨두고 돌아서려는 순간, 오코너는 어제 기자 세 명이 왔었는데 입장료를 얘기하자 그냥 가버렸다고 털어놓았다.

　―너무 욕심 내면 안 돼, 데이비드!

세 아이가 바비 강아지를 서로 뺏으려고 밀치고 고함치는 소란 속에서 나는 잘 들리도록 큰 소리로 말했다.

조금 전까지만 해도 침착하고 상냥하던 오코너의 얼굴에 그림자가 드리워지고, 주름이 잡히고, 우울한 표정이 된 것은 어린아이들의 주먹다짐에서 오는 갑작스런 당혹감 때문이었다. 피골이 상접한 그의 아내는 만취하여 열에 들뜬 눈으로 나를 뚫어지게 바라보았다. 나는 얼른 그 자리를 떠났다. 내가 그 갈색 강아지 인형을 아이에게 주는 바람에 일어난 소동을 생각하니 웃음이 절로 나왔다.

어떤 구경꾼들은 쌍안경을 가지고 와서 지붕 위의 상황과 죄수들의 태도를 큰 소리로 중계했다.

—아주 젊은 사람들이네요!

한 중년부인이 놀라서 소리쳤다.

—면도도 안 했군. 옷은 누더기 같고! 정말 죄수들이야!

낙타털로 된 긴 외투를 입고 스코틀랜드 산 체크 무늬 빵떡모자를 쓴 한 노인이 말했다.

—저들을 보니까 영화 〈벤허〉에 나오는 갤리선을 탄 노예들이 생각나요.

흥분한 한 젊은 여자가 지껄였다.

죄수들은 내가 보기엔 열아홉 명쯤 되는데, 모두들 속옷 바람이거나 웃통을 벗어붙인 채로 용마루 위에서 일광욕을 즐기고 있있다. 팽팽한 전깃줄 위에는 제비들이 앉아 있었다. 그들은 이따금씩 우리에게 커다랗게 손짓을 하여 알은체를 했다. 주로 어린아이들이나 여자들이 그들에게 답했다. 파란 하늘에는 마술처

럼 언제 나타났는지도 모르게 헬리콥터 두 대가 나타나서 프로
펠러와 엔진 소리로 하늘을 진동시켰다. 헬리콥터들이 감옥 위
를 오랫동안 배회하다 교도소 지붕 위로 착륙을 시도하자, 죄수
들이 일제히 일어나 헬리콥터를 향해 나사못과 돌을 던졌다. 그
와중에 비틀거리던 죄수 한 명이 균형을 잃었다. 그는 지붕을 데
굴데굴 굴러떨어지다가 한 손으로 겨우 몸을 지탱하며 빗물받이
홈통으로부터 2미터쯤 떨어진 골조 기둥에 대롱대롱 매달렸다.
구경꾼들 사이에서는 공포의 비명이 터져나왔지만, 그 남자는
꼼짝 않고 있다가 잠시 후 조금 비틀거리며 다시 일어섰다. 사람
들은 휘파람을 불고 박수를 쳤다. 곧이어 헬리콥터는 멀어졌고,
폭도들은 승리의 비명을 질러댔다. 박수 소리가 두 배로 커졌다.
여기저기서 외침 소리가 터져나왔다.

　　―양보해서는 안 돼!

　　―넌 우리를 부끄럽게 하고 있어, 대처! 이건 수치다!

　　―대처는 국민을 학대하는 자다!

　　경찰의 비상선이 두 배로 증가되고, 뒤이어 지원병력이 도착
했다. 그들은 신경질적인 반응을 보였다. 희극적인 구경거리와
폭동의 움직임이 마치 나쁜 마법의 바람처럼 십여 분 동안 거리
를 흥분의 도가니로 몰아넣었다. 장바닥의 소란스러운 음악이
다시 들려오기 시작하자 사람들은 안심했고 축제는 계속되었다.
오늘은 우리집에도 손님이 많지 않을 것 같다. 가난한 주말이다.
기자들은 흩어져 이웃집들로 가고, 구경꾼들은 거리로 쏟아져나
왔다. 다행히 1TV와의 계약은 오늘 저녁까지지만, 주변 분위기
에서 폭동이 끝나간다는 게 느껴진다. 지금의 소란은 마치 죽기

직전에 가장 아름다운 노래를 부른다는 백조의 노래 같다. 내일이면 모든 게 정상으로 돌아가리라. 혹시나 해서, 나는 나에게 더 보낼 손님이 있는지 묻기 위해 로메오에게 전화를 걸었다. 망설이는 듯한 말투에서 그가 좀 냉담해진 것 같은 느낌이 전해져 왔다. 그가 내 인격을 의심하게 만든 것은 물론 그놈의 텔레비전이다.

—그래 그래, 엘리자베스는 잘 지내. 그래. 찰스도 잘 있고. 음, 잘 있지. 고마워, 나도. 하느님 덕분에.

그는 한참 주저하다가 고백을 했다. 아무튼 그는 나를 위해서 몇 그루의 나무를 잘 보관해두었다고 했다. 우리집 사과나무들 앞의 허전해 보이는 빈 구석을 채우기 위해서 진달래 네 그루와 로더덴드런(철쭉속의 식물—옮긴이) 한 그루도 마련해두었다는 것이다.

—꽃이 피면 산호 무더기 같을 거야.

나는 문득 홍해를 떠올렸다. 취사병 보조로 있던 시절, 나는 그곳에서 여러 차례 수영을 한 적이 있었다. 나는 그에게 우리집 정원을 고쳐달라고 부탁하지는 않았다. 문제는 원상복구다. 원래대로 크레베트, 틸란드시아, 이오니움을 심고 싶다! 결국 나는 그가 권하는 다년생 철쭉을 보기 좋은 장소에 심을 것이다. 아무튼 나는 그의 정원사로서의 안목에 감사한다. 수화기 너머에서 들려오는 그의 목소리가 다시 진지해진다. 그는 내게 보내는 손님 문제로 슬쩍 넘어갔다. 내가 교도소 주방에서 일하는 것이 얼마나 힘든지, 그리고 나를 여론 재판의 제물이 되도록 방치해놓은 내 상사들이 얼마나 배은망덕한지 이야기하자 그는 침묵을 지켰다. 나는 그에게 텔레비전에서는 아무 말이나 막 하며, 심할 때는 정보를 확인하지도 않고 떠들어댄다고 거듭 강조해서 말해주었다. 로메오는 고집쟁이다. 그도 역시 세상은 험해지고 폭력이 난무한다고, 폭력이 마치 센 불 위에 올려놓은 밀가루 반죽 냄비처럼 넘쳐흐른다는 말을 되풀이했다.

—사람들은 신이 수면요법을 쓴다고 하지.

내가 제동을 걸었다. 수화기 너머에서는 아무 반응이 없다.

—로메오? 여보세요? 듣고 있는 거야?

—응 응, 하지만 요즘은 악마가 날뛰고 있어서.

그가 대답했다.

전화의 수신 상태에 아무 이상이 없음을 확인한 나는 일요일을 잘 보내라고 말하고 전화를 끊었다. 그가 내 에덴 동산을 복원하는 일을 도와주러 올시 안 올지는 잘 모르겠지만, 내가 우리 집 정원에서 저렴한 가격으로 구경거리를 제공한다는 사실을 그가 더이상 선전하고 다니지 않는 것은 분명하다. 나는 수잔 카를로스 심슨에게 전화를 했다. 주말마다 바에서 일하는 율리시즈가 전화를 받았다. 내가 누구인지 밝히자 그는 브라질어 억양이 섞인 부드러운 목소리로, 잠시 기다리면 홀에 있는 마담에게 전해서 금방 달려오게 하겠노라고 했다. 물론 그래야지! 하지만 수잔은 나를 거의 5분이나 기다리게 했다. 제기랄!

—일요일에도 사람이 그렇게 많아?

나는 약간 짜증스럽게 물었다.

—보통 그래요, 이 시간에는. 나 지금 전화 받을 시간 없어요, 블레인.

나는 지금 내 상태가 절망적이라고 털어놓았다. 그녀가 오기를 기다리고 있으며, 그녀가 오면 사건의 무대와 파괴된 모습과 거리에 널려 있는 종이꽃들, 그리고 지붕 위의 폭도들을 보여줄 것이며, 멋진 점심도 제공하겠노라고 말했다. 그녀는 텔레비전에서 다 보았고, 심지어 우리집에서 볼 수 없는 것, 즉 감옥의 내부, 좁은 통로, 감방들, 뜰, 부엌까지 다 보았다고 응수했다. 나는 순진한 척했다. 마음이 떠나버렸다는 그녀의 암시를 잘 알아듣지 못한 것처럼, 이번이 마지막이고 상황은 곧 끝날 것이기 때문에 보러 오려면 서둘러야 한다고 말했다.

—블레인, 나 더이상 당신 말 들어줄 시간 없어요. 손님들이 기다리고 있다구!

나는 다른 방법을 썼다. 후손들을 위해 나중에 증언하려면, 지금 두 눈으로 똑똑히 봐두어야 한다고.

—제발, 블레인. 이건 유태인 학살이 아니에요! 그렇게 호전적으로 나올 거면 아예 당신 집을 개방한다는 광고라도 내지 그래요? 아무튼 증인은 당신 하나면 족해요! 난 일해야 돼요.

찰칵! 전화가 끊어졌다. 나는 독약처럼 온몸으로 퍼지는 증오심을 느꼈다. 나에 대한 치욕스러운 소문이 전파를 타고 향수처럼 퍼져나가고, 나는 가까운 사람들로부터 배신당해 고립되었다. 아무래도 텔레비전에 나가서 내가 피해자인지 가해자인지를 밝혀야겠다. 소장 따위는 신경 쓰지 않는다! 그렇다. 사람들이 주빙과 음식에 대해 사진 찍고 이야기한 내용들은 모두 사실이다! 그렇다면 왜 비열한 노턴에 대해서는 한마디도 하지 않는가? 그는 오프리엘의 보호를 받고 있음이 분명하디! 내가 죄수들에게 거의 음식이라고 할 수 없는 것들을 주긴 하지만, 적어도 난 세련되게 가공해서 준다. 나는 성 바울 성당의 대형 파이프 오르간을 연주하듯 그들의 위와 창자를 연주한다! 말하자면, 그들의 위와 창자는 내가 이끄는 심포니 오케스트라다. 나는 이 작은 도시 스트레인지웨이즈 사람들의 엉덩이 구멍을 지휘하는 거장이다! 나는 상사들이 공공연히 텔레비전과 공모해서 나를 두 번이나 속였다는 느낌이 들었다. 정오 무렵이라 몹시 배가 고팠지만 나는 주저하지 않았다. 나는 다락방으로 올라갔다. 톰과 잭은 카드놀이를 하고 있었다. 따분하던 차에 내가 오자 반기는 눈치였다. 그들은 어제 저녁 현관 앞 복도에서 루이즈와 나를 만났던 일로 여전히 들떠 있었다. 그들은 공모자처럼 눈을 찡긋하며 나를 맞이했다.

─약혼자가 정말 멋진 물건이던데요?

그들이 먼저 얘기를 꺼냈다.

─응. 그런데 열대 지방 출신이라 목이 마르대. 그래서 자주 물을 줘야 해.

나는 그들의 입맛에 맞게 대답해준다.

잭은 요란하게 웃음을 터뜨리고, 톰은 야릇한 미소를 지었다. 공들인 옷차림에 신중하고 조용한, 이 포동포동한 남자가 그런 음탕한 시선으로 나를 바라본 적은 한 번도 없었다.

─오늘 저녁은 볼 만할 겁니다. 내무성의 소식통을 통해 확인했는데, 이번이 정말 마지막 공격이 될 거라는군요. 헬리콥터, 탐조등, 확성기, 물대포, 쇠갈고리, 최루탄, 중재를 위한 특별분대가 동원되고…….

—만약 당국이 군대를 동원한다면 끝나는 데 오래 걸릴 거요.

나는 어느 편도 들지 않는 애매한 소리를 했다.

—입 다물어요, 헨리. 바로 그게 문제였다구요. 교도소간수연합회 부회장인 아이버 설이 와딩턴에서, 간수들에 대한 모욕은 그 정도로 충분하며, 이젠 테러 진압작전을 위해 구성된 공군 특수부대 SAS를 투입시켜야 한다고 말했어요. 하사관들은 반대했어요. 벼룩을 잡기 위해 동력 해머를 동원할 필요는 없다는 거죠. 그러자 그들은 자신들이 웃음거리가 될 수는 없다고 응수했어요!

—모욕이라는 말이 나왔으니 하는 말인데, 당신들은 내가 텔레비전에서 어떤 부당한 취급을 당했는지 알아야 하오. 나는 그들이 텔레비전에서 험상궂은 표정으로 이야기하는 걸 보았소. 내가 당신들에게 제안하고 싶은 건 문답 형식으로 다시 인터뷰를 하자는 것이오. 관리직 간부들의 뒷거래, 직원용 매점의 불법 거래 따위를 아는 대로 다 털어놓겠어. 울프 판사의 조사위원회 활동에도 도움이 되겠지. 당신들은 어떻게 생각하오? 무슨 일이 일어날까? 특종감 아닌가? 나 혼자만 당하고 있지는 않을 거야!

그들은 난처한 표정이었다. 잭은 자기 신발을 내려다보면서 손가락을 신경질적으로 비틀었고 톰은 괜히 헛기침을 하며 넥타이를 만지작거렸다.

—밖에 햇빛도 나니까 사진이 아주 잘 나올 거야, 안 그래?

—보스한테 얘기해봐야 돼요.

그는 결국 한발 물러섰다.

—내가 만난 적이 있는 당신네 프로듀서 말이오?

내가 꼼짝 않고 계속 서 있자 톰이 결단을 내렸다.

—당장 그에게 전화를 하겠습니다.

그는 조용히 가방을 뒤져 노트북을 꺼냈다.

—그럼 난 아래층에 내려가서 브랜디를 한 병 따놓고 기다리겠소.

나는 일부러 소리를 내며 층계를 걸어내려왔다. 막간을 이용해 루이즈에게 전화를 걸었다. 나는 그녀가 호전적이라는 느낌을 받았다. 하지만 그 이유가 건강한 육체에 새로운 목마름을 일깨워줬던 어제의 사건이 갑자기 불발로 끝나버렸기 때문이라는 것을 알지 못했던 나는 오늘 아침 그녀를 위해 사온 음식들에 대해 이야기를 늘어놓았다. 아일랜드 산 연어, 태평양에서 잡은 신선한 새우, 야채를 넣은 테린(조류나 생선을 얇게 썰어 단지에 넣어 익힌 요리—옮긴이), 농가에서 직접 만든 스틸턴 치즈, 제조년도와 일련번호가 붙은 토레스 술병, 딸기 아이스크림, 그리고 샴페인까지. 루이즈는 감격해서 어제처럼 오후 5시에 오겠다고 약속했다. 나는 너무나 행복해서 왈츠 스텝을 밟아보았다. 붐붐 붐.

전화를 끊고 나자 두 리포터가 층계를 내려오는 소리가 들렸다. 내가 서가 아래쪽에 있는 새 나폴레옹 꼬냑 병을 꺼내들었을 때, 그들은 마치 상자 속에서 튀어나온 악마들처럼 문지방에 서 있었다.

—잘됐어요. 보스가 허락했습니다.

허락 정도가 아니었다. 그는 자신의 부하직원들에게 서둘러 인터뷰 화면을 찍으라고 독촉했던 것이다. 그는 내 인터뷰가 파문을 일으킬 만한 파괴력을 가진 사건이며 특종감임을 예감한 것이다. 우리는 앉아서 건배했다. 잭은 조명이 좋아 화면이 아주 잘 나올 거라고 확신했다. 나는 다른 것은 더이상 요구하지 않았다. 뉴스의 컨셉이 달라지니까 화면에 스트레인지웨이즈의 담장과 자갈길이 나오도록 우리집 앞에서 찍어야 할 거라고 톰이 내게 설명해주었다. 나는 면도를 하고 넥타이를 매겠다고 말했다. 우리는 잔을 들었다. 건배! 고급 술이 목구멍을 넘어가는 짜릿한 느낌과 세 시간 후면 루이즈가 올 거라는 사실이 나를 더욱 신바람 나게 만들었다. 우리는 인터뷰에 사용할 질문들을 만들며 술을 두 잔씩 비웠다. 그리고 나서 나는 준비를 하러 위층으로 올라갔다. 로션을 바르고 향수를 뿌린 후, 깔끔한 옷차림으로 다시 내려왔다. 톰은 내가 약간 부자연스럽다고 지적하면서 검지를 관자놀이에 댄 채, 주의사항을 알려주었다. '친근감을 불러일으키고 편하고 실제적인' 느낌을 주어야 하며, '관료적이고 궁지에 몰린 듯하고 공격적인' 태도는 금물이라는 것이었다. 그는 검정색 줄무늬가 들어간 내 실내복이 '사진을 아주 잘 받는' 옷이라고 했지만, 나는 붉은색 와이셔츠에 넥타이를 매고 싶었다.

—좋아, 톰. 자네 말대로 하지, 자네가 전문가니까.

그들은 내 뺨을 약간 붉게 칠해주고, 이마와 코에는 빛을 반사해서 번들거리지 말라고 살색 파우더를 발라주었다. 잭은 금속 담배 케이스에서 던힐을 한 개비 꺼내 내게 건넸다. 톰은 침착하게 이야기를 풀어가는 데 도움이 될 거라고 했다. 나는 던힐 시가를 피우며 소장에 대한 내 의견을 말했다. 우리가 거리로 나갔을 때는, 정오가 막 지난 시간이었다. 시내는 한여름 어웰 해변만큼이나 활기에 넘쳤다. 축제가 한창이었다. 대로와 우리집 앞 골목길이 만나는 지점에는 맥주와 커다란 막대사탕을 파는 두 대의 손수레가 자리잡고 있었고, 다른 한쪽에는 어떤 사람이 지붕 위에 대형 확성기가 달린 밴에 올라탄 채 마이크에 대고 갖가지 소리를 질러 흥을 돋우며 행운의 바퀴를 돌리고 당첨번호를 뽑고 있었다. 소리를 지르며 전쟁놀이를 하고 있는 꼬마들은 점점 더 많아지는 산책자들 사이에서 서로 쫓고 쫓으며 장난을 치고 있었다. 맨체스터 전체가 이 소리와 빛의 쇼를, 마지막 구경거리를 보러 오자고 약속이라도 한 것 같았다. 톰과 잭은 작업하는 데 방해가 되는 이런 소란스러움에 불평을 터뜨렸다. 그들은 작년 봄에 다시 칠한 우리집 벽면들을 카메라에 담았고, 나는 현관문을 열면 화면에 옆모습이 나오도록 서 있었다. 그리고 나서 나는 내 거실 겸 식당의 서가를 배경으로 소파 팔걸이에 팔을 올려놓은 채 편한 자세로 앉아 인터뷰에 응했다. 검정색 줄무늬 실내복을 걸친 나는 꼬냑을 다시 한 잔 따라 들고, 시가에 불을 붙였다. 톰이 질문을 시작했다. 내가 사는 도시, 우리 가족의 생활(이것에 대해서는 되도록 간결하게), 내 직업세계, 내 직장(이곳을 지배하는 특이한 규율 따위에 대해서는 극히 제한된 질문만 했다. 뜸을 들이다가 톰이 눈을 찡긋하면, 그게 바로 신호였다)에 대해 차례로 질문한 후, 스트레인지웨이즈의 죄수들에게 제공되는 음식과 끔찍한 주방 상태에 대해 텔레비전에서 폭로한 사실들을 내가 불쾌하게 생각하고 있지는 않은지 물었다.

—네, 저는 마치 인신공격을 당한 듯한 기분입니다! 저는 주방장입니다! 주방을 건축하고 유지하고 현대화하고 관리 감독하

146

며 식량을 공급하는 일은 저와는 무관합니다. 저는 그저 요리만 할 뿐이에요! 여러분이 화면으로 본 것들은 사실…… 빙산의 일각에 불과합니다(내가 이런 암시적인 표현을 사용한 것이 스스로도 만족스럽다). 저는 아주 낡은 건물에서 일하고 있습니다. 암모니아수로 대청소를 하긴 하지만 2주에 한 번뿐이죠. 그래서 쥐와 바퀴벌레가 우글거립니다. 이 건물은 한 세기 전에 육백 명의 죄수를 수용하던 곳이었는데, 지금은 천육백 명을 수용하고 있으니, 한번 상상해보십시오! 종종 오래된 배관들 때문에 식기 세척기의 배수가 잘 되지 않아 식기들이 더러운 물 속에 잠겨 있는 시간이 많고, 그러다 보니 그릇들은 기름이 끼어 있고 찐득찐득합니다. 제가 주방에 수세식 화장실을 설치해달라고 요구한 지 몇 년이 지났습니다. 주방에서 일하다 볼일을 보려면 뜰 두 개와 건물 하나를 지나야 하는데, 일의 성격상 곤란할 때가 많습니다. 그래서 제 조수들은 개수대나 직원용 매점 한구석 쌀 자루 위에 소변을 봅니다. 감쪽같이, 아무도 모르게요. 특히 겨울엔 말입니다! 나는 피부병 환자도 아니고, 죄수들을 증오하는 정의파도 아닙니다. 사실 그런 사람들은 가마솥에 오줌을 싸서 정성껏 만든 사십 킬로나 되는 음식을 망쳐놓기도 하죠. 소량의 오줌이 인체에 독이 되지는 않지만요. 그리고 그런 짓을 하는 조수들을 고용한 건 제가 아니라는 말씀이죠. 저는 직원들이 어떤 경로로 어떤 방법으로 채용되는지는 모르지만, 어쨌든 그들은 우수한 인력이 아닙니다. 그렇다고 그들을 갈아치운다는 것은 제 권한 밖의 일이죠!

나는 번갈아가며 숨 한 모금을 마시고 담배 한 모금을 빤다.

두 가지 맛이 섞여서 미각을 부드럽게 자극한다. 나는 그 맛을 음미하며 여유를 가진다.

—음식이라고도 할 수 없는 음식들이 암거래되는 장소는 바로 직원용 매점입니다. 납품업자들에게 결제해준 청구서와 주문서를 자세히 보면, 중간 수준 품질의 다양한 재고식품들이 들어오고 있음을 알 수 있습니다. 재고식품이라도 괜찮아요. 먹을 만하거든요. 튜브에 든 농축우유, 요구르트, 구다 치즈, 네덜란드산 소프트 치즈, 상자에 든 강낭콩, 토마토 소스, 참치, 백포도주, 고등어, 기름에 튀긴 청어, 쇠고기 통조림, 돼지비계, 닭과 칠면조 가슴살을 톤 단위로 사들이죠! 작년에는 두 달 동안, 십 킬로그램이 넘는 꿀이 직원용 매점을 통해 들어왔어요, 꿀이요! 물론 죄수들은 냄새도 못 맡았죠! 대기업 구내식당이나 대형 매장으로 슬쩍 되팔려 나갔거든요. 이렇게 해서 들어온 돈의 이십오 퍼센트가량은 음식을 사는 데 쓰이죠. 빻은 쌀, 개 사료로나 쓸 수 있을 밀가루 반죽, 반쯤 썩은 감자, 렌즈콩, 붉은 콩, 삼 년 묵은 강낭콩, 닭날개, 돼지비계나 가공한 쇠고기, 계란가루…… 이 정도로 해두죠.

—그렇지만 타이프 쳐서 책임자가 서명까지 한 한 주 동안의 메뉴가 매주 감옥 안에 게시된다던데요?

순진하게도 톰은 놀라며 말한다.

내가 잔을 비우고, 3초 정도 말없이 있자, 긴장감이 감돌았다.

—그럼 메뉴에 대해 이야기합시다. 메뉴가 있습니다. 네, 있어요! 현관문 입구에 게시된 그 메뉴는 방문객들이나 면회 온 가족들이 면회실에서 기다리는 동안 호기심을 만족시켜주기엔 충

분합니다. 자, 본론으로 되돌아가지요! 그러면 돈은 어디로 간 겁니까, 네? 들어온 돈이 어디로 갔냐구요. 나머지 칠십오 퍼센트의 돈 말입니다. 돈! 돈! 이 담배연기처럼 연기가 되어서 날아가버렸을까요? 총책임자인 에반스 노턴에게 물어보시지요. 아니면 소장에게 묻든지. 아, 물론 전자는 멋진 자동차 수집가이고, 후자는 예술작품 수집가이다 보니, 돈이 좀 필요히죠! 직원용 매점은 폭도들이 불을 지른 한 곳으로, 사분의 삼이 불타버렸는데, 정말 애석한 일이지요. 폭동 첫날부터 폭도들이 그 건물을 공격한 데는 다 이유가 있었던 겁니다. 그렇지만 물품 주문서와 청구서들이 불타버렸을 거라고는 생각지 않습니다. 경리부 사무실은 훼손되지 않았습니다. 조사위원들은 그곳에 직접 가보는 게 좋을 겁니다. 총책임자는 죄수들의 두목들로부터 후한 대접을 받습니다. 두목들은 그를 위해 백리향으로 맛을 낸 새끼 양의 넓적다리 고기, 버섯을 곁들인 송아지 불고기, 발트 해 산 연어, 꼬냑을 뿌려 불에 그을린 바닷가재를 주문합니다. 두목들은 돈을 무제한으로 씁니다. 그중에는 감방에 다다미와 솜 넣은 요를 가지고 있는 자도 있습니다. 마치 아시아의 씨족 족장처럼 지내죠. 생선초밥과 최고급 회까지 먹으니까요! 그는 자개와 금으로 상감한 상아 젓가락으로 그 음식들을 먹습니다! 납품업자를 손안에 쥐고 있는 것은 바로 노턴입니다. 이들이 흰 냅킨을 깐 식탁에서 여왕의 식기와 은수저로 식사를 하고, 원하기만 한다면 터키 산 실크 원피스를 입고 와이키키 춤을 추는 자이르의 처녀들이나 제복 차림의 졸병들의 시중을 받으며 식사할 수 있는 밀실들이 스트레인지웨이즈 안에는 있습니다. 네, 그래요. 정말로 그렇다니까요! 감옥 안에서는 뭐든지 살 수 있어요, 바깥 세상으로 나가는 자유만 빼고. 돈만 있으면 충분합니다. 값은 바깥보다 오십 퍼센트 정도 더 비싸죠. 에반스 노턴은 그 분야의 전문가입니다. 맨체스터의 역사적 현장에 왕국을 하나 차릴 수도 있을 정도죠! 저는 물론 요리만 하지요! 잿빛으로 변한 쪼개진 말린 완두콩, 갈색 국수, 짓물러터진 감자, 푸르딩딩한 닭날개를 가지고 요리의 기적을 실현해보려고 필사적으로 노력을 했지만 아무래도 희생양이 될 것 같군요! 두고 보세요, 이 희생양을! 휴즈가 나간 건 바로 중앙에 있는 측정기예요. 울프 판사가 소매를 걷어붙이고 나서면 한 건 할 수 있을 겁니다!

나는 일어선다. 흥분이 고조되자, 이가 아프고 뱃속이 불편하다. 나는 넥타이를 느슨하게 풀고, 피우던 담배를 땅바닥에 짓이겨 끈다. 제기랄! 사실은 땅바닥이 아니라 내 양탄자 위에! 톰이 내게 앉으라는 신호를 보낸다. 침착해, 헨리! 침착하라구! 나는 다시 자리에 앉는다. 나는 카메라를 향해 손가락질을 하며 시청자들에게 호소한다.

─죄수들이 반란을 일으킨 데는 이유가 있습니다. 윗사람들은 죄수들이나 우리 소시민들에게는 관심이 없습니다! 폭도들은 이런 행동을 할 권리가 있어요!

나는 주먹을 쥐고 흔든다. '항복은 절대 불가!'

잭이 카메라 뒤에서 앞쪽으로 손을 뻗더니 엄지손가락을 세웠다. 그는 카메라 파인더의 고무 재질의 작은 구멍에서 눈을 떼고 잠시 애꾸눈 시늉을 하다가 양쪽 눈을 다시 뜨고 나서 그 특유의 말웃음을 웃는다. 그는 당황하면서도 감탄하는 표정으로 계속해서 엄지손가락을 흔들었다.

—최고야, 헨리. 최고! 정말로 용감해! 이제 소장은 모가지야. 아마 장관에게까지 파문이 확산될지도 모르지. 안 그래, 톰?

두 사람은 나를 축하해주었다. 잭은 나를 가볍게 포옹하고, 톰은 마른기침으로 목을 가다듬었다.

—당신도 아다시피, 헨리, 두목들 이야기는 폭로릴 것도 없어요. 그런 일은 오래 전부터 세계 모든 감옥들에서 있어온 일이니까. 하지만 매점의 뒷거래나 물품 주문서, 상당한 규모의 검은 뒷거래에 대한 당신의 주장은 그것을 뒷받침하는 확실한 증거가 있어야 해요. 이건 심각한 문제거든요!

—좋소! 나는 지금까지 아가리를 닥치고 있었소. 하지만 눈까지 주머니 속에 넣어둘 순 없었지. 나는 물건들이 건물 안으로 들어오고 나가는 것을 똑똑이 보았소. 서쪽 건물 5번 통로 D출구. 그곳은 주방과 인접해 있으니까. 만일 그들이 직원에게 뇌물을 주었다면, 적어도 나도 그 이권에 개입되었을 거라구? 천만에! 요컨대, 노턴과 오프리엘이 유일하게 우리에게 양보한 것은 고기 부스러기를 되팔아 들어온 검은 돈뿐이오! 당신들도 알겠지만…… 그것은 스트레인지웨이즈의 경리장부에도 공식 문서에도 다 기록되어 있소. 정육점에서 일하려면 자격증을 가진 전문가여야 하오. 안 그렇소? 불행하게도 감옥에 들어오는 고기들은 대부분이 수의사의 검인을 받지 못한 것들이지. 검인이 찍힌 것이 들어오면, 그것들은 되팔려서 당장 대형 매장의 냉장고로 들어가고, 우리는 자투리 고기를 직접 사서 으깬 감자와 다진 고기를 섞어 익히거나 자극적인 양념을 한 소시지로 만들어서

써요. 일 년에 십오 톤가량의 진짜로 쓸모없는 자투리 고기가 나오는데, 우리는 그걸 개나 고양이의 사료를 만드는 공장에 되팔아요. 그게 고작이지 그 이상은 상상도 못 해요! 덕분에 우리의 십이월 월급은 보통 때의 두 배가 되고. 말하자면 연말 보너스 같은 거지, 대단한 건 아니오.

—진짜로 쓸모없는 고기라는 게 뭡니까?

—썩은 것! 너무 썩어서 못 먹는 것! 정말 지독한 냄새가 나요, 아시겠소? 서쪽 건물 공격 때 텔레비전 리포터들의 눈에 띈 게 바로 그것들이오.

나는 화장용 솜에 화장수를 적셔 거실에 걸린 베네치아 식 거울 앞에서 화장을 지웠다. 톰과 잭은 고개를 끄덕이며 생각에 잠겼다.

—이런…… 정말 유감이오, 헨리. 인터뷰에서 그걸 말했어야 했는데…….

—이 친구들, 미쳤어? 싸워야 할 적은 내가 아니라구. 나는 그저 희생양일 뿐이야. 오해하지 마!

나는 얼굴을 한 번 더 닦고 나서, 잭이 조명기구를 정리하는 동안 브랜디를 더 내놓았다. 건배! 그때 딩동! 벨이 울렸다. 나는 문을 열러 나갔다. 약속보다 30분이나 일찍 도착한 루이즈가 미소를 지으며 서 있었다. 그녀는 고급 투피스 위에 레인코트를 걸치고 있었다. 아주 환상적이었다. 검은 스타킹에 하이힐. 그녀는 손에 든 비닐 봉지를 내게 내민다.

—내가 만든 애플파이예요. 아직 따뜻해요. 내가 조금 일찍 도착했는데…… 혹시 방해됐어요? 실내복을 입고 있는 걸 보니

낮잠 잤나 보죠?

─아니. 절대 그렇지 않소. 촬영 때문이오. 내가 다 설명해주겠소. 날씨도 좋고 사람들도 많이 모였소. 폭도들 덕분에 온 동네가 축제 분위기요.

우리가 안으로 들어가자, 아직 손에 술잔을 들고 있던 톰과 잭은 루이즈를 알아보고 짓궂게 인사말을 건넸다. 나는 루이즈에게 그들을 소개했다.

─신문이든 텔레비전이든 같은 기자끼리니, 동료가 되겠군요!

잭이 내게 눈을 찡긋하며 속삭이듯 말했다.

나는 그를 쳐다보지도 않았고 대답도 하지 않았다. 짓궂게 구는 게 못마땅했기 때문이다. 톰과 잭은 자리를 뜨지 않고 계속 뭉개면서 갑자기 『앙글리칸 트리뷴』에 관심을 보이기 시작했다. 여러 가지 구체적인 질문들을 하면서, 5분 전까지만 해도 그 존재조차 모르던 신문에 대해 자세히 알고 싶어했다. 루이즈는 기분이 좋아서 수다스러워졌고 그들에게 기꺼이 답변을 해주었다. 그녀의 신문은 그녀의 존재이유다. 그녀는 연대기적으로 설명을 했다. 『앙글리칸 트리뷴』을 돋보이게 해주는 기자들을 언급하고 그들이 쓴 기사들에 대해서도 설명했다. 그들은 아주 열심히 듣는 척하지만 사실 잭은 그녀를 발끝에서 머리끝까지 면밀히 관찰하고 있었고, 톰의 눈은 그녀의 블라우스 앞쪽 깊이 팬 부분을 집요하게 뒤져 브래지어 속의 움푹한 부분과 젖가슴을 찾아내고 있었다. 나는 그들의 위선적인 행동에 짜증이 나서 헛기침으로 목소리를 가다듬은 후, 이렇게 말했다.

─마지막 공격이 인제 시작될지나 생각해보슈. 시작 부분을

놓쳐버리면 당신네 프로듀서가 불만스러워할 테니.

그들은 잠시 어리둥절해서 나를 바라보았다. 이윽고 눈치를 챈 그들은 우리에게 즐거운 저녁 시간을 보내라고 말한 후, 나에게는 낮은 목소리로 축하의 말을 남기고는 층계 쪽으로 갔다. 나는 복도 쪽 문을 잠갔다. 루이즈는 내가 중간에 끼여든 것에 대해 화를 냈다.

—그 사람들 무척 좋은 사람들이던데 왜 쫓아버리는 거예요?

—당신이 가져온 맛있는 파이가 식어버릴까 봐. 그리고 그 수다쟁이들하고는 나눠먹고 싶지 않기도 하고.

—맙소사! 헨리, 당신 굉장한 욕심쟁이네요?

나는 부엌으로 가서 비닐 봉지에 든 애플파이를 꺼내고 찬장에서 접시와 작은 포크들도 꺼내고 찻주전자의 플러그를 꽂고 하면서, 내 인터뷰에 대해 생각했다. 내가 너무 직설적으로 말한 건 아닌가? 이런 식으로 폭도들의 싸움에 참여하는 건 조금 극단적인 것인지도 모른다. 그렇지만 노턴을 비난한 것은 정당하다. 그가 뒷거래를 했다는 증거는 얼마든지 있다. 하지만 소장의 경우는 증거에 의한 것이라기보다는 추측일 뿐이다. 노턴은 단독으로 자기 사업을 할 수가 없고, 그렇다면 상사의 비호를 받고 있을 게 분명하기 때문이다. 조사위원회는 라인을 거슬러올라가 오스카 오프리엘 경까지 조사를 해야 할 테지만 그럴 것 같지는 않다. 아무튼 나는 내 의무를 다했다고 자위한다. 엄마는 나를 자랑스럽게 여길 것이고, 친구들 사이에 실추되었던 명예도 회복하게 될 것이다. 그 외의 것들에 대해서는 기다리며 두고 볼 일이다.

나는 개수대 옆의 조리대 앞에 서서 종이 필터 속으로 차를 붓고 있었다. 찻주전자에서 물 끓는 소리가 나고 있었기 때문에, 그녀가 다가오는 소리를 듣지 못했다. 그녀의 손이 내 허리를 감아왔다. 그녀는 내 등에 자기 몸을 밀착시켰다.

—지금 날 생각하고 있지요, 헨리? 생각할 필요도 없어요, 지금 여기 있잖아요.

그녀가 나지막하게 속삭였다.

나는 고개를 돌렸다. 내 입술이 가까이 가자, 그녀의 입술이 내 입술을 덥석 물고, 빨고, 핥고, 가볍게 깨물었다. 루이즈가 키스를 퍼붓자, 내 목덜미에는 전율이 일고 또 인다. 나는 루이즈의 입술에서 내 입술을 떼지 않은 채, 조리대 위에 차 필터를 내려놓고 손으로 더듬어 빌어먹을 주전자의 코드를 뽑으려 했다. 내 복부를 어루만지던 그녀의 손이 바지 허리띠 아래 사타구니로 부드럽게 스며든다. 콘센트가 개수대 건너편에 있기 때문에 루이즈의 포옹에서 벗어나지 않고는 코드를 뽑을 수가 없다. 물이 부글부글 끓어 넘친다. 나는 이 찻주전자를 몇 년 전에 샀다. 구모델이라서 끓을 때까지 부엌에서 지켜보고 있어야 하기 때문에 여간 불편하지 않다. 루이즈의 집요한 손길에 단숨에 고개를 든 내 페니스는 7층 창문에 있는 난간처럼 빳빳해졌다. 루이즈는 내 몸에 나타난 그녀의 키스 효과를 확인하고는, 재빨리 오른손을 내밀어 내 허리띠를 풀고, 이어 내 바지 호크를 열었다. 부글부글 끓던 찻주전자 밑 금속판에서 딱딱 소리가 난다. 적도의 습한 구름에 휩싸여 마치 사우나에 온 것 같다. 내가 루이즈를 돌아본 순간, 내 바지의 지퍼가 활짝 열렸다. 바시는 놀덩이처럼 내 양말 위로 내려앉았다. 나는 그녀에게서 여전히 입술을 떼지 않은 채 한 팔로 그녀의 허리를 휘감고 개수대 건너편으로 끌고 가서, 다른 한 손으로 콘센트를 찾아 단숨에 코드를 뽑아버렸다. 빌어먹을 놈의 주전자! 나는 망할 놈의 수증기 때문에 손목 안쪽을 뎄다. 부글부글 끓던 물소리도 그치고, 이젠 흥분한 루이즈의 숨소리만 들린다. 그녀는 눈을 감고 있었다. 안경 렌즈에 맺힌 수증기가 물이 되어 흘러내린다. 얼마나 열이 나면! 이번엔 내 차례다! 나는 잠시 그녀의 다리를 애무하다가, 부드러운 천으로 만든 타이트 스커트를 걷어올렸다. 맙소사! 그녀는 지난번 목요일처럼 그 속에 스타킹을 신고 있었다. 허벅지 윗부분의 부드러운 살이 만져진다. 오, 루이즈! 네가 내게 주는 선물이다! 어제 오후에 입었던 비로드 바지는 허벅지 살에 붙어 있는 게 아닌가 생각될 정도였는데, 이건 또 웬 변신인가! 네 손 안에 있는 내 페니스가 기다리다 지쳐 비비 꼬이는 느낌이다. 우리는 막무가내로 식탁으로 다가간다. 루이즈의 묶은 머리가 풀리면서 잿빛 머리칼이 내 어깨 위에 흩어져 일렁인다.

　—내 꿈 꾸지 않았어요, 헨리?

　그녀가 속삭인다.

　—아, 루이즈, 우리는 벌거벗고 있었어. 에덴 동산의 아담과 이브가 따로 없었지. 우리는 털이 긴 흰색 모피 바닥 위에 엉켜서 뒹굴고 있었어. 나는…….

　휴우! 후식 접시가 타일 바닥 위에서 박살이 났다. 루이즈의 엉덩이가 호마이카 식탁 위에 고정되었다. 나는 그녀의 손목을 잡았고, 그녀는 두 손을 몸 뒤쪽으로 돌려 식탁 위에 놓았다. 그

녀의 오른손이 노랗고 바삭바삭한 애플파이 위에 박혀 동굴벽화
처럼 손도장을 찍은 것은 바로 그 그릇 깨지는 소리와 동시에
일어난 사건이었다. 그래도 우리는 아랑곳하지 않았다. 내 손이
그녀의 녹색 실크 팬티 속을 비집고 들어갔다. 나는 손가락 사이
로 그것을 잡아 부드럽게 잡아당겼다. 루이즈는 엉덩이를 한 쪽
씩 들어 나를 도왔다. 나는 팬티를 끝까지 내리지 못한다. 허벅
지에 걸려 더이상 내려가지 않는다. 나는 곁눈질을 한다. 하느님,
맙소사! 이 무질서를 보라! 팬티 위에 거들이 있는 것을 보지
못했으니! 이를 어쩐담! 그녀가 이런 쓸데없는 걸 입은 게 이번
이 처음이 아니라면, 그녀가 부엌에 서서 아무렇게나 나를 기습
하기 전에 주의를 줄 수도 있었을 텐데. 나는 돌이켜 생각해본
다. 루이즈는 난처한 일이 일어났음을 간파한다. 내 페니스는 그
녀의 손 안에서 흐물흐물해졌다. 김이 서려 흐려진 안경을 통해
가까스로 보이는 그녀의 눈은 반쯤 감겨 있었다. 그 모습이 마치
고급 창녀 같았다.

　—잘 안 돼, 헨리?

　—아무 일도 아니야, 루이즈. 아무 일도 아냐. 당신이 스타킹
을 좀 풀어주기만 하면 돼. 난 할 수가 없군. 팬티가 꼼짝을 안
해서…….

　—난 정말 정신이 없어요. 꼭 몽유병자처럼 입었지요? 난 사실
이런 것들엔 취미 없는데, 그냥 당신을 기쁘게 해주고 싶었어요.

　—괜찮아, 루이스. 괜찮아. 이제 네 불타는 입술로 내 입술에
불을 지르고 나서, 너의 요술손으로 무기력해진 내 방향타를 살
려내기만 하면 돼.

루이즈는 미소지었다. 나를 시인으로 만든 건 바로 그녀다. 그녀의 손가락들이 떨린다. 스타킹을 벗는 솜씨가 서툴다. 그녀의 입술이 더욱 격렬하게 나를 탐하고, 느슨해진 스타킹은 어느새 탄력을 잃은 허물처럼 허벅지 위에 뒤엉켜 있다. 나는 아까 일을 잊으려고 애를 쓰며 그녀와의 키스에 몰입하고 키스는 더욱 강렬해진다. 루이즈는 나를 부드럽게 빨아들인다. 그녀의 음부 깊은 곳에 닿은 나의 페니스가 쾌락에 떤다. 나는 그녀의 뒤꿈치가 내 옆구리를 찌르는 것을 느꼈다.

—됐어요, 헨리. 됐어!

—뭐가 돼?

내가 눈치없이 물었다.

—쉿! 멈추지 말아요!

*

나는 애플파이를 데우려고 불 위에 올려놓고, 흩어진 그릇 파편들을 주워모으고, 식탁을 정돈했다. 주전자에서는 다시 물이 끓기 시작했다. 누가 보면 부엌에서 한바탕 주먹다짐이 벌어진 줄 알 것이다. 루이즈는 숨겨져 있던 기질을 뒤늦은 첫경험에서 유감없이 드러냈다. 그녀는 메리를, 특히 제인을 생각나게 한다. 제인은 정말 황당한 상상력을 가진 색정광이었다. 그녀는 만난 지 얼마 되지 않았을 때부터 내게 속임수를 쓸 줄 알았다. 나는 필터에 끓는 물을 부으며 이런 생각을 하고 있었다. 찻주전자가 넘쳤다. 방심한 탓이다. 루이즈는 내 거실 겸 서재에서 나를 기다리며 새로 장정된 1876년판 빨간 가죽 표지의 4절판 『안토니오와 클레오파트라』를 뒤적이고 있었다. 그녀는 3분 간격으로 소리를 쳤다.

— 나 배고파, 헨리. 빨리 줘!

나는 거리 쪽으로 나 있는 창문을 열었다. 오색찬란한 조명이 밤을 밝히고, 산책객들은 여전히 구경거리를 기다리고 있었다. 장터 가건물에서 나는 음악 소리가 여기까지 들려온다. 나는 다시 창문을 닫고 이중으로 커튼을 친 후, 찻주전자와 과자와 찻잔과 잔받침을 쟁반 위에 받쳐 들고 쾌활하게 거실로 들어갔다.

— 다 됐습니다, 사랑하는 루이즈!

그녀가 너무 감미롭고 뜨겁게 달아오르고 적극적이었기 때문에 나는 요리할 시간이 없었다. 다행히도 시간이 걸리지 않는 요리를 미리 준비해놓았었다. 태평양산 작은 새우에 소금과 후추, 파슬리, 회향을 넣어 뜨거운 프라이팬에 살짝 볶아낸 다음, 아라크 소주(아니스 향이 나는 중동 지방의 증류주의 일종—옮긴이)를 뿌려 불에 그을리기만 하면 된다. 연어와 야채 테린은 접시에 담기만 하면 되고. 우리는 내 두번째 결혼 때 어머니가 선물한, 수를 놓은 아름다운 식탁보 위 희미한 촛불 아래에서 저녁식사를 했다. 루이즈는 자기 앞에 차려진 음식을 보고 감탄했다. 그녀는 감탄을 잘하고, 하느님께 감사도 자주 드린다. 나는 그럴 때마다 요리를 한 것은 하느님이 아니라는 사실을 그녀에게 상기시켜주었다.

— 바보같이 굴지 말아요, 헨리. 난 당신이 솜씨 좋은 요리사라는 사실을 잘 알고 있어요.

그녀도 지지 않고 응수했다.

우리는 자연스럽게 폭동에 관한 이야기로 넘어갔다. 나는 텔레비전에서 중상모략하는 바람에 친구들을 다 잃게 되었다는 것, 그리고 1TV의 리포터 두 명을 통해 인터뷰 기회를 얻어내 직원용 매점의 뒷거래를 폭로했다는 것을 그녀에게 말해주었다. 나는 실추된 명예를 회복하고 싶다는 말도 덧붙였다. 루이즈는 감동하면서 나를 동정했고, 자기네 신문 인터뷰에도 응해달라고 제안했다. 그녀는, 폭도들은 지금 대단한 인기를 얻고 있으므로, 내 주장을 반복해서 '세뇌를 시켜야' 한다고 말했다. 우리의 대화에는 일관성이 없었다. 루이즈는 이야기 중간에 느닷없이 일어나더니, 말벌처럼 내게 날아와 내 얼굴 가까이에서 잠시 멈췄다가 전혀 저항할 수 없는 교묘한 방법으로 천천히 키스를 했다. 한 번에 두 가지 일을 몹시 싫어하는 내게 말이다. 더구나 그녀는 스틸턴 치즈를 막 자르려고 할 때 나를 의자에서 끌어내려 내 물건을 교묘하게 다루면서 달콤한 키스로 유혹을 했다. 나는 양탄자 위에 누워 몸을 맡길 수밖에 없었다. 우리는 텔레비전 앞에서 저녁식사를 끝낸 후, BBC1의 밤 10시 뉴스를 보기 위해 텔레비전을 틀었다. 축구, 럭비, 골프 시합이 뉴스의 절반 이상을 차지했다. 나는 축구를 좋아했고, 루이즈는 골프를 좋아했다. 우리는 시합 결과에 관심을 기울였다. 나는 항상 리버풀 팀을 응원한다. 그들의 소문이 좋지 않은 것은 후원자들 때문이니 주의 바란다! 혼동하지 말기를! 선수들은 우수하다. 주장인 딘 홀스워스는 드리블을 잘하고 전략을 짜는 데도 명수다! 루이즈는 자기가 열렬하게 좋아하는 엄청 잘생기고 세련된 선수인 매튜 만딜

바움이, 권위 있는 시합인 에딘버러 경기에서 졌을 뿐 아니라 삼류 선수로 분류된다는 데 대해 당혹스러워했다. 그 다음 15분가량은 국내외 정치 뉴스가 나왔다. 여자 앵커는 스트레인지웨이즈에 관해서는 한마디도 언급하지 않았다. 오늘 저녁 있을 마지막 공격에 대해서도 언급이 없었다. 다만 폭동이 런던의 두 감옥, 즉 브릭스턴과 펜턴빌로도 번졌으며, 스토크 헤스, 홀, 키디프, 암리, 셉튼 말레 그리고 가트리에까지 확산되고 있다고 말했을 뿐이다. 그때마다 텔레비전은 슬라이드 사진 같은 정지된 교도소 사진을 보여주었다. 여자 앵커는 언제나처럼 형광 초록색 나비 넥타이를 매고 있는 피터 젠킨스에게 고개를 돌렸다. 그는 '총소요가 일어나기 직전의 폭발적 상황'이라고 진단을 내렸다.

— '큰 자유, 작은 정부'를 강조한 나머지, 교도 행정에 미치는 영향력이 날이 갈수록 줄어들고 있습니다. 동시에, 끊임없이 법과 질서의 존중을 외치고, 점점 더 무거운 형량을 선고하고 너무 빈번하게 미결 구류에 의존하는데, 이것은 인권에 관한 영국의 전통과는 전혀 상반되는 것입니다.

그리고 나서 그는 도표를 향해 몸을 돌리더니 팔을 들어 설명했다. 서유럽 국가들을 조사해본 결과, 대영제국은 전체 인구에 비해 죄수의 비율이 무척 높다. 인구 10만 명당 터키는 95.6명, 독일은 84.9명, 프랑스는 81.1명, 이태리는 60.4명, 아일랜드는 55명인 데 반해, 영국은 97.4명이나 된다는 것이다. 일요일 저녁이라는 점을 고려한 여자 앵커는 갑자기 오늘 시루스베리에서 있었던 갈즈 대항 아마추어 럭비 경기 준결승을 재미있게 보았느냐고 물었다. 젠킨스는 신중하게 답변했다. 세 게임을 보았는데,

토머스 허시 선수가 두 게임에서 골인에 성공했고, 그의 팀이 13포인트 차로 이겼지만, 그의 어깨 근육에 이상이 생긴 것은 그가 너무 어리기 때문이라고…… 나는 미소짓는 그의 얼굴을 보며, 정말 매력적이고 생기가 넘치고 공격적이며, 명료하고 간결하고 올바르다는 생각을 했다. 그에게 완전히 매료된 나는 "잘한다, 피터!"라고까지 말했다. 그가 화면에서 사라지고, 네덜란드의 지하수층 오염 문제가 나왔다. 비료보다 훨씬 더 유해한 돼지의 분뇨가 그 원인이라고 했다. 소화가 덜 된 나는 깜빡 잠이 들었다. 깨어보니, 캐롤 보더만과 크리스 최가 나와서 심령 현상을 보여주는 〈이 세상 밖으로〉라는 프로를 하고 있었다. 그날 저녁의 주제는 물리적으로 멀리 떨어져 있으면서도 치료를 할 수 있는 능력에 대한 것이었다. 결장암 환자였던 '짐 B.'라는 사람이 길로크의 한 스코틀랜드 치료사—그는 익명을 원했다—에게 자기 머리털 한줌과 즉석 컬러사진을 보내 암을 고쳤다는 것이다. 루이즈는 그 사이에 식탁을 치우고, 설거지를 하고, 욕실에 가서 화장을 고치고 왔다. 그리고 나서 그녀는 내 귀에서 불과 10센티미터밖에 안 떨어진 곳에서 샴페인을 땄다. 펑! 소리와 함께 뚜껑이 천장으로 날아가 샹들리에의 전구를 떨어뜨리고, 다시 벽에 걸려 있던 구리 냄비에 맞고 튀어나갔다. 첫번째 폭발음에 이어 두번째 폭발음은 섬광과 함께 우리 머리 위에 유리 가루 세례를 퍼부었고, 다음에는 징 치는 소리가 났다. 나는 소스라치게 놀라 소리쳤다. 돌격! 돌격! 돌격!

우리의 술자리가 끝난 것은 밤 11시경이었다. 샴페인을 마시고 잠깐 눈을 붙인 덕분에 원기를 회복했다고 말한 것은 실수였다. 그녀는 그 말이 떨어지기 무섭게 내게 달라붙더니, 입술을 내 귓속에 바싹 대고 혀로 파고들기 시작했다. "정말이야, 헨리? 만져봐, 느껴져? 내가 모든 걸 원상복구시킬게." 그녀는 내 손을 자신의 스커트 속으로 이끌었다. 그녀의 작은 팬티가 쉽게 발목 쪽으로 미끄러져내렸다. 그녀는 그것을 재빨리 벗어던졌다. 검정색 스타킹과 거들이 그녀의 종아리와 허벅지 윤곽을 그대로 드러내주었다. 검정 레이스 브래지어 속으로 보이는 그녀의 하얀 젖가슴은 마치 보석상자 안에 담긴 보석 같았다. 루이즈는 천장 등을 껐다. 조명이 부드러워졌다. 그녀에겐 내 무기를 잠에서 깨어나게 하는 재주가 있었다. 그것은 포클랜드 전쟁을 위해 떠날 준비를 하는 항공모함 '빅토리아 퀸'의 꼭대기 포탑 위에 꽂힌 영국 국기 깃대처럼 일어섰다. 옷을 벗는 데는 별로 시간이 걸리지 않았다. 우리 나이엔 정말 옷이 날개다. 엉덩이를 떠난 그녀의 손이 이제는 목덜미를 애무했고, 머리카락을 헝클어놓았다. 블라우스의 팬 부분 위로 드러난 그녀의 목덜미가 팔딱거리는 것이 보였다. 틀어올린 머리가 다시 풀어지는 것에도 아랑곳없이, 그녀는 하느님의 계시 앞에 선 마녀처럼 강하게 머리를 흔들었다. 그 바람에 그녀의 안경이 콧등에서 흘러내려 소파의 쿠션 틈새로 빠져 달아났다. 그녀의 얼굴은 상기되었고, 입술에는 도발적인 미소가 번졌다. 그녀의 엉덩이는 격렬한 움직임으로 활기를 되찾았고, 그녀의 허벅지는 집게처럼 나를 조이다 갑자기 열리더니, 그녀의 뜨거운 음부 가장 깊은 곳으로 나를 빨아들였다. 아, 루이즈, 내 페니스가 너의 척추를 뜨겁게 달구어주기를! 네 척추뼈를 하나씩 하나씩 달구이시, 너의 신성한 머리에 후광이 생겨날 때까지. 아, 루이즈, 사월의 이 포근한 밤 덕분에 우리는 청춘을 되찾았다. 아, 루이즈! 그러나 이건 또 뭔가. 갑자기 음악 소리가 허공을 찢는다. 이건 폭발음이다. 보이지 않는 곤봉이 우리 머리를 두드리는 것 같다. 더이상 우리의 숨소리도 속삭임도 들을 수가 없다. 공기가 달걀 속처럼 꽉 찼다. 드릴로 우리 귀에 구멍을 내려는 것 같다. 이어 작열하는 조명의 눈부신 빛의 파장이 방을 침몰시킨다. 질소 때문에 우리의 얼굴은 백지장처럼 하얘졌다. 우리 몸뚱이는 투명해졌다. 무게가 없어져버린 것 같다. 유액(乳液)으로 덮인 것 같고, 텅 빈 시체 같고, 피부는 응고된 것 같다. 우리는 천국에 가지 못할 것이다. 루이즈는 이런 소란을 대수롭지 않게 여겼지만, 나는 즉시 발기가 풀려버렸다. 내 물건은 마치 냉장고 한구석에서 잊혀진 채 시들어가는 오래된 순무 같아졌다. 갓 마흔을 좀 넘었을 때 거울 앞에서 내가 거세된 남자가 아닌가 생각하던 때가 있었는데, 지금의 내 물건은 꼭 그때 그것을 연상시켰다. 우리는 당혹스러웠다.

—〈발퀴레〉! 〈발퀴레〉예요!

그녀는 아름다운 녹색 눈을 커다랗게 뜨면서 날카로운 목소리로 말했다.

—뭐라구?

—안 들려요? 〈발퀴레〉라구요!

—안 들리냐구?…… 나를 우습게 여기는 거야, 루이즈?

내가 소리쳤다.

나는 바닥과 벽이 진동하는 것을 느꼈다. 땅이 갈라지려나? 최후의 심판인가 보다. 나의 중국 도자기들이 진열장 안에서 부덮치는 소리가 난다. 루이즈는 벌떡 일어나서 스커트를 바로잡고 재킷을 걸치고 블라우스 단추를 채운 후, 창문으로 가 창문을 열어보더니, 그대로 정원으로 달려갔다. 테라스에 그녀의 모습이 보인다. 이제 현실적인 것은 아무것도 없다. 우리는 빛의 수증기 속에 설탕처럼 녹아버린다. 그 빛은 파란 금속성의 빛으로 변한다. 더이상 아카시아도, 개암나무도, 소사나무(자작나무과의 작은 낙엽 활엽 교목—옮긴이)도, 사과나무도 보이지 않는다. 담장도, 지붕도, 하늘도 없다. 〈발퀴레〉 음악과 조명을 배경으로 우리는 빠른 속도로 사라진다. 루이즈가 자신 있게 말했으니, 나는 그녀를 믿는다. 나는 지금까지 살아오면서 저 정도 규모의 조명기구 일체와 확성기를 본 적이 없었다. 그런데 지금 그것들이 스트레인지웨이즈의 망루 위에 설치되어 있다. 이번에는 방공용 대함대 한 대가 지하의 적들을 찾아내기 위해 땅속을 뒤진다. 그들은 광신도들을 향해 150발의 포탄을 쏠 것이다. 미친 것들! 감옥의 남쪽 건물들 위를 떠도는 헬리콥터 한 대가 눈에 띈다. 소란한 음악 한가운데 있는 우리의 머리 바로 위를 맴도는 헬리콥터는 마치 사슴벌레처럼 조용히 자세를 유지하고 있었다. 폭도들이 용마루 위에서 움직인다. 다치기 쉬운 나방 같은 그들은 이 굴뚝에서 저 굴뚝으로 뛰어다닌다. 그들은 주머니 속에서 나사못을 꺼내 사정거리 밖에 있는 조명기구들을 겨냥하여 던진다. 어떤 폭도들은 슬레이트 지붕 위에서 몸을 비틀거리고 있었는데, 그 모습이 마치 플라스틱 원반던지기 놀이를 하는 사람들 같았다. 그들이 던진 원반은 헬리콥터의 몸체 벽면에 맞아 깨지기도 하고 프로펠러에 의해 손상되기도 한다.

—음악 참 멋지네! 이제 알겠어요, 〈발퀴레〉를?

루이즈가 내 귀에 대고 소리친다.

—아니. 몰라!

—바그너 곡이에요! 어? 보세요! 저기! 저기 좀! 경찰들이 거미처럼 담장을 타고 올라가요! 음악과 조명 때문에 신비롭고 웅장해 보여요. 안 그래요?

하지만 먹먹해진 내 귀에는 더이상 아무 소리도 들리지 않았다. 마치 요한묵시록 같다.

—이건 폭도들을 무력화시키려는 수작이야. 그들의 신경을 날카롭게 만들어서 기진맥진한 채 항복하게 만들려는 거지. 하지만 무엇보다도 빨리 끝내는 게 중요해! 하지만 그들을 즐겁게 한다면 바그너를 틀 수도 있는 일이지!

루이즈는 어깨를 으쓱하며, 지난번 저녁 레스토랑에서처럼 약간 경멸하는 표정을 지어 보였다. 그러나 나는 그녀의 거만함에 신경 쓰지 않는다. 나는 베토벤과 쇼팽을 좋아하고, 아메리카 동맹국들의 스윙댄스를 좋아한다. 모든 게 원위치로 돌아가야만 한다! 은퇴를 2년 남겨놓고 실직이라니! 이게 정말 마지막 공격이라면, 나는 잭과 톰을 찾아나설 것이다. 그들에게 녹화 테이프를 돌려받아야 한다. 이젠 발표할 것이 아무것도 없기 때문이다. 세상이 제대로 돌아가고 모든 것이 원위치로 돌아가기만 한다면! 나는 루이즈에게 다가가서 등뒤로부터 그녀를 끌어안았다. 나는 힘껏 포옹을 하고, 그녀의 목덜미에 키스를 하며 성가시게 굴었다. 그녀는 구경에만 몰두하고 싶어했다. 나는 다시 평온을 되찾았다. 우리는 함께 하늘을 바라본다. 우리는 폭동의 소란스러움을 응시한다. 누가 뭐래도 우리는 아직은 재력과 기술 등 모든 수단을 보유한 강력한 부자 나라에 살고 있는 것이다.

그러나 우리는 갑자기 떠밀렸다. 잭이 어깨에 커다란 비디오 카메라를 메고 정원으로 나오려 한 것이다. 뭔가가 가로막혀 있자 그는 신경질을 내며 소리쳤다. "비켜요! 비켜!" 그는 찍고 또 찍는다. 그의 머리가 마치 카메라 속에 들어가 있는 것 같다. 그는 잔디밭 한복판에 꼼짝도 않고 서 있다가, 왼쪽으로 갔다가 오른쪽으로 갔다가, 갑자기 발뒤꿈치를 들고 뒤로 물러나며 아슬아슬하게 찍는다. 그의 얼굴은 이 구경거리로 인해 활짝 피어난 것 같다. 그는 자기가 영화감독이라도 된 줄 아는지 "대단해! 멋져!"를 연발하면서 다양한 각도로, 한 장면도 놓치지 않으려 했다. 마치 세상의 종말을 찍는 영화감독 같다. 눈부신 조명이다. 갑자기 그가 카메라에서 눈을 떼더니, 환각에 사로잡힌 사람처럼, 우리를 보고 아주 만족스럽게 웃는다.

—믿을 수 없을 정도예요, 믿을 수 없을 정도라구요…… 정말 대단해요!

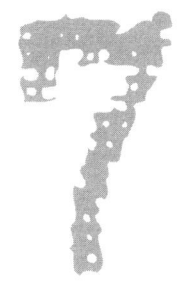

애석하게도 마지막 공격은 실패로 끝이 났다. 진압군 중에서는 세 명의 중상자가 나왔다. 타협을 모르는 일곱 명의 폭도들이 일 주일째 계속해서 영국 정부에 도전하고 있다. 영웅이자 순교자인 그 일곱 명은 여전히 남쪽 건물 D블록의 다섯 층 중 두 층과 지붕 한 곳을 점령하고 있다. 공병 기술자들이 그 건물 둘레, 그리고 우리집 정원과 울타리 하나를 사이에 두고 있는 골목길에 그물을 쳐놓았다. 정원을 보호할 목적으로 내가 로메오에게 부탁했던 것 같은 촘촘한 그물이 아니고, 절망한 폭도들이 건물 밖으로 뛰어내릴 것에 대비하기 위한 것으로, 축구 골대 그물처럼 엉성했다. 투신 장면이 카메라에 잡히기라도 하면 일이 성가시게 될 것이기 때문이었다. 항복을 권유하기 위해 보름 동안이나 그들과 토론을 해보았지만, 그들은 항복하면 안 된다는 것을 잘 알고 있었다. 그들은 후원회를 마음대로 조종하고 있으며, 영광의 절정을 향해 달려가고 있다. 그들은 라디오도 듣고 텔레비전도 보았다. 그들은 항복한 동지 열여덟 명이 흔적도 없이 사라져버려, 그들의 건강 상태가 어떤지 어느 감옥으로 이송되었는지 아무도 모른다는 것을 잘 알고 있었다. 도장이 한 번 쾅! 하고 찍히고 나면, 은밀한 보호에 들어간다. 쉿! 쥐도 새도 모르게 사라지는 거다! 아무것도 가진 것 없이 몸뚱이만! 이제 그들은 이름과 성만 남고, 우리는 텔레비전 화면에서 그들의 이름과 성을 알아볼 수 있을 뿐이다.

  ─자, 이 사람이 님 머레이! 여기는 글린 맥모리스! 제이슨 로렌스, 이자는 아직 변장을 하고 있습니다! 그리고 조지 스크룹, 이 사람은 광대 노릇을 하고 있습니다.

  마지막 공격이 있던 날로부터 이틀 뒤인 4월 10일 화요일, 주방 직원들과 청소부와 도서실 사서와 작업장 직원들은 모두 교도소로부터 공문을 받았다. 다시 질서가 잡힐 때까지 일을 쉬라는 것이었다. 공문에 의하면 실업수당으로 월급의 40퍼센트를 지급할 것이며, 10퍼센트의 보너스도 주겠다는 것이었다. 그렇게 되면 평소 월급의 반은 받게 되는 셈이다. 구내식당, 샤워실, 화장실, 산책로를 두루 유지 관리하는 감독 중 한 사람이 분통을 터뜨렸다. 그는 세 아이와 최근에 실직한 아내를 먹여살려야 하며, 집값과 자동차 할부금, 부엌 시설이 완비된 포장마차의 할부금도 갚아야 한다고 했다. 그가 자신의 도요타를 몰고 우리집 앞길을 전속력으로 달려내려가고 있을 때, 나는 은행에 들렀다가 신문을 읽으면서 걸어오고 있었다. 그가 탐정물에 나오는 장면처럼 급제동을 거는 바람에 그의 차가 타이어의 날카로운 마찰음과 함께 인도 위로 튀어올랐고, 그의 상반신은 열린 지붕 위로 퉁겨져나왔다. 그는 자리에서 일어선 자세였는데, 마치 망루에 서 있는 진짜 전차병 같았다. 그는 축포용 총을 어깨에 둘러메고 폭도들을 향해 욕설을 퍼부었다. 다 죽여버리겠다고 고래고래 소리를 질렀다. 그는 탄창 두 개, 화약통 여덟 개를 지붕을 향해 날렸다. 폭도 한 사람이 팔에 사냥용 산탄을 맞고 부상을 입자, 그는 형사들에게 포위되어 즉시 경찰서로 끌려갔다. 거기서 그는 곧바로 정신병원으로 보내져 48시간 동안 감호를 받다가 진정제를 잔뜩 투여받고 나서야 집으로 돌아갈 수 있었다. 만약 경찰이 그를 풀어주지 않았다면, 우리는 직장동료로서, 우리의 고용과 봉급의 보호를 위해 싸운 최초의 사람인 앙주 크로지크를 즉시 석방하라는 탄원서를 제출했을 것이다. 그는 '나는 전과자들의 제물이 되지는 않겠다!'고 울부짖다가 경찰서로 끌려갔다. 확실히 그는 서툴게 처신했다. 표적을 잘못 잡은 것이다. 스트레인지웨이즈에서는 그의 부인에게 시련에 굴하지 말라고 위로하기 위해 각출하여 꽃을 보냈다. 조업 중지에 관한 공문을 보고 나서 나는 이제 더이상의 공격은 없을 것임을 알았다. 최후의 저항자 일곱 명에 대해서는 내무성이 협상으로 해결을 보려 할 것이다.

일요일의 대사건은 한밤중에 끝났다. 확성기와 조명기구들이 철거되자, 귀가 먹먹하고 앞이 안 보였다. 이제는 더이상 새의 노랫소리나 나뭇잎이 내는 바람 소리는 들리지 않을 것 같다.

눈은 충혈되고 귀에서는 계속 웅웅거리는 소리가 들려서, 우리
는 완전히 그로기 상태였다. 톰과 잭은 자기네 물건들을 챙기기
시작했다. 계약상으로 그들은 일요일 자정에 우리집 다락방에서
철수하도록 되어 있었다. 나는 느긋해졌다. 모두들 간밤의 모험
에 넋이 나가 있었다. 아무튼 나는 그들에게 내 인터뷰를 찍은
녹화 테이프를 돌려달라고 부탁했고, 그들은 내게 복사본을 보
내주겠다고 대답했다.

  ―그런 얘기가 아니오. 난 이제 더이상 할말이 없어요. 사건
은 제자리로 돌아갔고, 사람들도 다 잊어버리고 다시 예전으로
돌아갈 텐데…….

  그들은 안색을 바꾸며 갑자기 눈살을 찌푸렸다. 톰이 목소리
를 가다듬더니 투덜댔다.

  ―버스는 이미 떠났어요. 방송국에 전화를 했더니 사람이 왔
더라구요, 저녁 일곱시경에. 하지만 당신이 원한다면 지금이라도
방송을 취소할 수는 있을 겁니다.

  ―나는 그 테이프가 아무 데에도 쓰이지 않았으면 좋겠소. 그
냥 없었던 일로 하고 싶다구.

  ―오케이, 헨리, 오케이. 그건 당신 마음이죠. 지금이 새벽 네
시니까 스튜디오는 잠겨 있을 거고, 내일 원본을 보내줄게요. 그
인터뷰에 대해서는 이제 언급하지 않겠다고 약속해요. 그럼 아
무 문제 없는 거죠?

  말을 마치자마자 그들은 번잡한 장비 일체를 챙겨서 마치 도
둑처럼 서둘러 자리를 떴다. 택시 한 대가 우리집 앞에서 그들을
기다리고 있었다. 나는 문 앞까지 배웅을 나갔다.

—안녕, 헨리! 고마웠어요!

—잘 가게, 친구들! 잘해보시게!

다음 다음 날 아침 나는 녹화 테이프를 받았다. 비디오테이프 재생기가 없어서 틀어보지는 못하고 그냥 책꽂이에 꽂아두었다.

그 일곱 명의 저항자들은 며칠 동안 화제의 주인공이 되었다. 마지막 공격 때 C블록이 탈환되어서, 탑 위에 설치된 카메라가 줌 렌즈로 가까이서 그들을 포착해낼 수 있었다. 매일매일 몇 푼 안 되는 돈을 받고 구경꾼과 기자들을 입장시켰던 내 소극장도 끝장이 났다. 내 정원과 우리집 창문들은 더이상 사람들의 관심을 끌지 못했다. 요컨대, 사태 파악을 위해서는 텔레비전 화면이 더 확실하게 된 것이다. 사람들은 폭도들과 직접 만나는 듯한 기분으로 매일 텔레비전 화면에서 그들을 본다. 교도소측이 정보를 누설해서 폭도들의 신분은 완전히 드러났다. 4월 11일 수요일 20시부터는 텔레비전 화면에 그들의 개인 신상 명세가 소개되었다.

님 머레이 : 23세. 우체국 직원. 자전거 절도로 8개월형.

폴 고든 : 30세. '리바이스' 점원. 가게 창고 물건 절도 및 은닉죄로 3년형.

글린 맥모리스 : 28세. 실업자. 소매치기 누범으로 16개월형.

프레드 플루엘러 : 44세. 상선 기술자. 치정 사건으로 15년형.

디팩 카뿌어 : 36세. 인도인 이민자. 실업자. 의약품 밀수로 8년형.

조지 스크룹 : 47세. 전직 권투선수. 술집 웨이터. 은행 무장강도

로 10년형.

　제이슨 로렌스 : 20세. 피자 배달원. 마리화나 밀매매로 2년형.

　이들 각각의 범죄인 식별용 얼굴 사진과 스트레인지웨이즈의 지붕 위를 걸어가는 모습을 찍은 스냅 사진이 소개되었다. 화면은 C블록의 탑으로부터 잡은 것이기 때문에 선명하지는 않았다. 1TV가 기발한 아이디어를 냈다. 이틀 후 시청율이 높은 금요일 저녁에 죄수들의 가족들 중 세 명을 방송국으로 직접 초대해 한 시간 반 동안이나 방송을 한 것이다. 님, 글린, 그리고 제이슨의 가족이었다. 방송 진행자는 죄수들의 나이에 기준을 두고 출연할 가족들을 선정했다고 설명했다. 젊은 죄수들의 가족을 선택한 것은 가족들이 아직 그들 자녀의 미래에 책임이 있기 때문이고, 또 한 가지 이유는 그들 중 두 사람은 맨체스터에 살고 다른 한 사람은 리버풀에 살아 방송국까지 오기가 쉬웠다는 점이었다고 했다. 그리고 초대에 응해주어 진심으로 감사한다고 덧붙였다. 요란한 박수 소리가 들렸다! 맨체스터 동쪽, 로치데일 로드의 새 극장 객석에 모인 오백 명의 사람들은 홀이 떠나갈 듯 박수를 쳐댔다. 나는 내 줄무늬 실내복을 걸치고 있는 루이즈와 함께 우리집 소파에 편히 앉아, 구아카몰 소스(멕시코 요리에 쓰이는, 아보카도를 으깨어 만든 진한 소스—옮긴이)를 친 옥수수 팬케이크를 조금씩 뜯어먹고 있었다. 우리는 멕시코 맥주를 마시고 있었다. 전부 루이즈의 아이디어였다. 그녀 덕분에 오늘 저녁에는 이국적 요리를 맛볼 수 있었다. 그녀는 내게 몸을 기대고 머리를 내 어깨 위에 얹고는, 두 손으로 내 얼굴을 감싸쥐고 한 입에 삼키려 했다. 한 장면도 놓치고 싶지 않았던 나는 그녀의 갑작스러운 충동과 키스에 짜증이 났다. 느리고 경건한 오케스트라 음악이 흘러나오고, 가족들이 조명을 받으며 무대 위로 등장했다. 님의 어머니, 제이슨의 부모, 그리고 글린의 부모가 돌아가면서 서로 악수를 했다. 이윽고 사회자를 놀라게 할 말이 튀어나왔다.

—우리의 결속을 확인하는 자리군요!

제이슨 아버지가 떨리는 목소리로 말했다.

우레와 같은 박수가 나오고, 그들은 밝은 자주색의 푹신한 소파에 자리를 잡고 앉았다. 분위기는 화기애애했다. 출연진은 죄수의 가족들 외에도 교도관, 심리학자, 내무성 대표들, 그리고 뜻밖의 초대손님인 피터 젠킨스로 구성되어 있었다. 무대 배경에는 가족들이 방송을 위해 내놓은 추억의 사진들이 대형 화면을 구성하고 있었다. 마치 일요일 오후의 가족모임 분위기였다. 우리는 사십오 분 동안 님과 제이슨과 글린의 많은 사진들을 볼수 있었다. 피에로처럼 목 주위에 주름 장식을 단 연두색이나 청록색 타올 천 속옷을 입고 차양 달린 유모차나 대바구니 속에 누워 있는 갓난아기들. 하나는 백조가 지나가는 연못이 있는 공원에서, 다른 것들은 벽지에 산 속 오두막과 스키 타는 사람 그림이 그려진 방에서 찍은 사진이었다. 어린 시절 사진에서 님은 세발자전거를, 제이슨은 페달 달린 자동차를, 글린은 스카이씽씽을 타고 있었다. 심리학자는 성급하게도 님이 타고 있는 세발자전거가 이미 자전거 절도를 예고하고 있는지도 모른다고 말했다. 머레이 부인은 그 말에 울음을 터뜨렸고, 사회자는 심리학자의 말을 어떻게 생각하느냐고 그녀에게 물었다. 부인은 아무 생각이 없었다. 그녀는 다른 사진들도 함께 보자고 말했다. 어린 님이 크리스마스 트리 앞에서 자랑스럽게 세발자전거에 앉아 한 손을 아빠—아빠는 그 뒤 육 개월 만에 죽었다—의 어깨에 얹고 있는 사진이었다. 트리 발치에는 큰누나가 앉아 있었다. 다음은 그가 선수 유니폼을 입고 경주용 자전거를 타고 있는 사진이었다. 지방 경기에서 우승했을 때 찍은 것이었다. 꽃다발을 흔들면서 엄마의 뺨에 입맞춤을 하고 있었다. 최근 님은 버스나 오토바이를 타고 다니며 아주 성실하게 살았다고 머레이 부인이 말했다. 그녀는 아들이 무슨 생각을 하는지 모르고 있었다. 심리학자는 무척 기뻐하는 것 같았다. 그는 그녀의 말에 강력하게 동의하면서도 더이상 부연 설명은 하지 않았다.

맥모리스 부부는 오십대가 다 되어가는 부부였다. 그들의 외동아들 글린이 가족의 중심이었다. '셸 정유회사'에서 일하는 그 부부는 글린에게 상법 공부를 시키기 위해 허리띠를 졸라매고 살았다. 글린이 승마 연습장에서 말을 타는 사진, 예술학교에서 플루트를 연주하는 사진이 나왔다. 그러나 글린은 상과대학을 졸업한 뒤 취직을 하지 못했다. 2년 동안 그는 매일 오후 일자리를 찾아다녔지만, 자정이 되면 만취 상태로 집으로 돌아올 수밖에 없었다. 그러다가 자취를 감추었고 소식이 끊겼다. 4년이 지난 어느 날, 예심판사가 부모의 직장으로 소환장을 보내왔다.

제이슨의 부모는 무척 늙은 사람들이었다. 제이슨은 소위 말하는 늦둥이였다. 대가족의 여덟번째 아이였다. 어머니는 삯바느질을 했고, 아버지는 광부였는데 1986년 총파업 이후 실직했다. 그들은 보여줄 사진이 두 장밖에 없었다. 하나는 제이슨이 페달

176

달린 자동차를 타고 있는 사진이고, 다른 하나는 큰누나 캐시의 결혼 사진이었다. 정장을 차려입은 가족들이 광산의 흙더미 앞에서 자랑스럽게 포즈를 취하고 있었다. 광산촌 풍경 속에서 신부는 마치 백색의 후광을 머리에 쓴 천사 같았다. 제이슨이 열두 살 되던 해였다. 그는 양복을 입고 가족들 맨 앞줄에 서서 꼬마 신사처럼 사진사를 향해 중절모를 흔들며 활짝 웃고 있었다. 로렌스 부인은 말없이 로렌스 씨의 이야기에 고개만 끄덕이고 있었다. 형제자매는 모두 일자리를 갖고 있었다. 제이슨은 막내였지만 매우 용감했고, 피자 배달을 해서 받은 월급의 절반을 연극과 서커스 수업료로 썼다. 아무튼 그게 로렌스 씨의 생각이었다. 그 순간, 로렌스 부인이 벌떡 일어나서 남편에게 소리를 질렀다. 그녀는 손가락으로 남편을 가리키며 카메라를 향해 말했다. 로렌스 씨가 제이슨의 행동 하나하나에 제동을 걸면서 어린 아들을 '불량소년'이나 '정신나간 놈'으로 취급했다는 것이었다. 로렌스 씨는 자기 잘못을 인정했다. "타고난 취향은 바꿀 수가 없더군요." 그는 지구상의 모든 부모들에게 충고하듯 말했다. 그리고 나서 그는 빨간 손수건을 꺼내 눈가를 슬쩍 훔치고 코를 푸는 척했는데, 그 행동이 무척 감동적이었다. 그의 아들은 예술적인 분위기 속에서 이따금 '아키크'를 피웠던 것 같다. 그가 경찰에게 몸수색을 당했을 때 그는 한 사람분 정도의 아키크를 지니고 있을 뿐이었는데, 억울하게도 마약 밀매매 혐의로 고소를 낭했다. 로렌스 씨는 자신의 켄트 담배를 허공에 흔들어대며 말했다.

　─나도 주머니에 담배를 헌 개비 이상 가지고 다닙니다. 담배,

이게 더 나을 것도 없어요! 아키크만큼이나 독성이 있다구요. 더하면 더했지 덜하진 않을걸요! 그런데 그까짓 것 때문에 이 년이나 감옥살이를 시키다니! 스트레인지웨이즈에서, 그것도 강도떼들과 함께!

머레이 부인이 박수를 쳤다. 객석에 앉아 있던 방청객들도 일제히 박수를 쳤다. 박수 소리가 잠잠해지자, 머레이 부인은 덧붙여 말했다.

─우리 님은 자전거 한 대 훔친 죄로 전과자들 속에 섞여 있다는 걸 잊지 말아주세요! 정말입니다!

피터 젠킨스가 교도 행정의 두 가지 목적, 즉 억류 상태에서의 죄수에 대한 치료와 교육의 목적을 상기시키며 형벌이 터무니없이 무겁다는 것을 지적하자, 내무성 대표들은 뜨거운 감자 위에 앉아 있는 꼴이 되었다.

젠킨스, 교도관, 심리학자, 내무성 대표가 치열한 논쟁을 벌였다. 내무성 대표들은 인간의 권리, 정의에 대한 존중, 법 앞에서의 평등을 강조했다. 그중 한 사람은 가족들의 책임 회피를 고발했고, 다른 한 사람은 사회폭력에 대해, 또다른 한 사람은 인생에 부여되는 의미에 대해 말했다. 그들의 주장은 모두 나름대로 설득력이 있었지만, 가족들은 침묵을 지켰다. 방송이 끝나갈 무렵 산드라 머레이는 스트레인지웨이즈의 저항자들을 위한 후원회 발족에 대해 광고했다. 주소와 전화번호가 화면에 나왔다. HSP(Help Strangeways' Prisoners 스트레인지웨이즈 죄수 후원회) Tel. 194 433 649, Fax. 194 433 626. 머레이 부인은 사람들의 관용정신에 호소했다. 우리 아이들에게는 훌륭한 변호사가 있어야 합니다. 이 아이들은 아마도 10년형 이상을 받게 될 겁니다! 정부 대표가 그녀의 말을 막고 나섰다. 그는 빅토리아 시대의 낡은 감옥이 입은 피해가 잠정적으로 백만 파운드로 집계되고 있다는 점을 강조했다. 방청석에서 야유의 휘파람 소리가 들려왔다. 사회자는 청중들에게 침착할 것을 당부했다. 아! 나도 잭처럼 그 방송의 마지막 순간들은 '믿을 수 없는' 것이었다고 말할 수 있다. 무대 배경의 대형 화면에 폭동 첫날 이후의, 폭동의 다른 면모들을 보여주는 사진들이 투사되었던 것이다. 다행히도 예의 그 악의적인 플래카드의 글씨는 알아보기 힘들었다! 요컨대, 일곱 명의 폭도들을 그 어느 때보다 잘 관찰할 수 있었다. 님, 글린, 제이슨의 얼굴도 단번에 알아볼 수 있었다. 카메라는 C블록의 탑에서 집요하게 그들을 추적하고 있었다. 그들의 얼굴 모양, 표정, 입술의 움직임까지 선명하게 보였다. 그들은 공놀이를 하고, 웃고, 지붕 위에서 요란하게 몸을 흔들었다. 소리를 지르며 춤을 추기도 했다. 그런 광경은 가족사진들을 생각나게 했다. 카메라는 다시, 거리로부터인지 아니면 아마도 우리집 다락방으로부터인지 모르겠지만, 새로운 각도로 그들을 포착해냈다. 그들이 마치 먼 바위산 위에 앉아 있는 독수리처럼 멀고 높게 보였다. 그 순간, 예상하지도 상상하지도 못한 일이 벌어졌다. 틀어올린 머리, 즉 바지에 희끄무레한 스웨터를 받쳐입은 보기 흉한 옷차림의 오십대의 머레이 부인이, 시멘트 반죽을 실은 수레 속에 엉덩이가 빠진 것처럼 모두들 꼼짝 않고 앉아 있는 그 푹신한 소파에서 벌떡 일어나, 몽유병자처럼 대형 스크린을 향해 다가간 것이다. 그녀는 자석에 이끌린 듯 자기 키의 네 배는 되는 스크린 속 스트레인지웨이즈의 지붕 쪽으로 시선을 옮기더니, 화면을 향해 기도하듯 두 손을 모으고 아들의 이름을 불렀다.

—내려와, 님! 이성을 잃지 마! 내려와! 네가 왜 그러는지 다 알아. 본보기를 보여! 우리가 널 보호해줄게, 제발, 님! 이 에미가 애원한다! 내려오너라!

출연진도 사회자도 감히 아무 말도 하지 못했다. 방청석도 쥐 죽은 듯 고요했다. 나는 그 모습을 보고 펑펑 울었다. 정말 충격적인 장면이었다. 루이즈가 말없이 내 팔을 잡았다.

—내려와, 님! 내 말 들리니? 내려와!

방송은 그렇게 끝났다. 화면에 자막이 나왔다. 사회자는 너무 흥분해서 벌겋게 상기된 얼굴로 일어섰다. 하지만 그가 1TV에 전화가 빗발치고 있다는 사인을 보낼 여유는 있었다. 스튜디오는 곧바로 다음 프로인 줄리엣 도리스의 식도락에 관한 방송을 시작했다. '성공을 위한 요리법'. 나는 코를 풀고 흥분을 가라앉힌 후, 멕시칸 맥주 500cc를 단숨에 들이켰다.

—머레이 부인과 인터뷰를 하고 후원회에 대한 기사를 써야겠어요.

루이즈가 말했다.

나는 바람을 쐬러 정원으로 나왔다. 비가 오고 있었다. 교도소는 뿌연 어둠 속에 마치 유령처럼 서 있었다.

*

이렇게 해서 나는 후원회의 활동적인 회원이 되었다. 그 방송이 있은 다음날, 대중잡지들은 님의 어머니를 커버 스토리로 삼았다. 스트레인지웨이즈의 지붕에서 내려오라고 아들에게 애원하는 어머니의 모습이 표지에 나왔다. 님, 글린, 그리고 제이슨은 대중들의 우상이 되었고, 여세를 몰아 울프 판사의 조사위원회가 예비 보고서의 첫번째 결과를 발표했다. 교정 당국은 직무 유기에 대한 비난을 면치 못했다. 모든 여건으로 볼 때 폭동이 일어날 수밖에 없었다는 것과 피해 규모와 비용에 대한 모든 책임을 교정 당국이 져야 한다는 것이 그 보고서의 내용이었다. 한편, 방송을 본 폭도들은 교도소 지붕 위에 대형 플래카드를 내걸었다. '우리는 당신을 너무나 사랑합니다. 머레이 부인! 당신의 아들, 님.' 폭동은 잉글랜드 전역, 그리고 스코틀랜드의 교도소까지 확산되고 있었다. 스트레인지웨이즈의 위계 질서는 묘하게 악화되기 시작했다. 이 모든 이유로 인해 비열한 1TV 관계자들은 자기들 멋대로 해도 된다고 생각하기에 이르렀다. 14일 토요일이었다. 나는 구협염에 걸렸다. 혈압이 떨어지고, 눈이 튀어나오고, 머릿속은 거품 낸 크림처럼 부풀어오르는 것 같았다. 의사가 집으로 왕진을 왔다. 그는 외출을 삼가라고 충고했다. 나는 뜨거운 그로그(럼주 또는 브랜디에 설탕 레몬 더운물을 섞은 음료—옮긴이)를 마신 후, 파자마와 실내용 가운을 걸치고 소파에 누워 천장을 바라보며 청소를 좀 해야겠다는 생각을 했다. 텔레비전 소리는 웅웅거리기만 하고 귀에 들어오지도 않았다. 하지만 어느 순간 갑자기 나는 텔레비전 속에서 이야기하고 있는 사람이 바로 나라는 것을 깨달았다. 나는 일어나 앉아 텔레비전 속의 나를 바라보았다. 오늘 저녁 목만 아프지 않았다면 나는 시사를 물고 있었을 것이고, 그랬다면 지금의 나와 똑같은 검은 줄무늬 실내복을 입고 있는 텔레비전 속의 나는 마치 거울 속에 비친 것처럼 지금의 내 모습과 똑같을 뻔한 것이다. 와이셔츠, 넥타이, 완전무결하게 손질한 잿빛 머리를 한 나는 연녹색 소파에 푹 파묻힌 그리스 선주(船主) 같은 부유한 모습이었다. 나는 의자의 팔걸이를 툭툭 치면서 침착한 태도로 담배연기 속에 앉아, 직원용 매점의 기능과 에반스 노턴의 혐오스러운 금전 뒷거래에 대해 거세게 비난을 퍼붓고 있었다. 오프리엘이 부당이득을 챙겼다는 것도 빠뜨리지 않았다. 내가 마치 부패한 저명인사 같은 태도를 취하고 있어서, 방송을 보는 사람들이 나도 재고식품 뒷거래에서 한몫 본 것으로 생각할 수도 있을 것 같았다. 인터뷰의 앞부분을 보지 못했기 때문에, 내가 어떤 식으로 소개되었는지는 알 수 없었다. 내 말 한마디 한마디가 마치 터널이나 성당, 아니면 상원 의회의 중앙홀에서 울려퍼지는 소리처럼 귓가에서 웅웅대고 있었다. 나는 겁이 났다. 톰과 잭이 나를 배신한 것이다. 내 의지와는 상관 없이 수백만 시청자들에게 내 이야기를 들려주게 된 것이다. 토요일 밤 10시 뉴스를 통해서! 머뭇거리거나 억양에 변화를 주거나 확신 없이 한 말들은 편집 과정에서 모두 삭제되어, 내 말은 마치 판결문을 읽는 것처럼 분명하고 단호했다. 나는 안면에 경련이 일기 시작했다. 나는 눈을 깜박이고 머리를 뒤로 젖히는 동작을 반복하면서 말보로 광고에 나오는 카우보이 같은 태도로 던힐 한 개비를 뽑아들고 더욱 빠르게 중얼거리다가, 상반신을 앞으로 수그리고 피우던 담배를 양탄자 위로 던졌다. 양모 양탄자 위에는 빌어먹을 누런 자국이 생겨났다. 나는 주먹을 불끈 쥐고 흔들면서 소리쳤다. 폭도들이 옳다! 항복하지 말아라! 나는 극도로 흥분했으며, 체(체 게바라—옮긴이)와 카스트로의 무리에 가담하고 있었다. 그것은 곧 저항을 선동하는 것이었고, 나는 리더가 된 셈이었다. 내 인터뷰는 5분간 계속되었다. 텔레비전에서의 5분은 무척 긴 시간이었다! 아주 예외적인 증언이었다. 늪 속에 난 포장도로요, 다이너마이트였다. 이 전대미문의 화면에 대한 코멘트는 피터 젠킨스에게 맡겨졌다. 나는 당혹스러웠지만, 아무튼 그가 나의 솔직성과 용기를 높이 평가해주기를 기대했다.

　―잘해, 피터! 부탁한다!

　피터는 말을 시작할 때마다 "이 말들이 사실이라면……"이라는 단서를 붙였고, 진행자는 그 말에 대해 이것은 헛소문이 아니며, 인터뷰에 응한 사람은 다름아닌 스트레인지웨이즈의 주방장이라고 대답했다. 피터는 같은 표현을 반복하기가 좀 거북했던지, "이 사람이 사실을 말했다면……"이라는 말로 바꿨다. 그 순간, 나는 몸에 열이 나고 있음에도 불구하고 벌떡 일어나서 소파에 슬리퍼를 집어던지며 소리를 질렀다.

　―난 사실대로 말한 거야, 피터! 어설픈 거짓말로 그런 위험을 감수하진 않는다구! 날 방송에 초대만 해줘. 두고 보라구!

　현기증이 나고 관자놀이로 피가 몰려서 나는 몸을 떨며 다시 주저앉았다. 피터는 급증하는 고위 책임자들의 부정부패 문제에 대해 계속 말했다. 그늘은 인간 장기, 가짜 약, 핵 폐기물 등 온갖 것을 다 팔아먹는다는 것이었다. 식품 재고분에 대한 뒷거래는 아주 하찮은 일에 불과하지만, 그렇다고 그냥 지나칠 명분도 없기 때문에, 울프 판사의 조사위원회가 사실을 확인한다면, 어떤 결론을 내리고 조처를 취해야 할 것이라고 했다. 나는 그가 럭비 경기 후반전에서처럼 복잡한 감정 상태에 놓여 있다는 것을 알 수 있었다. 그는 이 주방장의 심리 상태에 대해 놀라고 있었다. 그는 왜 폭로했을까? 그것도 뒤늦게.

—배가 침몰하기 시작하면 쥐들이 먼저 배를 떠나는 법입니다. 그러니까, 이 헨리 블레인이란 사람은 무척 예민한 사람이지요. 더구나 인터뷰 끝에 보인 그의 행동은 정말 예기치 못한 것이었습니다. 교도소 직원을 채용하는 기준이 무엇인지 묻고 싶군요.

전화벨이 나를 방해했다. 조금만 더 화가 나면 이번엔 텔레비전 수상기를 향해 슬리퍼를 집어던지려던 참이었다. 분명한 건 이제 나와 젠킨스 사이는 끝장이라는 점이다. 끝! 나는 그의 말을 더 듣고 싶지 않았다. 그는 나를 배신했으므로. 만일 그가 다시 화면에 나오면 난 채널을 돌려버릴 거다! 나는 수화기를 들었다. "나다." 그녀는 자기 소개도 없이 평소처럼 말했다. 이보세요, 전화를 잘못 거신 거예요. 당신은 지금 장의사 일꾼, 아니면 찰스 황태자와 이야기를 나누고 있는 거라구요…… 하지만 그녀는 내 말엔 아랑곳하지 않고 막무가내로 계속했다. 그녀는 마치 전투를 마친 장교가 사병들에게 말하는 것처럼 내게 말하고 있었다. 나는 훈장을 수여받는 차려 자세의 훌륭한 군인처럼 거실 한가운데 말뚝처럼 꼿꼿이 서 있었다. 나도 늙었어요. 우스워요. 날 내버려두시라구요, 엄마! 하지만 그녀는 나를 자기의 죽은 남편처럼 자랑스러워했다. 그녀는 내가 자신의 기대를 저버

184

리지 않았다고 결론지었다. 나는 세 마디도 끼여들 수가 없었다. 찰칵! 그녀가 전화를 끊어버렸다. 그녀의 목소리는 나를 마비시켰다. 내가 다시 자리에 앉자마자 또 전화벨이 울렸다. 이번에는 루이즈의 목소리가 내 고막을 애무한다.

　―나의 중환자께선 안녕하신지요? 정말 영웅 같더군요?…… 뉴스 못 봤어요? 봤겠죠? 피터 제킨스의 말이 옳아요. 딩신은 너무 흥분해서 침착성을 잃었어요, 유감스럽게도. 그러지 않았다면 난 화면에 나온 당신 입술에 키스라도 해줬을 텐데. 그리고 그 담배연기, 정말 참을 수가 없더군요…… 난 내일 HSP 사무실에서 산드라 머레이를 만나요. 그녀가 당신의 인터뷰를 보았으면 좋겠어요. 우리는 그것에 대해 단둘이 이야기를 할 거예요.

　나는 그녀에게, 방금 어머니가 내게 축하 전화를 해줘서, 지금 몸에서 열이 나는데도 불구하고 힘이 솟는다고 대답했다.

　―난 내일 저녁에나 내 중환자를 보러 갈게요.

　그녀가 덧붙였다.

　그녀는 수화기에 대고 수없이 입맞춤을 한 뒤 전화를 끊었다. 나는 이제 더이상 전화를 받고 싶지 않았다. 하지만 끊임없이 전화벨이 울렸기 때문에 전화선을 빼버리고 소파에 누워 눈을 감았다. 나는 조용한 가운데 내 인터뷰의 결과를 상상해보았다. 한편으론 두렵기도 하지만, 이젠 물러설 수 없다. 한 시간 뒤, 나는 간신히 침대로 기어갔다. 계단이 마치 골고다 언덕 같았다. 식은 땀으로 흠뻑 젖어서 옷을 갈아입어야 했다. 이가 딱딱 마주치고 몸이 쑤셨다. 밤은 기다렸다는 듯이 나를 끔찍한 공포 속으로 밀어넣었다. 내 과거의 여자들이 모두 하나씩 하나씩 내 앞에 나타났다. 이런 일은 처음이었다! 처음엔 거만한 엘리노어가 숯처럼 새까만 가루를 머리에서 발끝까지 뒤집어쓰고 나타났다. 그녀의 머리칼은 가죽끈으로 되어 있었고, 얼굴은 밀랍을 한 겹 씌운 것 같았다. 그녀가 웃자 밀랍 가면 위에 금이 가기 시작했다. 나는 그 가면 아래에 우윳빛 피부가 있음을 직감했다. 그녀는 여전히 거만한 태도로 내게 손을 내밀었다. 매니큐어를 칠한 손톱은 엄청나게 긴 칼 같았다. 그녀가 내게 말을 걸었다.

—네가 추락하는 순간 엘리노어를 기억해라. 네 몸뚱이는 아직 땅에 닿지 않았지만, 이미 초석에서 떨어져나와 넘어졌다. 그것은 시간의 법칙보다 더 분명한 중력의 법칙 때문이다. 너의 살과 뼈는 뒤섞여 흩어져버릴 것이다. 신 앞에 네 아내를 생각해라.

엘리노어의 뒤를 이어, 안장도 없이 야생 당나귀를 탄 제인이 당나귀 등에 사타구니를 비벼대며 나타났다. 그녀의 엉덩이가 경련을 일으켰다. 허리를 활 모양으로 휘자 당나귀의 음경이 팔뚝만큼 길게 늘어났다.

—제인의 안달난 엉덩이, 달아오른 배, 향기로운 숨결 속에 너와 하나가 되던 몸뚱이를 회상해보아라. 너는 여전히 발기하지만 줄 끝에 목매달려 죽은 사람의 엉덩이에 흐르는 것은 너의 마지막 정액이다. 제인을 생각하라, 황홀해하는 너의 살을 생각하라, 신 앞에서.

나는 '더러운 갈보년!'이라고 소리지르고 싶었다. 하지만 소리는 목구멍에 걸려버렸다. 눈앞에 리즈가 있었기 때문이다. 홀랑 벗은 그녀는 두 발을 모으고 두 팔을 양옆으로 늘어뜨린 채 투명하고 하얀 베일로 얼굴만 가리고 똑바로 서 있었다. 그녀가 뭐라고 속삭였는데, 발음이 분명치 않았다. 그녀는 점점 빠르게 중얼거렸다. 아마도 콧노래를 부르는 것 같았다. 베일이 점점 붉어지더니, 가득 고인 피가 마루 위로 방울방울 떨어졌다. 물 흐르는 소리가 조그맣게 들려오고, 리즈는 춤 스텝을 밟기 시작했다. 발바닥-뒤꿈치, 뒤꿈치-발바닥의 박자에 맞추어 천천히, 그러나 힘있게 땅을 굴렀다. 팔은 여전히 양옆으로 늘어뜨린 채. 그녀의 적갈색 머리칼이 물결치고, 벽 여기저기에는 핏자국이 보였다.

─네 핏줄의 피가 말라붙을 때 리즈를 생각하라.

리즈는 춤을 멈추지 않은 채 내게 몸을 기울이더니 내 눈을 감겼다. 그녀의 흰 젖가슴이 내 마른 가슴을 스쳤다. 그녀의 코 위에는 개코 같은 주먹코가 하나 더 있다. 그녀는 침을 질질 흘리면서 혀로 내 몸을 핥았다. 자기의 귀를 내 배 위에 갖다 댔다. 그녀의 얼굴이 다시 맑은 눈과 섬세한 표정을 되찾는다.

─네 살가죽 아래에서 벌레 우글거리는 소리가 들려, 헨리. 마치 종이 구기는 소리 같군. 네가 신(神) 없이 동물계로 들어가는 순간 너의 암늑대를 기억하라, 헨리.

나는 머리맡의 램프를 켜고 소리쳤다.

─너 어디 있어, 앨버트? 내 악몽을 쫓아버리기 위해 너를 얼마나 기다렸는 줄 알아! 앨버트 엑스턴! 너를 한 번 더 목졸라 죽여줄 거야!

방에는 아무도 없다. 시트 위에 붉은 반점 몇 개가 찍혀 있을 뿐이다. 거울 속의 내 얼굴에서는 코피가 나고 있었고, 쑥 들어간 눈은 빛을 발하고 있었다. 나는 밤새 방에 불을 켜두었다. 유령이 나타나는 것을 막아야 한다. 나는 그들을 더이상 보고 싶지 않다. 그들을 또 보게 된다면, 나는 살아남지 못할 것이다.

날이 밝으면서 열도 내렸다. 하지만 나는 여전히 침대에 누워, 전화선을 빼두고 식사를 거른 채 그로그를 마셨다. 곧 정신이 맑아졌다. 요즘 나이 60이면 청춘 아닌가. 나는 일요일 대부분의 시간을 비몽사몽간에 보내다가, 거리로부터 들려오는 확성기 소리에 정신을 차렸다. 천천히 일어나서 실내복을 걸치고 창가로 가서 커튼 사이로 거리를 내다보았다. 이십여 명의 사람들이 일제히 하늘을 바라보고 있었다. 마치 공중 사열식을 구경하고 있는 것 같았다. 스트레인지웨이즈 쪽의 지붕 위를 바라본다는 것을 빼고는. 그런데…… 이럴 수가! 파란색 스카프 아래로 텁수룩하게 헝클어진 머리카락이 비어져나온 한 건장한 부인이 보인다. 산드라 머레이다. 님의 어머니! 나는 곧이어 로렌스 부부와 맥모리스 그리고 루이즈를 알아보았다! 루이즈는 그들 한가운데, 확성기를 들고 폭도들에게 말을 걸고 있는 뚱보 아줌마 머레이의 오른쪽에 서 있었다.

―내려와, 님! 내려와, 내 아들아! 약속할게! 우리가 너희들을 보호해줄 거야! 대영제국 최고의 변호사들이 너희를 도와줄 거야! 내 아들 님, 님아, 내려오너라!

아무튼 나는 다락방으로 가는 층계를 올라갔다. 몸이 예전 같지 않았다. 나는 숨을 헐떡이며 반쯤 열어놓은 창문 앞에 멈춰섰다. 굴뚝 옆에 아직도 일곱 명의 저항자들이 있었다. 그들도 손에 확성기를 들고 있었다. 협상을 용이하게 하기 위해 당국에서 빌려준 듯했다. 지붕의 외부 경사면에는 대형 플래카드도 여전히 걸려 있었다. '우리는 당신을 너무나 사랑합니다, 머레이 부인!' 맙소사! 제이슨은 굴뚝 청소부 모자 같은 것을 머리에 쓰고 팔과 다리로 번갈아가며 땅을 짚고 옆으로 도는 재주를 부리다가, 마침내 지붕 용마루 선을 따라 재주넘기를 했다. 그는 곡예사다! 그러는 동안 전직 복서인 조지 스크룹은 배트맨 가면을 쓰고,—그가 틀림없었다—굴뚝 꼭대기에 올라앉아 있었다. 그는 장터의 격투사 같은 포즈를 취하며 이두박근을 둥글게 만들어 보이고 가슴을 부풀려 보였다. 정말 보디빌딩 전문가 같았다. 근육의 미세한 부분까지는 보이지가 않아서, 서재로 가서 망원경을 가지고 다시 올라와야겠다는 생각을 했다. 확성기를 잡은 것은 님이 틀림없었다. 그가 울부짖었다.

— 걱정 마세요, 엄마! 걱정 말라구요! 다 잘 지내고 있어요. 쇼는 계속됩니다! 우리는 항복하지 않을 거예요, 절대로! 우리는 엄마를 사랑해요! 엄마는 우리의 마스코트예요!

자! 머리에 터번을 두른 인도인 디팩은 파란색 작업복을 입은 상선 기술자와 함께, 제이슨이 공중곡예를 하던 용마루 맞은편에서 탱고를 춘다. 이건 진짜 발레다. 그야말로 미국식 버라이어티 쇼다. 근사하다! 잘한다, 잘해! 오늘 저녁 뉴스에는 볼거리가 많겠는걸! 나는 다시 내 방으로 돌아와 거울 앞에서 옷깃을 매만지고 머리를 손질한 후, 길가로 난 창문과 커튼을 열었다. 공기가 부드러웠다. 나는 창가에 팔꿈치를 괴고 슬쩍 얼굴을 내밀며 그들의 시선을 끌려고 했다. 하지만 그들은 아무것도 눈치채지 못했다. 그만큼 우리의 저항자 곡예사들에게 정신이 팔려 있

었던 것이다. 제일 먼저 나를 알아본 것은 루이즈였다. 그녀는
내게 미소를 보내며 큰 소리로 말을 건넸다.

—이봐요, 헨리!

몇몇 사람이 이쪽을 바라보았다. 사람들의 시선이 갑자기 내
게로 쏠렸다. 내가 어제 텔레비전에 나왔을 때처럼 검정색 줄무
늬 실내복을 입고 있었기 때문이다. 그들 무리 속에 약간의 동요
와 망설임이 일었다. 하지만 곧 그들은 나를 알아보고 환호를 보
냈다.

—만세! 블레인 씨! 블레인 씨가 우리와 함께 있다! 우리는
당신의 용기를 찬양합니다! 우리와 함께 싸웁시다, 블레인 씨!

2백 미터쯤 떨어진 곳에서 사복경찰 십여 명이 다가오고 있는
게 보였다. 루이즈가 머레이 부인에게 그들을 손가락으로 가리
켜 보였고, 두 사람은 함께 우리집 쪽으로 다가왔다. 맥모리스
도, 로렌스도, 젊고 아름다운 어떤 아가씨도. 검정색 서류가방을
옆구리에 끼고 옷을 잘 입은 단정하고 절도 있어 보이는 신사
한 명도 따라왔다. 다른 사람들은 서로 인사를 나누고는, 경찰들
로부터 등을 돌리고 조용히 흩어졌다. 경찰들은 걸음을 늦추더
니 멈춰 섰다가 다시 오던 길로 되돌아갔다. 루이즈는 이제 우리
집 창가에서 3미터쯤 아래에 있었다.

—들어가도 될까, 헨리? 당신한테 이분들을 소개하고 싶은
데…….

작은 자갈이 깔린 우리집 앞뜰에 여덟 사람이 모였다. 나는 아
직 몸이 허하고 상태가 좋지 않았다. 하지만 그들은 바티칸 성
베드로 광장에서 창가에 나온 교황을 바라보듯이 나를 바라보았

다. 그런 분위기에 감동을 받은 나는 그들을 기꺼이 받아들였다.

—들어와요, 루이즈. 모두 들어들 오세요. 아니, 내가 내려가지요.

나는 가능한 한 품위를 유지하며 서둘러 충계를 내려갔다. 나의 팬들이 복도에 모여 있었다. 우리는 인사를 나누고 자축하고 계속 투쟁하자고 서로 격려했다. 루이즈는 내게 그들을 소개했지만, 사실 그럴 필요가 별로 없었다. 텔레비전 덕분에 이미 서로를 알아볼 수 있었으니 말이다. 서른 살쯤 된 우아하고 젊은 여자 헬렌—그녀는 다름아닌 님 머레이의 누나다—과 말쑥한 차림의 신사 로버트 몬트프리드 씨만 빼고. 몬트프리드 씨는 후원회를 돕는 세 명의 변호사 중 한 사람이었다. 나는 그들을 내 서재 겸 거실로 안내했고, 루이즈는 부엌에서 의자들을 날라오며 차를 마시겠냐고 물었다. 우리는 모두 자리를 잡고 앉았다. 화기애애한 분위기였다. 나는 소파에 앉아 한 손을 왼쪽 팔걸이에 얹었다. 내 옆에는 헬렌이 앉았다. 그녀는 무르익은 과일 향기를 풍겼고, 나는 무척 만족스러웠다. 루이즈는 산드라와의 대담을 아주 잘 치렀고, 두 사람은 ‘계속 좋은 관계를’ 가져왔으며, 내일 후원회에 대한 긴 기사를 쓸 예정이라고 했다. 일요일이었기 때문에 저항자들의 일가친척과 친구들이 모두 HSP 사무실에 모였다. 그들은 텔레비전으로 방송된 내용만으로는 충분치 못하다고 판단했고, 이제 육성으로 그들의 자녀들을 설득하러 살 때가 되었다고 결론을 내린 것이다. 그들은 내게 확성기를 보여주었다.

—이제부터는 법적으로 대응해야 합니다.

변호사가 끼여들었다.

─그들 중에는 오십줄에 들어선 '어른아이'도 있습니다.

내가 지적했다.

─부모가 없다는 것은 문제가 아닙니다. 폴 고든의 부모는 콜체스터 동해안에 사는데, 결코 가까운 거리는 아닙니다. 프레드 플루엘러의 부모는 죽었고, 조지 스크롭의 부모는 너무 늙어서 베드포드의 한 양로원에서 죽어가고 있고, 카푸어는 이민자입니다. 그들을 항복하도록 설득한다는 것은 무척 힘든 일일 겁니다!

로렌스 씨가 켄트에 불을 붙이며 한숨지었다.

─하지만 로렌스 씨, 폴 고든 외의 다른 사람들은 무거운 형량을 살고 있으며, 방어능력도 없습니다. 후원회에 모든 부모들을 다 포함시키는 것은 오히려 후원회의 가치를 떨어뜨리는 일이 될 겁니다. 우리는 죄에 비해 형량이 너무 무겁고 감옥 환경도 너무 열악하다는 점에 초점을 맞춰서 법정 투쟁을 해야 합니다.

몬트프리드 선생이 말했다.

모두들 동의했다. 그의 정당한 주장에 모두들 감명을 받았다. 산드라 머레이는 머플러를 벗었다. 텁수룩한 갈색 머리칼이 사방으로 흩어져내렸다. 그녀는 외투의 단추도 풀었다. 커다란 몸집이 텔레비전에서 보았던 희끄무레한 긴 니트 원피스 속에 꽉 차 보였다. 그녀는 나를 향해 활짝 웃으며 말했다. 1TV에 출연했을 때보다 더 확실한 런던 토박이 말투였다.

─맞아요, 블레인 씨. 당신의 용기 있는 폭로가 우리의 물레방아에 물을 부어준 셈입니다. 바라건대 조사위원회에도 그런 효

과를 낼 수 있었으면 합니다. 당신을 보면서 저는 '이 남자야말로 진짜 불알 달린 사내야!' 라고 혼자 중얼거렸답니다.

참석자들이 어색한 미소를 짓는 것을 보자 다시 열이 나고 피가 머리로 솟구쳤다. 루이즈는 차를 다시 끓이려고 부엌으로 갔고, 헬렌은 내게 민망해하는 시선을 보냈다. 갑자기 헬렌과 가까워진 느낌이었다.

―무슨 말을 그렇게 해요, 엄마! 좀 점잖게 구세요, 제발.

―미안, 미안해요. 블레인 씨. 당신도 아는 베이커 부인과 언제 한번 당신을 방문하자는 이야기를 했거든요. 당신이 진정한 정의를 위해 우리의 투쟁에 동참할 거라고 생각했어요!

―우리는 악습과 특권이 판을 치는 민주주의의 희생자들이에요.

맥모리스 부인이 중얼거렸다.

그들은 내 반응을 살피고, 내 답변을 기다렸다. 헬렌의 비로드 같은 담갈색 눈동자가 은근히 내게 애원하는 것 같았다. 그녀는 가슴 윤곽이 드러나 보이는 몸에 꽉 끼는 스웨터에, 허벅지가 반쯤 드러나는 역시 꽉 끼는 빨간색 니트 스커트를 입고 있었다. 검정 스타킹으로 감싸인 다리는 날씬했다. 아무래도 그녀를 다시 보고 싶어하게 될 것 같았다.

―저는…… 저는 교도 행정에 참여하고 있는 사람으로서, 아시다시피, 직업상 지켜야 할 비밀들이 있습니다. 그건 꽤 민감한 문제라서…….

―당신은 위험부담이 전혀 없어요! 당신이 텔레비전에서 한 발언은 보호받을 수 있습니다. 그들이 당신을 털끝만큼이라노

건드린다면, 그것은 곧 당신이 폭로한 내용을 인정하는 게 되니까요. 지금은 아무도 당신을 건드릴 수 없어요. 격려의 편지가 이만오천 통, 후원금으로 우편환과 수표가 삼천팔백오십육 건이나 왔다는 것을 생각해보세요.

—물론 그렇겠죠.

나는 그 말을 인정했다.

모인 사람들의 환호성, 찬사, 축하의 말로 우리는 활기를 되찾았고, 다함께 루이즈가 내온 뜨거운 차를 마시며 비스킷을 우적우적 씹었다.

내가 1TV에서 폭로 인터뷰를 한 후인 월요일 아침, 나는 교도소로부터 한 통의 편지를 받았다. 나는 해고되었다. 나의 상관들은 내가 직업상의 비밀을 지킬 의무를 게을리 하고 자기들의 명예를 훼손하고 거짓 폭로를 했다고 내게 불만을 품고 있었다. 몬트프리드 선생 말이 옳았다. 나는 전혀 위험에 처하지 않았다.

개 같은 한 주였다. 나는 교도소에서 쫓겨났다. 이제 다시는 스트레인지웨이즈에 들어가지 않을 것이다. 들어가고 싶어도 못 들어간다. 나는 그곳에서의 생활에 만족했었다. 그곳은 십오 년 전부터 나의 세계였다. 물론 저녁마다 집으로 돌아오기는 했지만. 나는 악마의 바람이 부는 지하세계, 먹물의 바다를 항해하기 위해 매일 아침 배에 오르는 부둣가의 선원 같았다. 나는 내 방식으로, 무리없이 형량을 치르고 있었다. 나는 습기와 고독이 스며나오는 두껍고 시커먼 담장들 사이, 내가 마땅히 있어야 할 곳에 있었다. 여러분들도 와서 보아야 한다! 감방의 벽들은 고대의 책처럼 손톱과 뼈로 쓰고 또 쓴 비문들로 가득하다. 증오와 절망의 단어들 위에 색채를 입히기 위해 짓이겨진 손가락 끝의 연한 살과 깨진 머리가 얼마나 되는지는 생각할 필요도 없다. 사형수들이 거쳐가는 복도에서는 돌에 새겨진 많은 이름들을 읽을 수 있다. 대문자, 소문자, 인쇄체, 고딕체, 무의미하고 우스꽝스러운 갖가지 표시들까지. 그것은 교수형에 처해진 사람들의 인명록이다. 부패한 세월을 소독하기 위한, 주방에까지 배어 있는 크레졸 냄새와 더불어 내가 감옥에서 가장 좋아했던 것이 바로 이 때에 절고 고통이 배어 있는, 늙은 피부와도 같은 벽들이었다. 이제는 의무실로, 사무실로, 면회실로, 작업장으로 쉴새없이 죄수들의 이름을 호출하는 확성기의 음성도 더이상 듣지 않게 되었다. 확성기를 통해 흘러나오는, 질서와 규칙을 상기시키는 간수들의 코먹은 음성은 간간이 문, 철창, 그리고 식기를 운반하는 손수레 바퀴의 삐걱거리는 소리에 묻혀버린다. 결국 모든 것은 삐걱거림으로 끝난다. 법은 크레졸 냄새를 풍긴다. 법은 금속성의 소음을 낸다. 법은 확성기를 통해 말한다. 나는 서른 개의 화덕, 스무 개의 개수대, 열두 개의 고기 냉동고, 열여덟 명의 보조 요리사, 천육백 개의 배(腹)의 주인이었다. 나는 움직이지 않는 거대한 선박의 밑바닥에 있는 화물창고의 악의적인 미소였다. 정년퇴직을 21개월 남겨놓은 상태에서 쓸데없이 텔레비전에 나가 떠들어댄 바람에, 나의 지배는 물거품이 되어버렸다! 나는 나의 감옥이자 실험실이었던 이곳에 대해, 그리고 나의 잃어버린 권한에 대해 애통하게 생각한다. 물론 내게는 계속해서 열심히 일할 수 있는 정원이 남아 있다. 나는 그곳에 거의 야생에 가까운 자유로운 자연의 미를 재구성해놓았다. 정원의 꽃들이 피어날 때마다, 나는 불과 2피트 아래 땅속에 묻혀 있는 나의 고인들이 꽃으로 피어난 것 같은 느낌을 받곤 한다. 그러므로 계속 정원을 가꾸기는 하겠지만, 예전처럼 그것이 내게 휴식이나 구원이 되지는 못할 것이다. 더구나 내가 엘리노어를 제거하게 된 이유가, 꽃에 얽힌 일 때문이었으니 말이다. 그녀는 시골 꽃들로 장식된 리본 달린 커다란 밀짚모자를 쓰고 칠월의 태양 아래, 긴 의자에서 자고 있었다. 나는 사진을 찍어주고 싶어서, 모자에 달린 꽃다발과 짝을 이루도록 정원에 피어 있던 마거리트로 꽃다발을 만들어 그녀 배 위 두 손 사이에 놓아주었다. 그러나 카메라로 구도를 잡고 보니 너무 단조로웠다. 나는 그녀의 발치에 파란색 수국 화분 두 개를 더 갖다 놓고 사진을 찍었다. 하지만 여전히 만족스럽지 않았다. 그래서 다알리아, 라벤더, 작은 장미나무 등 십여 개의 화분을 더 가져다가 의자 둘레에 장방형 화단을 꾸몄다. 오필리아처럼 꽃에 둘러싸여 누워 있는 엘리노어의 모습을 카메라로 찍으려는 순간, 그녀가 잠에서 깨어났다. 그녀는 자신이 꽃 화분들에 둘러싸여 있고, 2미터쯤 떨어진 곳에서는 내가 초점을 맞추느라 몸을 뒤틀고 있는 것을 보더니, 대뜸 소리쳤다.

　―벌써 나를 매장해버린 거야? 아주 꽃무덤을 만드셨군! 머리가 돈 거 아냐? 가엾은 헨리!

　그녀는 긴 의자에서 벌떡 일어나더니 내 얼굴을 향해 꽃다발을 던지고, 발길질로 화분 두 개를 깨뜨리고, 그것도 모자라 꽃들을 신경질적으로 짓밟아댔다. 셔터를 누를 틈도, 말릴 겨를도 없었다. 화분들이 깨져, 화초의 뿌리가 드러났고, 꽃들은 짓이겨졌다. 전쟁터나 다름없었다. 나는 공포와 분노로 몸을 떨었다. 그녀는 막스앤스펜서의 회계주임이 된 이후 자신이 성공했다고 생각하는 것 같았다. 나는 가능한 한 빨리 그녀를 매장시켜버리는 것도 그리 나쁜 생각이 아님을 깨달았다. 몇 달 뒤, 내가 그토록 감탄하던 나의 엘리노어는, 검게 부풀어오른 혀를 빼문 모습으로, 내가 파놓은 지하무덤의 최초의 사용자가 되었다. 그렇게도 우아함을 좋아하던 그녀가. 덧없음이여, 덧없음이여…… 경찰에 실종신고를 낸 후, 나는 그녀에게 애인들이 있었다는 사실을 알게 되었다. 나는 조사 기간 내내 몹시 시달렸고, 이윽고 평화의 시기가 왔다.

내가 나의 왕국에서 쫓겨나는 순간, 과거의 추억들이 밀려들었다. 공교롭게도, 나약해지려는 순간에는 항상 비통한 소식들이 날아든다. 그래서인지 나는 월요일부터 줄곧 우울한 상태를 벗어나지 못하고 있었다. 루이즈는, 일부러 그러는지도 모르겠지만, 조심성 없게도 거의 누워버린 내 페니스의 방심 상태, 비굴함, 무기력함에 대해 참을 수 없을 정도로 짜증을 부렸다. 그녀는 '갑상선 이상'이 시작된 수요일을 상기시켰다.

—나더러 어쩌라는 거야.

내가 중얼거렸다.

그녀는 또 성생활에는 단지 성만 있는 게 아닌데, 내 비쩍 마른 손은 너무 서툴러서—내가 생각하기에 나는 여자들의 몸뚱이를 애무하는 데 능숙한 것 같은데—남자다움이 부족한 걸 여지없이 상기시킨다고 말했다. 은근히 화가 난 나는 그녀를 낯선 여자처럼 바라보기 시작했다. 수요일 늦은 저녁이었다. 우리는 텔레비전 뉴스를 틀어놓은 채 샴페인 잔을 들고 에반스 노턴의 사직을 자축하고 있었다. 우리는 그가 직업을 바꿔 다른 기관에서 일하기를 바랐다. 런던 노동자 거주 지역의 학교식당 감독은 어떨까? 나는 루이즈에게 스트레인지웨이즈의 직원들 사이에 떠도는 소문을 알려주었다. 나는 그 거만하고 비쩍 마른 키다리를 내 난파선에 끌어들일 수 있었던 게 자랑스러웠다. 그는 여왕으로부터 기사 서임을 받아 '에반스 노턴 경'으로 불리는 게 소원인 사람이었다. 그는 내 보조 요리사들, 심지어는 식기 배급을 맡은 죄수들 앞에서까지 여러 차례 내게 모욕을 주었다. 예고도 없이 주방에 들이닥쳐 가마솥의 냄새를 맡고, 요리를 맛보는 척하다가 냅다 소리를 질러대기도 했다. "빌어먹을! 이건 먹을 수가 없잖아! 빌어먹을! 우라질! 파렴치한 놈! 그런 걸 보고라고 했어, 블레인!" 그러면서 한편으로는 빼돌려 팔아먹을 재고식품을 내게 강요했다. 때로는 나도 진심으로 죄수들이 맛있는 것을 먹고, 환상적인 요리를 즐기게 해주고 싶었다. 맛이라는 게 무엇인지 알던 시절을 회상할 수 있게 해주고 싶었다. 언제나 크리스마스 음식을 먹어볼까 절망적으로 기회를 엿보며, 마치 달밤에 울부짖는 미친 늑대들처럼 꿀꿀이죽이나 다름없는 음식을 참아내고 있는 그들에게 맛의 기적을 보여주고 싶었다. 그러나 노턴은 내가 스트레인지웨이즈의 죄수들에게 미치는 영향력을 극도로 제한했기 때문에, 나는 그들의 뱃속에 영향을 미치는 것만큼 혓바닥에도 영향을 미칠 수는 없었다.

─에반스의 참패를 축하하며 건배!

나는 텔레비전 화면을 향해 내 샴페인 잔을 높이 쳐들었다. 노턴은 기자들을 피해 달아나다시피 황급히 자기 집으로 사라졌고, 그의 집 관리인인 듯한 사람이 나와서 흥분한 표정으로 정원의 철문을 굳게 걸어잠갔다.

—이건 희생양이야. 안 그래, 루이즈?

—맞아요, 하지만 이 이상은 나가지 않을 거예요. 교도소장은 끄떡없을 거라구요. 그들은 당신과 노턴을 방패막으로 내세운 거예요. 조사위원회를 위한 미끼는 그 정도로 충분하거든요.

—난 아니야, 루이즈! 나는 스스로 나서서 고발을 했어. 그냥 당한 게 아니라구!

—조용, 조용히 해봐요. 소장이 뭔가 말하려고 해요.

우리는 텔레비전 화면을 지켜보았다. 오프리엘은 의젓하게 그러나 근심스러운 표정으로 교도소 정문 앞에 서 있었다. 소장은, 노턴 씨는 조사위원회의 결과가 나올 때까지 일시적으로 사임할 거라고 말했다. 조사 과정을 방해하지 않고 조용히 자신의 명예 회복을 기다리겠다니, 참 존경할 만한 인물이군!

—주방장의 주장은 모두 터무니없고 우스꽝스러운 것들입니다! 블레인 씨는 결국 직무상 과실로 해고되었습니다. 그는 폭동으로부터 지나친 감정의 동요를 일으켰고, 또 불행하게도 그에 대한 죄수들의 근거 있는 비난에 상당한 충격을 받았던 모양입니다. 그래서 그는…… 밀려나면서 자신을 정당화하기 위해 수단 방법을 가리지 않았던 것 같습니다. 매우 안타깝고 유감스러운 일입니다. 이상입니다.

철썩! 나는 그의 면상을 향해 들고 있던 샴페인을 뿌렸다.

—헨리! 미쳤어요? 전기사고라도 나면 어쩌려고 그래요?

나는 어디로든 마구 발길질을 하고 싶어 일어나려 했지만, 루이즈가 말렸다.

—침착해요, 헨리! 침착하라구요! 그게 샴페인이었으니 망정이지, 그렇지 않았다면 당신 카펫은…….

그녀는 내 손을 꼭 잡고 제발 부탁이니 자기 말을 잘 들어보라고 했다. 노턴이 침묵과 명예퇴직을 맞바꿨다면, 헨리 당신은 너무 정직한 나머지 카메라 앞에 모든 것을 털어놓았을 뿐이라고 했다. 나는 맞바꾼 것도 없고 타협도 하지 않았다고 응수했다.

—내 친구들이 모두 내게서 등을 돌렸다구! 엄마는 내가 맞서 싸우지 않는다고 나를 비난하고…… 나는 정당방위를 한 거야!

—아무튼! 노턴이 자리를 잃게 되면, 그는 혼자 당하지 않고 당신을 공범으로 지목할 거예요. 그게 그의 복수라구요. 법정에선 그의 말이 당신 말보다 유리할 거예요. 당신은 그보다는 비중이 떨어진다구요.

루이즈는 비통한 표정으로 다정하게 키스를 했다. 그렇게 하는 것이 나를 위로할 수 있으리라고 생각하는 모양이었다. 그날 저녁은 별볼일 없게 되었다. 나는 침만 삼키며 아무 반응을 보이지 않았고, 우리는 계속해서 샴페인만 마셔댔다. 아무튼 그날 저녁은 늦게까지 별볼일이 없었다. 내가 크리넥스를 찾으러 욕실로 올라가자, 루이즈는 암코양이처럼 살며시 뒤를 쫓아와서는 나를 방으로 몰고 가더니 마침내 나를 침대 위에 쓰러뜨렸다. 그녀의 뾰족한 젖가슴이 두 개의 권총처럼 내 가슴을 겨냥했고, 혀는 내 입술 사이를 가볍게 애무하며 밀려들어왔다. 그러는 한편 그녀의 따뜻하고 부드러운 손은 내 바지 지퍼를 열고 들어와 내 페니스를 감싸쥐고 박자를 맞추어 조였다 풀었다를 반복했다. 아무리 우울증 회복기 환자라 해도 발기는 피할 수 없는 일이었다. 그녀는 자신의 스커트를 엉덩이까지 걷어올리더니, 검정색 스타킹을 신은 미끈한 다리를 드러냈다. 그녀의 음부는 이미 드러났고, 그녀는 나를 그곳으로 천천히 끌어들였다. 산꼭대기에서 떨어져나온 돌덩이가 산 아래로 굴러떨어지듯이, 우리는 수없는 주기적인 허리운동을 통해 단 한 번도 후퇴하지 않고 천국을 향해 서둘러 달려갔다.

그녀는 내가 긴장이 풀려 있다는 것을 알 때도 있고, 태평스럽게 잊어버릴 때도 있다. 20분쯤 후, 그녀는 다시 시작하고 싶어했다. 나는 스스로 능숙하다고 생각하는 내 손으로 여러 가지를 시도해보았다. 그녀의 등을 쓸어내려 허리에 이르고 엉덩이에서 머뭇거리다가 허벅지 안쪽을 애무하고, 음순을 자극하고 음핵을 간질였다. 빌어먹을! 손톱이 너무 길어 그녀를 아프게 하는 바람에 그녀가 짜증을 냈다. 그녀는 단순한 동작부터 시작해서 다시 집요하게 공격을 해왔다. 그녀는 손으로, 입으로, 허리로, 엉덩이로 온갖 시도를 다 했다. 하지만 아무 소용이 없었다. 그러자 그녀는 벌떡 일어나서 입속으로 뭐라고 불평을 했다. '의치'라는 단어가 들린 것 같았다. 나는 무력한 회복기 환자임을 나타내려 애쓰며 못 들은 척했다. 그러자 그녀는 요란하게 층계를 걸어내려가더니, 3분쯤 뒤에 다시 뛰어올라와 방문 앞에 나타났다. 스커트는 여전히 허리까지 말려올라간 채여서 스타킹과 거들이 드러나 있었다. 그녀는 오른손에 든 연고제를 마치 정의나 구원의 횃불이라도 되는 양 흔들어 보였다.

—티벳에서 가져온 약이에요.

　그녀가 쉰 목소리로 말했다.

　나는 소스라치게 놀라 벌떡 일어나서, 약간 얼이 빠진 상태로 침대 머리맡에 등을 바싹 기대었다. 나는 그 제품이 믿을 만한지, 서로에게 아무런 해가 없는지, 점막을 상하게 하지는 않는지 물었다. 그녀는 약국이 아니라, 잘 아는 가게 아주머니에게서 산 거라고 했다. 나이를 알 수 없는 그 인도 아주머니는 이것저것 경험이 많은 불교 신자인데, 비염, 요통, 불임, 철분이나 마그네슘 결핍에 좋은 약과 옷감, 보석, 터키 양탄자 등 아시아제 물건들을 판다는 것이었다. 꽤 오래 거래를 해왔는데, 믿을 만하다고 했다. 나는 약을 바르도록 몸을 맡겼다. 약이 세포 속에 스며들게 오래오래 마사지를 해야 했다. 루이즈는 묘한 미소를 띠었는데, 나는 그게 못내 불안했다. 나는 부상당한 환자처럼 멍하게 그녀가 하는 대로 가만히 바라보고만 있었다. 약에서는 나프탈렌 같기도 하고, 강황(생강과의 여러해살이풀. 뿌리줄기가 기혈약으로 쓰임—옮긴이)이나 수레국화 같기도 한 냄새가 났다. 5분쯤 지나자, 귀두에서 고환과 연결되는 부분까지 시원한 느낌이 전해져왔다. 그 느낌은 너무 강해서 거의 마비되는 것 같았다. 마치 북극의 얼음 속에 성기를 담그고 있는 듯했다. 뻣뻣하고 단단해지는 게 마치 냉동 고기완자 같았다. 약효가 있다고 본 루이즈는 손을 닦은 후, 머리맡 탁자 위에 연고 튜브를 던지고, 내 입술에 불꽃처럼 뜨거운 키스를 퍼붓기 시작했다. 그녀는 블라우스와 실크 브래지어를 벗었다. 목에 유칼립투스(도금양과 유칼리나무속의 식물. 잎에서 짜낸 기름이 거담제와 흡입제의 활성 성분으로 쓰임―옮긴이) 연고제를 바른 나도 보온을 위해 목에 두른 목도리를 제외하고는 몽땅 벗었다. 루이즈는 힘센 팔로 꼼짝 못하게 나를 끌어안고는, 입으로는 내 귀와 눈, 코, 입술에 키스를 퍼부었고, 한 손으로는 얼음 같아진 내 페니스를 붙잡아 자신의 배 아래로 집어넣어 외음부를 애무하게 했다. 그녀의 호흡이 점차 짧고 거칠어졌다. 그녀는 마치 거대한 빙산 같았다. 그녀는 나를 강간했다. 그녀의 음부가 나를 삼켜버렸다. 내 몸이 약해진 걸 이렇게 이용해먹다니! 그러나 계속 그러지는 못할걸! 나는 아무런 감각이 없었다. 색전증(혈관이 협착되거나 폐색되는 증세―옮긴이)에 걸린 듯한 내 페니스에 대나무 부목이라도 대야 할 판이었다. 내 페니스는 사마귀에 질소액을 부었을 때 김이 나고 냉기가 돌면서 딱딱하게 굳어지는 것처럼 뻣뻣해졌다. 나는 적개심으로 분기탱천했다. 반면 루이즈는 허리와 엉덩이의 운동에 따라 입을 반쯤 벌리고 눈을 감은 채 마치 성녀처럼 하늘로 올라가고 있었다!

그녀가 다시 땅으로 내려왔을 때, 그녀는 나를 걱정해주는 척하면서 수그러들 줄 모르는 내 페니스를 두 손으로 어루만졌다.

―오, 나의 헤라클레스. 왜 나를 따라오지 않았어요?

겉으로는 상당히 겸손한 표현 같지만, 실은 나를 조롱하는 말이었다. 이윽고 그녀는 내 어깨에 머리를 기대고 밀착해오더니 2분도 못 되어서 졸기 시작했다. 한편 내 페니스는 마치 열판 위에 올라간 에스키모처럼 나른해졌다. 급속한 몰락이라고나 할까. 붉은 반점이 생기고 여기저기 물집도 잡혔다. 나는 그 빌어먹을 놈의 연고가 루이즈의 음부 안쪽도 그렇게 만들었는지 궁금했

204

다. 잠든 그녀에게서 살며시 몸을 빼낸 나는, 정원 쪽 창가로 가서 연고 튜브를 어둠 속으로 멀리 던져버렸다. 그것은 우리집 울타리를 넘어, 스트레인지웨이즈의 골목길에 널려 있는 폭동의 잔해들 사이로 떨어졌다. 나는 옷을 입고, 휘청거리는 다리로 층계를 내려갔다. 금세 숨이 찼다. 나는 브랜디를 한 잔 마시고 나서 「티투스 안드로니쿠스」 현대판을 들고 소파에 앉았다. 티투스가 막 단도로 찌른 자신의 아들 하나를 매장하지 않겠다고 하는 장면인 1막 끝부분까지 읽었을 때에야 진정이 되었다. 그때 헝클어진 머리로 침대 커버를 몸에 두르고 내려온 루이즈는 미소를 지으며 대뜸 물었다.

―그 연고 잘 됐죠, 헨리?

―아니. 던져버렸어.

―뭐라구요? '던져버려' 다니? 없어졌다는 거예요? 그게 얼마 짜린데…….

―물집이 생겼어! 탈모증도 생길 것 같아. 내 물건이 원숭이 엉덩이처럼 빨개졌다구. 그래서 던져버렸어. 너의 그 외국산 화학무기를!

―당신이 알레르기 반응을 일으켰다고 해도 그건 내 잘못이 아니에요! 난 아주 좋았다구요. 난…….

―알아! 그렇다면 당신은 다시 시작하고 싶겠군! 내가 또 당할 것 같나? 허물이 벗겨지면서까지?

그녀는 부엌 쓰레기통을 뒤지기 시작했다.

―던져버렸다고 말했잖아! 다시는 못 찾을 거야!

그녀는 다시 이층으로 올라가서 옷을 입고 기실로 내려왔다.

어깨에 외투까지 걸치고 있었다. 그녀는 갑상선 이상으로 내가 완전히 얼이 빠져버렸다면서, 자기 집으로 돌아가겠다고 했다.

— 책 잘 읽고 편히 쉬세요!

쾅! 그녀는 소리나게 문을 닫았다. 속 시원하군!

*

정말 죽을 맛인 한 주였다! 유령들이 또 나타났다! 엘리노어, 제인, 리즈, 메리가 번갈아가며 나의 고문실에 똑같은 모습으로 다시 나타났다. 엘리노어는 이번에는 침대 위 내 머리맡에 두 다리를 벌리고 서 있었다. 나는 새카맣게 탄 그녀의 외음부를 보았다. 그녀는 내 머리 위에 오줌을 쌌다. 나는 거품이 이는 우유 같은 오줌 세례를 받았다.

— 영원히 너를 경멸한다는 걸 기억해두어라, 헨리. 네 눈에 흙이 들어갈 때까지…….

리즈는 투명한 베일을 벗었다. 더이상 그녀의 얼굴을 알아볼 수가 없었다. 뼈와 살과 연골 조직이 뒤엉킨 그녀의 얼굴은 형체가 없었고, 마치 피와 공기의 거품이 이는 어두운 샘 같았다.

— 너는 너의 사랑스러운 아내를 기억하겠지, 헨리? 네 심장의 피가 맞는 순간, 너는 무고한 여인을 살해한 범죄자로 다시 태어날 것이다.

메리는 여전히 개코를 하고 있었다. 그녀는 축축한 개코로 킁킁거리며 냄새를 맡았다. 그녀는 미친 짐승처럼 침대 주위를 맴돌았다. 손바닥은 잿빛을 띤 두꺼운 굳은살로 뒤덮여 있고, 손가락에는 날카로운 짐승의 발톱이 달려 있었다.

―추워, 추워.

그녀는 신음하듯 말했다.

제인은 내 팔뚝만큼 긴 음경이 달린 당나귀를 타고 나타났다. 그런데 혼자가 아니었다. 뒤에서 누군가가 두 팔로 그녀의 허리를 꼭 끌어안고 있었다. 맙소사! 루이즈! 루이즈까지! 루이즈는 구리선으로 가슴을 결박당한 모습이었다. 구리선이 겨드랑이 밑으로 해서 가슴을 졸라매고, 불에 탄 살을 파고들고 있었다.

―헨리, 나의 늙은 영감쟁이? 네 몸은 다시 뜨거워지겠지. 이번이 너의 의식이 살아 있는 마지막 순간이 될 것이다, 헨리. 나는 맨손으로 너를 거세시켜 네 페니스와 불알을 박제로 만들어 내 부엌 선반 위에 장식품으로 올려놓겠다!

아, 루이즈, 제발 그런 식으로 웃지 마. 저 날카로운 웃음! 루이즈! 웃지 마, 제발…… 회계원도 있었다. 빨간색 넥타이에는 다이아몬드가 박혀 있었고, 파란색 옷에는 아무것도 없었다. 그는 내 침대 발치에 서서 한 손으로는 당나귀의 콧잔등을 어루만지고, 다른 한 손으로는 내 이불 위에 주사위를 던졌다. 머리에는 포마드를 발랐는데, 꼭 카지노의 도박사 같았다.

―너는 존재하지 않아, 앨버트 엑스턴.

내가 중얼거렸다.

그는 소심하게 미소짓고는 또다시 주사위를 던졌다.

―당신이 살아갈 날을 점쳐주겠소, 블레인 씨. 얼마 남지 않았소. 앞으로는 잠을 자지 못할 것이고…….

나는 스위치를 찾다가 머리맡에 있는 탁자를 쓰러뜨렸다. 나는 벽 속으로 들어가 다리에 최대한 힘을 주고 등을 바싹 기대고 싶었다. 발뒤꿈치가 침대 매트리스에 붙어버리고, 심장은 끓는 물 속의 바닷가재처럼 경련을 일으켰다. 루이즈가 마음에 깊은 상처를 입고 문을 쾅 닫고 떠나버린 수요일, 그날 밤으로부터 불과 몇 시간 뒤의 일이었다. 나는 라디오를 켜고 일층과 층계에 불을 밝힌 후, 날이 밝을 때까지 옛날 연가를 콧노래로 흥얼거렸다. 하늘은 붉은색과 보라색 연기의 후광으로 둘러싸여 있었고, 공기는 포근했다. 새들은 나무에서 지저귀고, 발 아래 잔디는 부드럽고, 실내화는 이슬에 젖었다. 정원이 잠에서 깨어나는 아침의 고요는 매번 기적과 같다. 아침 햇살이 안개를 뚫고 퍼져나가고, 하늘은 구름 한 점 없이 푸르러진다. 나는 정원 울타리 가로 오줌을 누러 갔다. 원형탈모증이 심했고, 통증이 심한 피부는 너무 말라서 밀가루 반죽처럼 한 켜씩 부스러졌다. 호두기름을 발라야 할 것 같았다. 나는 근사한 아침식사를 마련하려고 부엌으로 들어갔다. 배가 고팠던 나는 아침을 든든히 먹고 아침 뉴스를 보았다. 폭도들이 지붕 위에서 서커스를 벌이고 있었다. 진짜 서커스 단원처럼 인상적이었다. 30분쯤 후, 전화벨이 울렸다. 루이즈가 사과를 하려고 전화한 줄 알았는데, 뜻밖에도 헬렌이었다. 그녀는 내게 오늘 오후 HSP 친지들이 폭동을 일으킨 자기네 아이들을 방문하러 와도 되는지 물었다. 그제서야 지난 일요일 흥분 상태에서 HSP의 책임자들, 특히 산드라와 헬렌 머레이에게 약속을 했던 게 생각났다. 현재 나는 후원회의 중요 회원 중 한 사람임을 잊어서는 안 된다. 왜냐하면 나는,

이미 텔레비전을 통해 여러 차례 사람들에게 알려졌고,

공식적으로 폭도들의 입장에 섰고,

직원용 매점의 뒷거래를 폭로했고,

교도소와 마찰을 일으켰고, 곧 소송을 하게 될 것이고,

폭도들의 부모들이 경찰에게 체포되거나 방해받지 않고 평화롭게 자기 자녀들과 육성으로 대화할 수 있도록 우리집과 정원을 개방했으니까. 내 집은 사유재산이므로 경찰은 들어오지 못하겠지!

또한 어머니들을 무료로 입장시켰을 뿐 아니라 직접 다과를 대접하고 투쟁에 동참하고 있으니까.

나는 두말할 것 없이 그러라고 대답했고, 헬렌은 아주 매혹적이고 부드러운 목소리로 내게 감사했다. 나는 봄의 길목에 날아든 종달새처럼 아침 내내 휘파람을 불며 보냈다. 신문과 라디오와 텔레비전 기자들이 햄 위에 달려드는 말벌처럼 떼지어 왔고, 변호사들도 활동을 개시했다. 거실에서는 전화벨이 울려댔다. 나는 화장실에서 볼일을 보는 중이었다. 그 동안 과용한 여러 가지 약들 때문에 며칠 전부터 변비가 와서 시간이 좀 걸렸다. 유령들이 나타났던 밤들을 생각하며 공포에 빠져 있는데, 메마르고 날카로운 벨소리가 들려오는 바람에 소스라치게 놀랐다. 3시쯤에 올 줄 알았는데, 시계를 보니 2시 40분이었다. 나는 서둘러 셔츠 끝자락을 바지 속으로 밀어넣었다. 늘 이 모양이다, 늘! 현관문을 열자마자 나를 향해 일제히 카메라 플래시가 터졌다. 눈이 부셔서 앞이 잘 보이시 않았다. 산드라 머레이가 내 앞에 바위처럼 우뚝 서 있었다. 얼굴은 눈물 범벅이고, 스카프를 벗은 머리는 헝클어져 있었다.

—아, 블레인 씨! 정말 끔찍해요!

머레이 부인이 운다. 흘러내린 눈물이 찡그린 얼굴의 깊이 팬 주름 속에 고인다.

—오늘 아침 담당 판사들을 만나보았어요. 그들은 님과 다른 아이들에게 십오년형을 구형할 거래요. 본보기를 보일 작정인가 봐요!

그녀의 얼굴이 마르멜로(장미과의 낙엽 소교목. 서양배 모양의 노란 열매가 열림—옮긴이) 열매로 만든 젤리처럼 떨린다. 그녀는 흐느껴 울면서 코를 풀고 체크 무늬의 커다란 손수건에 조금씩 가래침을 뱉었다. 몬트프리드 변호사가 어깨 너머로 말했다.

—공소장의 내용이 상당해요. 정말 웃기는 애깁니다. 경찰 모욕, 위협, 상해, 폭동 선동, 공공질서 파괴, 교도소 권위에 대한 도전, 재판 방해, 권위 있는 국가 건물 파괴 및 훼손.

—'권위 있는'이라고? 육백 명을 수용하는 시설에 천육백 명의 죄수를 가두어놓고?

내가 끼여들었다.

—저애들이 즉시 항복만 한다면! 오늘은 반드시 저 아이들을 설득해야 해요!

머레이 부인이 되풀이했다.

—생각해보시오. 저들은 죄수들 사이에서 영웅이 되어버렸어요. 또다른 폭동이 어제 글래스고 근처 쇼츠에서 터졌어요. 저들이 항복만 한다면 전염병처럼 번져가는 폭동을 멈출 수 있을 겁니다.

몬트프리드 선생이 단호하게 말했다.

210

우리집 앞은 혼잡하다. 우리 머리 위로 마이크가 떠돈다. 그 복잡 한가운데 여전히 눈물을 흘리고 있는 헬렌이 있다. 플래시 세례 때문에 내 눈앞에는 흰 나비들의 환영이 보인다. 아, 루이즈! 나는 내 왼쪽으로 불과 2미터쯤 떨어진 곳에서 시금치색 투피스에 노란색 블라우스를 입은 루이즈를 발견했다. 그녀는 내게 트로이의 목마만큼이나 충격을 주고는 아무렇지도 않은 표정으로 우리집으로 들어섰다. 나는 HSP 회원들이 들어올 수 있도록 비켜섰지만, 기자들이 뒤따라 들어오는 것은 막았다. 몬트프리드는 내게 텔레비전과 라디오 기자들을 들여보내라고 요구했다. 하지만 나는 냉정하게 대답했다.

—우리끼리 있겠소. 기자들은 집에 들여놓을 수 없소.

웅성거림이 일어났다.

—몇 마디만 해주세요, 블레인 씨. 제발! BBC1을 위해서!

누군가가 소리쳤다.

—라디오 UK 토크 쇼를 위해서.

또다른 사람이 소리쳤다.

—라디오 5 생방송을 위해!

—1TV를 위해! 제발!

—당신의 면직에 대해서는 어떻게 생각하시죠?

—소장이 당신에게 품고 있는 불만에 대해서 한말씀 해주세요.

나는 마치 항구의 아침 경매시장에 있는 것 같았다.

—난 디이상 팔 물고기가 없어요…… 이젠 더 할말도 없소. 그래요, 난 해고되었어요! 그렇구말구요. 교도소측은 내게 불만이 많습니다! 하지만 그건 바로 자기들의 잘못을 인정하는 거라

211

구요! 내가 직업상 저지른 실수라면 진실을 폭로했다는 것밖에 없습니다. 나는 정의를 믿습니다! 여론의 심판을 기다리겠습니다! 이상입니다. 계속 싸우겠어요!

구경꾼들 사이에서 박수 소리가 터져나왔다. 나는 겸손하게 인사를 했다. 나는 책임감 있고 품위를 지키는 사람이라는 이미지를 남기고 다시 문을 닫았다. 이런 식으로 사태가 계속된다면, 나는 정치에 호소할 것이다. 초대받은 사람들은 이미 서둘러 정원으로 갔고, 루이즈는 어둠침침한 큰 방에서 나를 기다리고 있다가 두 팔로 내 목을 끌어안았다.

—우리 화해할까요, 헨리? 저들을 도와주지 않을래요? 부모들이 가엾어요. 정말 불공평해요! 인간의 권리를 위해 투쟁하는 아이들에게 십오년형이라니!

짧은 키스, 농락당하는 긴 혀, 다시 짧은 키스. 이제 나는 그녀의 엉덩이에 손을 얹고 있다. 우리는 사람들이 있는 곳으로 갔다. 루이즈는 그들에게 마실 것을 주자고 했다. 모두들 너무 슬픈 얼굴들이다. 울고 있는 두 여자 중에서 나는 헬렌을 택했다. 나는 보호자 같은 입장에서 그녀를 품에 끌어안았다. 나는 그녀에게 용기를 주고 그녀의 마음을 제대로 이해해줄 수 있을 것 같았다. 그녀는 내 어깨 위에 머리를 얹었다. 그녀에게서 좋은 냄새가 났다. 가능하다면 희고 부드러운 그녀의 목덜미에 키스를 하고 싶다. 하지만 지금은 그럴 때가 아니다. 맥모리스 부인이 이상한 눈초리로 우리를 힐끔거린다. 더구나 그때 루이즈가 뜨거운 찻주전자와 맥주, 그리고 잔들을 얹은 커다란 쟁반을 들고 나타났다.

―그 빌어먹을 지붕에서 내려오도록 설득하는 방법이 없겠
소?

로렌스 씨가 소리쳤다.

―지붕 위에서 지내는 것도 괜찮아요. 내겐 지붕 고치는 삼촌
이 한 명 있었어요. 엄마 몰래 그 삼촌을 따라다니곤 했는데, 그
때 지붕 위에서 본 것들을 아직도 기억하고 있어요. 거기서도
행복해요. 세상의 지붕 위에 있는 느낌이죠. 멀리까지 시야가 트
이고, 행인들의 모습은 개미떼처럼 보이죠. 특히, 붉은 기와들이
양탄자를 깔아놓은 듯 좌악 펼쳐진 모습은 정말 아름다워요!

맥모리스 씨가 말했다.

―저 빌어먹을 감옥 위에는 지붕이 하나뿐이에요. 더군다나
슬레이트 지붕이잖아요!

로렌스 부인이 끼여들었다.

―아, 청회색 슬레이트는 자외선과 같은 색이죠.

맥모리스 씨는 귀까지 새빨개지면서 억지를 부리더니, 이내
입을 다물고 넥타이를 고쳐맨 후, 꼬냑을 한 잔 달라고 했다.

―우리나라의 정의를 믿어야 해요. 법이 있으니 개인은 보호
를 받겠죠!

몬트프리드 선생이 주장했다.

―내가 그들을 설득해보겠어요! 루이즈, 내가 용기를 낼 수
있도록 위스키를 더블로 주세요.

모두늘 서로서로 용기를 북돋워주었고, 덕분에 내 술병 안의
술은 눈에 띄게 줄어들어갔다. 머레이 부인이 확성기를 잡고 사
이렌을 울려댔다. 마치 공항 화재 현장에 있는 불자동차 소리 같

았다. 30초쯤 사이렌이 울리자, 폭도들이 건물 기둥을 타고 지붕 위로 불쑥 솟아올랐다. 검은 복면을 쓰고 나타났기 때문에 누가 누군지 알 수가 없었다. 왕년의 복서답게 떡벌어진 어깨 때문에 스크롭만은 쉽게 눈에 띄었다. 그들은 불행이 일어나기를 호시탐탐 엿보는 까마귀떼 같았다. 그들 중 하나가 확성기를 잡고 말했다.

—안녕하세요, 엄마. 안녕하세요, 헬렌. 그리고 다른 분들도요. 이렇게 우리를 보러 와주셔서 감사합니다. 모두 잘 지내고 계시지요? 저희도 잘 지냅니다!

—저건 님이야.

산드라 머레이가 소리쳤다.

그녀는 위스키를 한 잔 더 들이켜고 나서 마이크를 입에 가져다 댔다.

—안녕, 내 아들 님, 그리고 여러분, 잘 들어요. 모두 내 말을 잘 들어보세요.

그녀는 돌아가는 상황을 설명했다. 경찰과 교도소 간수들의 모욕감과 분노, 판사들의 결심, 그리고 15년형에 대해! 정원에 있자니 귀가 멍멍했다. 머레이 부인은 침을 튀겨가며 마이크에 대고 고래고래 소리를 질렀다. 새들도 두더지들도 들쥐들도 놀라서 적어도 십 년 이상 정든 이 땅을 떠나버릴 지경이었다! 그들은 지붕 위에서 배를 움켜쥐고 웃었다. 쭈그리고 앉아서 미친 듯이 웃어댔다. 그 모습이 마치 바나나를 먹으며 사타구니를 긁적이는 아시아산 원숭이들 같았다. 님이 일어나서 머레이 부인에게 답했다. 그것은 비열한 보복이며, 정부는 겁을 먹고 있다!

폭동은 전국으로 퍼져나가고 있다! 지금 항복해봤자 달라질 건 아무것도 없다! 공갈 협박으로 위장한 비열한 흥정일 뿐이다!

—지금 포기하면 우리가 얻는 게 뭔가? 그들이 당신들에게 뭐라고 말했나? 십오년형 대신에 십삼년형으로 해주겠다고 했나?

—빌어먹을! 저들 말이 맞아.

로렌스 씨가 중얼거렸다.

님은 지금 제정신이 아니라고 하는 게 제대로 된 변론일 터였다. 그는 자전거 절도로 8개월을 선고받았다는 말을 반복한다. 폭동 3주 만에 형량이 15년으로 늘어나다니! 다른 폭도가 그에게 마이크를 빼앗더니, 진지하고 보다 침착한 목소리로 말했다.

—그들은 우리를 짐승 취급하고 있다. 하지만 그들은 인간은 저항할 줄 안다는 사실을 잊고 있었다. 교도소, 내무성, 국무총리만이 책임질 수 있는 문제다! 자기들이 숲에 불을 질러놓고는 나무가 불타고 있다고 아우성을 치는 꼴이다!

—저건 우리 제이슨이야. 그애 목소리야!

로렌스 부부가 동시에 소리쳤다.

나는 그들을 자세히 보기 위해 쌍안경을 가지러 서재 겸 거실로 들어갔다. 루이즈가 따라 들어왔다. 그녀는 술이 어디에 있는지 모른다. 술병들은 비어 있었다. 우리는 함께 부엌으로 가서 개수대 아래에서 브랜디와 위스키를 꺼냈다.

—이게 마지막이야. 빈 병들을 거둬들여야겠어. 난 이런 일로 돈을 너무 많이 쓰고 있다구.

내가 투덜거렸다.

루이즈는 나를 끌어안고 두 눈을 반짝이며 시선을 어디에 둘지 몰라한다. 조금 취한 그녀는 내게 할말이 있다고 재빨리 말하더니, 킥킥거리며 웃었다. 나는 짜증이 났다. 그녀는 오르가슴을 극대화하기 위해 목을 조르는 일본식 테크닉에 관해 이야기했다.

— 교수형 당하는 사람의 경우처럼, 탄산가스가 신경세포에 일으키는 효과에 관한 이론이에요. 예민한 손을 가져야 하고, 꼭 필요한 부분만을 잡아야 한다는 것만 다른 것 같아요, 안 그래요?

나는 아무 소리도 듣고 있지 않았다. 나는 등골이 오싹해짐을 느끼면서 브랜디 뚜껑을 열고 병째 마셨다. 사람들에게 다시 가야 한다. 사태는 계속되고 있다.

나는 쌍안경을 통해 그들의 모습을 확실하게 볼 수 있었다. 가면을 쓴 게 아니라 얼굴에 검댕을 바른 것이었다. 로렌스 씨가 마이크를 낚아채더니, 모두에게 일일이 인사말을 건넸다.

— 안녕, 제이슨. 안녕, 글린. 안녕, 님, 프레드, 폴, 디팩, 조지. 왜 가면을 썼지? 자네들을 알아볼 수가 없잖나.

— 안녕, 아빠! 우리는 중계방송에 초대받은 사람들이 아닙니다. 우리는 그냥 세상이라는 무대에 올라가서 연기를 하고 있는 겁니다! 우리는 '참여' 배우라구요! 우리는 위험을 무릅쓰고 있어요! 그래서 각자 가면을 쓰고 원하는 대로 연기를 하는 거예요. 우리는 스트레인지웨이즈의 반역자들이라구요!

— 거봐요. 내가 뭐랬습니까. 지붕 위에서도 행복할 수 있다니까요!

맥모리스는 몹시 기뻐했다.

몬트프리드 선생이 마이크를 요구했다. 머레이 부인이 감옥을 향해 손을 높이 쳐들고 기도하는 게 보였다.

—여러분, 이제 저항을 그만둬야 합니다! 당신들의 명분은 정당해요! 모두들 알고 있어요…….

제이슨이 조지의 어깨에 올라탔다. 그는 왕년의 복서의 손바닥 위에 자기 손바닥을 얹은 다음, 몸을 일으켜 세웠다. 등, 엉덩이, 다리를 차례로 들어올리며 균형을 잡더니, 마침내 두 손을 조지의 손바닥 위에 의지한 채 하늘을 향해 다리를 뻗는다. 우리는 침묵 속에 넋을 잃고 그 모습을 바라보고 있었다. 몬트프리드 선생은 당황해서 말을 더듬거렸다.

—나는 너희들의 변호사다…… 이제부터는 법적으로 싸워야 한다…… 너희들은 사면될 수 있을 거야!

이번에 마이크를 잡은 것은 프레드 플루엘러 같다. 그가 일요일에 입었던 멜빵 달린 작업복이 생각난다.

—당신은 꿈을 꾸고 있는 거야, 변호사 양반! 우리는 장관이 아니야! 국회의원도 아니고! 우리는 난파 직전의 배에 타고 있는 정비공들이라구.

—맞아. 저건 아내 살해범인 플루엘러야!

내가 소리쳤다.

—아는 사람인가요?

헬렌이 내게 물었다.

—쌍안경으로 보니까 누군지 다 보여요. 보세요!

제이슨이 조지의 어깨 위에서 내려왔다. 다른 두 사람—아마도 글런과 폴—이 굴뚝 위에서 토끼뜀을 한다. 점점 빨리, 점점 높이. 여기서는 입체감이 전혀 느껴지지 않는다. 모두들 하나의 줄 위에서 움직이고 있는 것 같다. 우리는 얼이 빠져 있었다.

—자네들 그 꼭대기에 있어봤자 얻을 게 없어!

몬트프리드가 화를 냈다.

—우리 몫이 무엇인지는 우리가 더 잘 안다! 우리는 지상으로부터 사십 미터, 넓이가 백 평방미터인 이 무대 위에서 시시각각 자유를 위협당하고 있다! 우리는 숨쉬고, 먹고, 자고, 세상을 향해 말한다! 우리가 내려가면 당신들의 그 썩어빠진 정의가 우리를 집어삼키고 또다른 지하감옥으로 우리를 처넣을 게 뻔하다. "우리가 뭘 하길 원하나, 변호사 양반! 혀를 가진 우리는 미래를 마비시키기 위해 가장 불행한 계획을 준비중이다."

—이봐! 오! 내가 제대로 들었다면, 그건 「티투스 안드로니쿠스」 삼막에 나오는 말인데, 안 그래?

나는 이렇게 대꾸하지 않을 수 없었다.

루이즈, 헬렌, 머레이 부인, 몬트프리드, 그 밖의 다른 사람들이 어리둥절한 표정으로 일제히 나를 향해 고개를 돌렸다. 그들은 이상한 동물 구경하듯이 나를 바라보았다. 나는 두서없이 변명을 늘어놓았다. 산드라 머레이는 어깨를 으쓱하더니 변호사로부터 마이크를 빼앗아, 비열한 깡패처럼 욕설을 퍼부었다. 왜냐하면 지금 저들은 영광의 절정에 있지만 곧 죽을 사람들이니까……

—아니에요, 엄마, 저 아이들은 살아 있는 신화예요!

헬렌이 끼여들었다. 하지만 머레이 부인은 마이크에 대고 계속 말했다.

—그래. 내 말이 그 말이야. 안 그래? 저 아이들은 살아 있는 신화야. 젊은 시절의 비틀즈보다도 더 유명하고, 다이애너 황태자비나 칸토나보다 더 인기가 있어! 유명한 만큼 보호도 받게 될 거야. 그러니 내려와야 해! 오, 마이 갓! 마이 갓!

제이슨이 기둥을 타고 처마까지 내려오더니, 십자가의 예수처럼 천천히 두 팔을 벌리고, 허공으로 뛰어내렸다. 위풍당당한 커다란 새 한 마리가 날아오르는 것 같다. 정원에 있던 사람들이 미친 사람들처럼 울부짖었다. 로렌스 부인은 기절해서 루이즈의 품에 안겼고, 헬렌은 늑대 함정에 빠진 족제비처럼 날카로운 비명을 질렀다. 경찰차의 사이렌이 허공을 찢는다.

—이보세요, 엄마! 이봐요, 아빠! 그리고 친구 여러분! 쇼는 계속됩니다! 우리는 항복하지 않아요!

그때 우리집 나무들 위, 이층 높이쯤의 길 한복판 허공에 제이슨의 머리가, 마치 공중으로 떠오른 사람처럼 불쑥 나타났다.

—그물이야! 그가 그물 속으로 뛰어내렸어요.

루이즈는 기뻐서 어쩔 줄 몰라했다.

나는 정원 안쪽 아카시아나무, 소사나무, 개암나무 사이로 몰래 잠입했다. 내가 있는 곳에서 불과 15미터쯤 떨어진 곳에서 제이슨이 장난꾸러기 같은 표정으로 웃고 있었다. 진압복을 입은 이십여 명의 경찰들이 골목길의 폭동의 잔해들, 파편들, 그을린 나무들 속에서 그를 기다리고 있었다. 그는 경찰들을 바퀴벌레나 매독균 같은 하찮은 존재로 취급했다. 그는 우주 비행사가 줄타기 곡예를 하듯 그물 속을 이리저리 걸어다니며 교도소 담장 쪽으로 다가갔다. 경찰들은 무슨 새로운 핵무기라도 되는 듯이 총부리를 들어 그를 겨누었다. 제이슨은 자기가 바람의 신이라도 되는 듯, 손가락을 자기 입에 넣더니 휘파람을 세 번 불었다. 그의 허리를 묶은 끈이 팽팽해졌다. 동료들이 위에서 그를 끌어올리고, 그는 줄에 매달린 채 높은 담장 위를 걸어올라가기 시작했다. 경찰들이 그에게 소리쳤다.

—항복해! 넌 포위되었다! 움직이지 마! 항복해!

제이슨은 비웃는다. 그는 반쯤 올라가다가 돌아선다. 얼굴은 땅을 향하고, 몸은 담장과 직각을 이루고 있다. 두 다리로 담장을 디딘 채 수직으로 버티고 서 있다.

—오, 죽음을 망각한 돈의 세계여, 네게 새 가치를 부여해주는 것은 바로 우리, 가엾은 배신자들이다! 엄마, 아빠, 그리고 나의 옛 친구들이여, 여러분을 사랑합니다, 안녕!

나는 "제이슨 만세! 우리도 네 편이야!"라고 소리를 지를 뻔했다. 그러나 경찰들은 여전히 우리집 울타리 맞은편에 서 있었다. 제이슨은 다시 세 번 휘파람을 불더니 거의 달리다시피 담장을 올라갔다. 발뒤꿈치에 날개라도 달린 것처럼. 로렌스 부인은 이제야 제정신이 든 모양이었다. 창백한 얼굴을 하고 무기력한 자세로 정원에 놓인 의자에 앉아 있다. 그녀의 입술이 떨리고 침이 흘러나온다. 그녀의 남편이 그녀에게 브랜디를 한 모금 먹여주며 큰 소리로 말했다.

—우리 아들은 영웅이야! 영웅이라고. 알아들었어? 우리 제이슨이 말이야! 난 저 아이가 이렇게 자랑스러운 적이 없었어!

나는 방금 전 우리집 정원에서 벌어진 사건을 텔레비전 방송국에서 취재해가지 않은 게 유감이라고 큰 소리로 말했다. 몬트프리드가 나를 쳐다보며 말했다.

―그러니까 내가 기자들을 들여보내라고 했잖소, 블레인 씨!

루이즈가 끼여들었다.

―당신은 우리의 폭도들이 뭐라고 말했는지 못 들었나 보군요. 지금 텔레비전 출연이 문제가 아니에요. 자기들은 세상이라는 무대에 있는 거라잖아요. 제가 『앙글리칸 트리뷰』에 다 쓸 거예요. 있는 그대로.

루이즈의 말에 헬렌이 혼잣말하듯 중얼거렸다.

―저 여자 말이 맞아. 저애들은 텔레비전에 출연하기 위해 싸우는 게 아니야. 그리고 아무튼 스트레인지웨이스 지붕 위엔 사방에 카메라가 설치되어 있으니까.

화가 난 나는 기분 전환을 위해 다시 한판 벌일 것을 제안했다. 우리는 약간 취했고, 불가능한 것을 시도하고 있다는 걸 인정했다. 헬렌이 결론을 내렸다.

―저애들에게 생각할 기회를 줘야 해요. 무조건 항복하라고 재촉하면 오히려 더 고집을 부릴 거예요.

나는 내 손님들을 다시 방으로 안내했다. 나는 그들에게 우리 집을 밤낮없이 아무 때나 개방하겠다고 선언했다. 헬렌은 내게 미소를 보냈고, 나머지 사람들도 나의 희생정신에 감사했다. 현관문을 열자, 다시 플래시 세례와 질문 공세가 쏟아졌다. 루이즈가 내게 속삭였다.

―서둘러요, 헨리. 빨리 문 닫아요!

한 남자가 몰래 들어와 내 앞에 섰다. 나는 그가 다가오는 것을 보지 못했다. 그는 강철같이 억센 손으로 내 필뚝을 붙잡았다.

—이봐, 블레인 씨!

나는 소스라치게 놀랐다. 그는 다름아닌 피터 부쉬였다. 이웃에 사는 트럭 운전수이며 완전 무식쟁이인, 죽은 메리의 남편 말이다. 그는 내 코앞에 서서 담배연기를 뿜어댔다. 선원용 철모 아래로 날카로운 시선이 번득인다. 그의 귀걸이와 집시풍의 구레나룻이 나를 섬뜩하게 한다. 올 사월은 이상하게 무덥다. 겨드랑이의 찌든 땀냄새와 섞인 그의 발냄새가 역겹다. 그가 미소를 짓는다. 그는 약간 맛이 간 위험인물이다. 아무튼 카메라 앞에서 나를 치지는 못하겠지!

—이봐, 난 말이야, 지난번에 당신을 문 밖으로 쫓아냈던 걸 사과하고 싶었어. 당신이 후원회에 적극 가담하고 텔레비전에 나와 폭로도 하다니, 정말 장해. 리즈에서는 내 똘마니 하나가 폭동을 주도했더군. 간수들이 떨기 시작했어. 블레인, 약해지면 안 돼, 알았지?

—아! 화해하게 돼서 나도 기분이 좋아, 부쉬. 이건 정당한 싸움인 만큼!……

그는 잡은 손을 풀지 않는다. 그의 큼직한 손이 마치 집게 같다.

—나도 HSP에 참여할 수 있을까?

—물론이지! 변호사를 만나보게. 잿빛 양복을 입고 기자들과 이야기를 하고 있는 바로 저 사람이야. 당신은 환영받을 거야, 부쉬!

부쉬는 그제서야 내 팔을 놓았고, 우리는 뜨거운 인사를 나누었다. 그는 몬트프리드에게 다가갔다. 가엾은 피터 부쉬, 나는 미친 듯한 웃음을 목구멍 속으로 삼켜버렸다. 루이즈가 홀에서 기다리고 있지만, 나는 도망쳤다. 문을 이중으로 잠그고 나서, 등을 벽에 기댄 채 배를 움켜쥐고 눈물이 나도록 웃다가 정말로 울어버렸다.

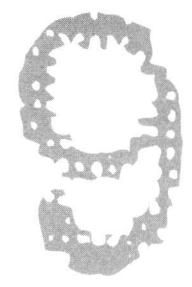

루이즈의 시체는 일요일 오후 무기 공장에서 잠잘 자리를 찾던 한 노숙자에 의해 발견되었다. 그 노숙자가 데리고 다니던 침을 질질 흘리는 테리어 종 개가 작업실 근처에서 시체 냄새를 맡았던 것 같다. 그녀는 전선과 동파이프 밑에 숨겨져 있었다. 나는 자동차가 없고 면허증도 갖고 있지 않다. 나는 삶의 대부분을 배 위에서 살았고, 육지에서 살게 되었을 때에도 집에서 교도소까지는 걸어서 3분 거리였다. 리버풀에 있는 어머니 집에 갈 때는 기차를 이용했다. 따라서 루이즈를 내 품에 안아 집으로 운반할 수밖에 없었다. 5년 전까지만 해도 그녀를 안고 공장에서 집까지 가는 것은 문제도 아니었겠지만, 어쨌거나 집 근처 거리를 죽은 여인을 안고 걸어갈 수는 없는 노릇이었다. 물론 나는 그녀가 꽃나무가 하늘을 덮고 있는 우리집 정원에 다른 사람들과 함께 묻히기를 간절히 원했고, 또 그게 합리적인 방법이라고 생각했다. 우리집 지하는 사람이 살고 있는 곳이다. 그곳은 나의 부식토며 받침돌이다. 나는 처녀지를 개간한 게 아니다. 우리집 정원은 역사적인 장소, 심지어는 고고학적이기까지 한 장소다. 이곳은 나의 유적지다. 나의 사랑과 전쟁, 순교자와 실종자들이 있는 유적지다. 하지만 나는 현장에 그녀를 버려둘 수밖에 없었다. 그 떠돌이는 곧 경찰에 신고를 했고, 경찰은 30분 후 현장에 도착했다. 텔레비전 저녁 뉴스에도 나왔고, 『앙글리칸 트리뷴』은 그녀를 위해 여섯 단을 할애하여 애도의 뜻을 표했다.

루이즈는 4월 21일 토요일에 스트레인지웨이즈에 관한 그녀의 마지막 기사를 썼다. 그 기사는 그날 신문의 첫 페이지와 마지막 페이지의 절반을 차지했고, 그녀는 그것을 무척 자랑스러워했다. 기사와 함께 사진도 세 장 실렸는데, 그중 하나는 폭동이 최악의 상태였을 때 무기 공장 꼭대기에서 찍은 것으로, 검은 연기가 소용돌이를 일으키며 하늘로 올라가고, 지붕 위에는 앙상한 가지처럼 비쩍 마른 사람들의 부산한 모습이 보이는 사진이었다. 다른 한 장은 내 방에서 찍은 것으로, 폭도들이 거리에 종이꽃을 뿌리는 순간을 포착한 사진이었다. 마지막 한 장은 '어디에나 인권을!'이라는 구호가 적힌 플래카드 아래서 찍은 HSP 창단 멤버들의 사진이었다. HSP 사무실 앞에서 찍은 것으로, 세 명의 변호사도 같이 있었는데, 그중 몬트프리드 선생은 중산모를 든 왼손을 가슴에 대고 있었다. 루이즈의 기사는 폭동의 내막을 상세히 설명하고 분석한 것으로, 파문을 일으킨 나의 폭로를 통해 그 구명운동의 정당성을 입증하고, 나 헨리 블레인을 운동의 주동인물로 부각시켜놓았다. '오늘날 학교나 병원, 또는 감옥 같은 시설에서 그 책임자들이 부당하게 개인적 치부를 하는 일은 너무도 빈번하다.' 나는 루이즈의 말투가 상당히 다듬어진 것을 알 수 있었다. 심지어는 그녀가 다루고 있는 게 오늘의 현실이 아니라 이미 지나간 이야기인 것처럼 느껴지기까지 했다. 라벤더 향에 절어서 다니던, '느린 가제 수건'이란 별명의 늙은 듀렐이 입버릇처럼 하던 말대로, "조금만 더 기다려보면 모든 게 나쁘게 풀리고 말" 것이었다! 이 말은 그의 동료들의 불안한 시선 속에서 마지막 희미한 지성의 빛까지 꺼버리는 결과가 되고 말았다. 루이즈는 제이슨과 그의 동료 죄수들의 자유롭고 불손하면서도 짓궂은 묘기들을 아주 재치 있게 묘사하면서 그녀의 기사를 끝냈는데, 결론은 이랬다. '이 부끄러운 세상 속에서 아직도 인간을 믿는다는 건 한 편의 유쾌한 요한묵시록 연극이다.' 만세, 루이즈! 너의 건강을 위해 건배할 수는 없고(그건 너무 늦었다), 너의 재주를 위해 건배하는 바이다! 너의 약력이 유력 일간지에 소개될 만도 했어. 루이즈, 건배!

토요일 아침의 그녀는 안경 없는 맨얼굴이었다. 콘택트 렌즈를 끼고 왔던 것이다. 나는 처음으로 미소 띤 자유로운 맨얼굴에서 그녀의 커다란 녹색 눈을 실제 크기대로 볼 수 있었다. 그녀는 옆구리에 그 날짜 『앙글리칸 트리뷴』을 끼고 있었다. 나는 그녀의 기사를 꼼꼼히 읽었다. 우리는 사진들에 관해 이야기하고, 또 우리가 무기 공장에서 처음 만났을 때를 회상하기도 했다. 감옥 위쪽으로 불쑥 튀어나와 있는 그 전망대는 정말 의외의 발견이었다. 마침 그날은 날씨가 아주 좋았기 때문에, 우리는 처음 만난 그 장소를 성지순례라도 하듯 다시 한번 둘러보기로 했다. '성지순례'라는 말은 좀 우스웠다. 사실이 그랬다. 명상을 하러 가는 건 아니었으니까 말이다. 루이즈는 불과 몇 주 사이에 정열적인 색마로 변해 있었다. 그녀는 목요일 저녁부터 섹스를 즐길 때마다 계속 자기 목의 경동맥 부분을 졸라달라고 간청했었다. 금요일 새벽, 두번째 섹스 때, 그녀는 숨이 막혀 양쪽 뺨이 붉어진 채, 짓눌린 목구멍으로부터 나오는 꾸르륵거리는 목소리로 이렇게 말했다.

　―헨리, 헨리, 나는 지금 하늘에 있는 게 아니야. 여기는 우주 공간이야! 은하계야! 『기이한 아시아』 특집호에 나온 이야기가 역시 맞았어.

　나는 그녀가 말하는 잡지가 어떤 잡지인지도 몰랐다. '기이한 아시아'? 나는 떨리는 내 손을 바라보며, 엑스터시의 순간 그녀의 목을 아예 졸라버리고 싶은 미친 듯한 욕망을 가진 채 목을 주무르느니 차라리 그녀의 어깨며 가슴, 허리, 엉덩이를 자유롭게 만지는 게 낫겠다고 대답했다. 루이즈는 내 말을 이해하지 못했다. 보드랍고 뜨겁고 동물적인 그녀 목의 팔딱임을 손으로 느끼면서 부드럽게 목을 조르고 또 조르면, 그녀의 생명이 느리고 간헐적인 경련을 일으키고, 마침내 짜릿한 냄새를 풍기며 꺼져가는데, 그것이 얼마나 자극적인지 그녀는 꿈에도 생각지 못하리라. 퓨우! 한 마리 새가 내 손 안에서 날아갔다. 안 돼, 루이즈. 안 돼! 나는 유혹에 빠지지 않을 거야! 루이즈는 나의 애무에는 신경 쓰지 않는다고 대답했다. 폐의 부분적 질식과 머리의 산소

부족은, '아무도 없는 로마 식 지하 납골당의 돌로 된 성수반에 방울방울 떨어지는 물소리'처럼 그 효과를 날카롭고 명료하면서도 굉장히 크게 한다는 것이었다. 나는 그때 조금 얼이 빠져 있었다. 그녀가 깔깔거리며 웃어서 나는 짜증이 났다.

—다음번엔 손을 호주머니 안에 넣고 있을 거야.

—맘대로 하시지. 난 혼자서도 할 수 있다구. 당신 같은 사람은 필요 없어!

그 순간 나는 그녀를 아주 낯선 여자처럼 바라보았다. 우리는 일어나서 옷을 입었다. 루이즈는 자기 신문사로, 나는 정원으로, 서로 말 한마디 없이 헤어졌다. 나는 폭동의 잔해들을 치우고, 울타리와 사과나무와 장미나무에 봄 가지치기를 시작하고, 나무들에 보르도 액을 뿌려주고, 유월에 새 잔디를 심기 위해 땅을 갈아주기로 마음먹었다. 나의 정원은 이제 주방에서 일하고 돌아왔을 때 찾는 안식처가 아니라, 영원한 나의 운명이 되리라. 나는 이제 실업자 정원사다. 죽은 나의 여인들은 더 많은 꽃을 피울 것이고, 아마도 이제는 밤마다 나타나 나를 못살게 굴지도 않을 것이다.

토요일 오후, 루이즈와 나는 손을 잡고 무기 공장으로 갔다. 하늘은 짙은 파란색이었고 새들은 정원에서 지저귀고 있었다. 그 을음으로 얼굴이 더러워진 폭도 두 명이 웃통을 벗어붙인 채 지붕의 용마루 위를 버킹엄 궁 앞의 여왕 근위대처럼 성큼성큼 걷고 있었다. 콘택트 렌즈를 낀 루이즈는 목을 빼고 사방을 둘러보았다. 그녀의 눈은 마치 기적적으로 눈을 뜬 장님처럼 허공을 날았다. 우리는 스트레인지웨이즈의 북쪽 담장 앞을 다시 지나갔다. 인부들이 폭동 첫날 폭파된 육중한 미닫이문을 다른 것으로 교체하고 있었다. 우리는 허물어져서 낮아진 벽돌 담장을 뛰어넘고, 건물 파편들이 널려 있는 작은 안뜰을 가로질러, 창문이 떨어져나간 구멍을 통해 안으로 들어갔다. 철근 사이에서는 지그재그로 날던 참새들이 큰 유리창 아래에서는 원을 그리며 날고 있었다. 우리는 루이즈가 사진을 찍던 장소에 다시 가보려고 꼭대기층으로 올라갔다. 전망은 아주 좋았지만 화사한 햇살을 받고 있는 폐허의 현장을 보니 말문이 막혔다. 구멍나고 불탄 지붕들이 사방에 보이고, 앞뜰에는 무너진 담장의 벽돌 조각들이 널려 있었다. 기본적인 가구와 위생 시설들도 부서진 창문을 통해 다 빨려나가버린 것 같았다. 교도소도 공장과 마찬가지로 폐허가 되어 있었다. 마치 텅 빈 달걀 껍질 같았다. 불행하게도 여기서는 폭도들이 점령하고 있는 건물이 보이지 않았다. 루이즈는 카메라를 가져오지 않은 것을 후회하면서 격렬하게 나를 끌어안았다. 마치 그것이 해결책이라도 되는 양. 우리는 중앙홀을 가로지르는 다리 위에서 위험을 무릅쓰고 모험을 감행한다. 다리가 떨리고 삐걱거린다. 삼분의 이가 파괴된 대형 유리창을 통해 새들이 달아난다. 다행히 나는 테니스화를 신고 있고, 빠른 선원의 발을 가지고 있다. 나는 루이즈의 손을 잡고 층마다 거닐어보았다. 연장 상자, 발전기, 금속 수납장 따위로 가득한 좁은 통로들로 이루어진 미로였다. 우리는 사슬과 도르래가 달려 있는 고정틀 아래를 지나 작업대, 공작 기계, 탑들 사이를 요리조리 피해가야 했다. 급작스런 철수 명령이나 집단 이주 뒤의 모습 같았다. 과열되어 못 쓰게 된 전기 모터가 식었을 때 나는 자극적인 냄새에 녹슨 금속 냄새가 뒤섞인 고약한 냄새가 여전히 공기중에 남아 있었다. 나는 루이즈에게 세팅 기계 아래 쌓여 있는 포탄의 탄두와 연결통들을 가리켰다. 포탄과 총알은 들어 있지 않았다. 나는 기관총과 박격포의 부품들을 구별해낼 수 있을 것 같았다.

　—무기 공장이나 전쟁이 오늘날 우리에게는 마치 숨쉬는 공기 같지 않아요, 헨리? 삶은 너무 힘들어지고, 사람들은 소리없는 내전에 시달리면서 마치 길 잃은 병사처럼 조용히 우스꽝스러운 전투를 치르고 있어요. 야만스러움이 우리를 호시탐탐 노리고 있다구요.

　루이즈의 철학 강의가 시작되었다. 하지만 나는 아무 대답도 하지 않았다. 좁고 가파른 층계를 앞장서 내려가다 보니 검정 스타킹을 신은 그녀의 다리가 한눈에 들어왔다. 우리가 왜 이렇게 폐허 속을 누비고 다니는지 나는 모른다. 통로, 구름다리, 좁은 복도가 나타날 때마다 루이즈는 내게 열렬한 키스를 퍼부었고, 우리는 빈터를 찾는 소풍 나온 사람들처럼 주변을 한 바퀴씩 둘러보곤 했다. 우리는 마침내 아주 좁은 작업실에 이르렀다. 루이즈는 작업대에 몸을 기대더니 나를 끌어당겨 내 목덜미를 혀로 애무했다. 스커트를 허리까지 끌어올리고, 가슴을 내 입술에 맡긴다. 마치 미지근한 과일 같다. 그녀는 비로드 같은 손으로 파닥거리는 나의 페니스를 애무하며 바싹 달라붙는다. 나는 이 장소에 추억을 가지고 있다. 그녀는 긴 탁자 위에 몸을 누인 채, 머리를 바이스 옆에 둔다. 나는 어린 종마처럼 발기한다. 그녀의 두 다리가 나를 조여오더니, 물렁한 허벅지 시이로 나를 덥석 문다. 나는 그녀의 뜨거운 분비물 속에 녹아든다. 그녀의 발뒤꿈치가 내 허리를 압박한다. 한 오백 년 동안만 종마처럼 발기했으면 좋겠다. 오백 년으로도 부족하다! 이제 몇 년만 지나면 다리 사이의 말랑한 머랭(설탕과 계란 흰자로 만든 크림과자의 일종—옮긴이)은 두 시간마다 소변보러 가기 위해서나 존재하게 될 것이다. 나는 제인, 리즈, 메리를 생각한다. 예전에 나는 커다란 소리로 제인에게 이렇게 말하곤 했었다. "아! 너의 백옥 같은 몸뚱이, 너의 젊은 젖가슴은 이 세상이 끝날 때까지 변치 않을 거야."

—이봐요, 헨리. 난 좋아! 그런데 당신은 그 늙은 몸뚱이를 가지고 뭘 하고 있어요!

그녀의 비웃음이 공장 안 대형 유리창에 울려퍼졌다. 그녀는 빈정거리기 좋아하는 명주원숭이를 닮은 전문 창녀 같다.

—당신이 정원의 민들레 뿌리에나 골몰할 때, 나는 성숙한 귀부인이 될 거야.

—그만 해, 제인, 그만!

—자 해보시지, 마이 달링. 해봐!

루이즈가 나의 주의를 환기시킨다. 그녀의 목에는 당기면 죄어들도록 매듭이 묶인 가는 실크끈이 있다. 그녀는 한 손으로 그 끈 끄트머리를 잡아당겨 스스로 질식되려 하고 있었다.

—해봐, 헨리. 해봐!

하지만 그녀는 성공하지 못한다. 손이 너무 기울었다. 그녀가 손을 움직일 수 있는 공간이 없었다. 그녀는 결국 할 수 없이 내 이 사이에 끈을 물려준다. 나는 어금니를 악물고 머리를 뒤로 젖힌다. 매듭이 완전히 묶인다.

—헨리! 헨리! 아, 헨리! 헤엔……

나는 미친 당나귀처럼 루이즈와 섹스를 한다. 나는 고함을 지른다. 무절제하게 소리를 친다. 잇새에 있는 끈을 더 세게 잡아당긴다. 머리를 막무가내로 흔든다. 어떤 속박에서 벗어나려는 사람처럼 목에 힘을 주고 등을 뒤로 뺀다. 나는 마치 암내를 풍기는 암놈 같다 루이즈! 나는 콧김을 뿜어댄다. 너의 떨리는 두 손이 내 얼굴과 눈을 찢으려는 듯이 버둥댄다. 너의 손가락이 뒤틀리면서 나를 할퀴어 피를 낸다. 나는 격분하여 뒷발로 서서 화를 내고, 머리를 뒤로 젖히며 울부짖는다. 나는 떡갈나무를 자르는 나무꾼의 톱처럼 소리를 질러대는 미친 당나귀다. 나는 죽은 자들을 깨운다. 아, 루이즈! 얼마나 요란한 섹스를 했던지, 실크 끈이 암탉의 가슴살을 묶은 끈처럼 잇새로 파고든다. 나는 고삐를, 굴레를, 구속을 끊을 것이다. 나는 등을 활 모양으로 휘면서 거인처럼 뒷발로 일어선다. 나는 너의 미친 당나귀다. 나는 마지막으로 고함을 내지르며 악물고 있던 턱뼈를 늦추고 실크끈을 놓는다. 둔탁한 소리가 들린다. 루이즈의 머리가 작업대 위로 떨어진다. 시선은 고정되어 있고, 눈알은 튀어나왔고, 얼굴은 붉은 벽돌색이다. 혀는 목구멍 속으로 빨려들어가 있고, 목덜미는 시퍼렇다. 루이즈는 당나귀 이빨에 목매어 죽었다.

*

금요일 아침, 그러니까 무기 공장으로의 불행한 성지순례 전날 밤 루이즈와 내가 닝딤하게 헤어진 후, 나는 울타리 아래에서 봄 흙갈이를 해주고 있었다. 초인종이 울렸다. 올 사람이 없었지만 문을 열었다. 헬렌과 머레이 부인이었다. 나는 당연히 놀랐다. 헬렌은 검지를 입술에 갖다 댔다.

—쉿! 엄마와 내가 몰래 온 거예요. 그러니까 공식적 활동은 아니에요. 헨리 씨, 들어가도 될까요?

—허락해주시면 좋겠군요.

머레이 부인이 옆에서 허락을 강요하듯 말했다.

나는 그들을 내 거실 겸 식당으로 안내했다. 나는 그들에게 장화와 앞치마 차림으로 손님을 맞는 걸 사과했다. 산드라 머레이는 초록색과 자주색으로 된 커다란 배낭에서 확성기와 위스키 한 병을 꺼냈다.

—어제 텔레비전 보셨나요?

—아뇨. 못 봤어요.

—제이슨이 허공으로 뛰어내리는 장면과 벽 위를 기어올라가는 것, 저 위에서 아이들이 우리에게 말했던 것, 그리고 그을음을 뒤집어쓴 그들의 얼굴을 보여주고 나서 당국의 반응을 들려주더군요. "폭도들은 한껏 으스대고 있습니다. 우리 경찰들은 폭력을 쓰지 않고 그들이 이성을 되찾을 때까지 '참을성 있게' 기다리고 있습니다…… 그들은 시인도 되고 곡예사도 될 수 있습니다. 그러나 어쨌든 이미 재판을 받은 죄수들입니다…… 모든 사람은 법 앞에 평등합니다. 하지만 폭동은 불법입니다! 정의의 심판을 피할 수 있는 사람은 아무도 없습니다! 누구든 이런 심각한 사태를 야기시켜놓고 용서받기를 기대할 수는 없는 노릇이지요"라는 요지로 말합니다. 저 아이들은 궁지에서 벗어날 길이

없어요, 블레인 씨. 절망적입니다. 구명활동도 저조해요. 끔찍한 일이에요. 아마도 저 아이들은 대영제국의 어느 오지로 뿔뿔이 흩어져 철저한 감시 아래 학대를 받으며 사람들로부터 잊혀져갈 거예요. 나는 십 년 동안 우리 님을 보러 갈 수도 없을 거구요. 그들은 우리 님을 파괴할 겁니다. 저 아이들 모두를 도자기처럼 깨뜨려버리고 말 거라구요.

—당신은 우리나라에 정의가 살아 있다고 믿으세요, 헨리?

헬렌이 내게 넌지시 이렇게 물어 나의 화를 돋웠다.

—헬렌, 정의가 어디 있습니까, 정의가. 네? 정의가 어디 있나구요. 힘있는 놈들이 멋대로 주무르고 있는데! 사람은 누구나 조금씩은 죄인이라구요. 하지만 진짜 큰 죄인은 자기 자신이 알 거요. 나도 죽을 때가 가까워지니 유령의 분노를 알 것 같더라구요! '그런 밤은 아직 오지 않았다! 그때까지 평온하여라, 내 영혼아! 악행을 흙으로 덮어둔다 해도, 언젠가는 다른 사람의 눈에 띄게 되도다.'(「햄릿」1막 2장에서 인용—원주)

나는 콧구멍을 벌름거리며 단언했다.

그녀는 얼빠진 표정으로 나를 바라보았다. 내가 그녀를 불안하게 만든 모양이다. 나는 위스키 한 잔을 단숨에 마셨다.

—제가 한 말은 잊어버리세요. 그건 재수없는 날에나…… 그런데 제가 뭘 도와드리면 될까요?

머레이 부인이 다시 정신을 수습하고 나서 설명했다. 무장해제 하고 단독으로 아들 앞에 서겠다는 것이었다. 맙소사! 그녀는 곧 전쟁터에 나가서 죽게 될 전사를 대하듯 하겠다는 것이 아니라, 이들과 직접 눈을 마주 보며 이야기하고 마지막으로 설득을 시도해보겠다는 것이다. 흐느낌이 터져나오고, 코와 턱이 빨갛게 되고, 뺨이 덜덜 떨린다. 나는 흙 묻은 내 장화를 내려다보며 말했다.

—그렇게 하면 텔레비전에 찍힐 위험이 있어요. 카메라가 계속 작동중이니까. 그리고 HSP의 다른 회원들이 텔레비전 뉴스를 통해 그걸 보게 되면 모임이 깨져버릴 수도 있다구요.

낭패로군, 낭패야! 그녀는 모성에서 우러난 자신의 그런 접근 방식을 후원회의 적극적인 회원인 내가 눈감아줄 수 없겠느냐고 물었다. 나는 그녀의 딸 헬렌을 바라본다. 얼마나 예쁜 얼굴인가! 비너스 같은 몸매는 애무를 하고 싶어 미치게 만든다. 그녀는 짧은 스커트에 가슴선을 드러내는 꼭 끼는 스웨터를 입고 있으며, 암코양이 같은 눈동자로 내게 뭔가 애원을 하는 것 같다. 앵둣빛 입술은 과일향을 풍기고 있다. 나는 피곤한 몸을 다시 일으키며 이렇게 말했다.

—물론이지요, 머레이 부인. 당연히······.

두 여자는 벌떡 일어났고, 나는 두 팔을 활짝 벌려 그들을 품에 꼭 끌어안았다. 헬렌의 허벅지가 내 허벅지에 닿는 게 느껴졌다. 나는 머리칼 냄새를 맡으며 그녀의 머리에 키스를 했다. 나는 한 가지 제안을 했다. 님이 가족끼리만 있다고 느낄 수 있도록 나는 빠지겠노라고. 머레이 부인이 미소를 지으며 내게 말했다.

—아! 블레인 씨, 당신은 요령이 있으시군요.

나는 장화와 앞치마를 벗고 소파에 앉았다. 책꽂이에서 셰익스피어 한 권을 아무렇게나 빼낸다. 1703년도 고급판 중 II권으로,「맥베스」「리어 왕」「햄릿」이 들어 있다. 내가 앉은 자리에서는 정원에 있는 그녀들의 뒷모습이 보인다. 산드라 머레이는 확성기를 켰다. 하지만 사이렌을 울리지는 않았다. 그녀는 마이크에 대고 속삭인다. 그러나 그녀의 목소리는 사방 100미터에도 미치지 못할 것 같다.

—님, 내 아들아, 들리니? 님! 엄마야! 대답해봐, 님!…… 지금 뭐 하니? 거기 없는 거니?……

대들보 아래쪽은 쥐죽은 듯 고요하다. 그들은 낮잠을 자고 있거나 카드놀이를 하고 있거나, 아니면 아무도 모르게 경찰에 투항했을지도 모른다. 그렇지만 두 명의 폭도들이 여전히 밤낮없이 보초를 서고 있다. 산드라 머레이는 딸에게로 몸을 돌린다. 얼굴에 불안한 빛이 역력하다. 그녀는 다시 머리를 든다.

—님! 엄마야. 대답해봐!

나는「햄릿」읽기에 몰두하기로 작정하고 3막 4장을 펼쳤다. '나는 단지 인간이기 위해서 잔인해져야 해요. 고통스러운 시작입니다! 최악의 상황이 다시 올 거예요'라는 문장들이 눈에 들어온다. 이 문장은 아들이 자기 어머니에게 하는 말이다. 가엾은 머레이 부인, 만약 그녀가 이것을 읽었다면…… 위쪽에서 님이 대답한다.

—안녕하세요, 엄마!

그는 사람 많은 면회실보다 이게 낫다고 말한다. 그들은 야외에서 자유롭게 대화를 나눈다. 아니꼬운 간수 녀석들이 엿듣는 게 아니라, 온 세상 사람들이 다 귀를 기울여준다. 자기 집 부엌에서 엄마가 만든 푸딩을 놓고 마주 앉아 있는 것과 마찬가지다.

산드라는 정말 집에서처럼 대화를 나누기 위해 헬렌도 함께 왔다고 말한다. 이것은 HSP의 공식 방문이 아니라는 것, 님이 자기 자신을 위해 항복하지 못한다면 적어도 엄마를 위해서라도 그렇게 해주기를 바란다는 것, 아들이 15년형을 받아 스코틀랜드 어느 오지의 축축하고 음침한 감옥에서 친구들과도 격리된 채 학대받고 모욕당하고 도자기처럼 깨어지면서 지내는 꼴을 보느니 차라리 죽고 말 거라는 이야기를 한다. 사실 그의 형기는 이제 5개월밖에 남아 있지 않았다!

　—이건 미치광이 짓이야. 안 그러니, 님?

　아들은 대답하지 않는다. 내가 있는 곳의 창문을 통해서는 스트레인지웨이즈의 담장 끝밖에 볼 수가 없다. 아마도 님은 자기 동료들과 논쟁을 벌이고 있는 것이 아닐지. 머레이 부인은 아들의 소리가 나던 쪽을 바라보며 혼잣말처럼 중얼거린다.

　—너, 기억나니? 네가 어릴 때 말이다. 내가 네게 약속했던 불자동차를 안 가지고 학교로 너를 찾으러 갔던 날이었지. 너는 삐쳐서 말도 안 하고 심통을 부리고 투덜댔지. 네 담임 선생님이 비슷하게 생긴 장난감으로 너를 달랬어. 삼 분쯤 지나자, 선생님은 너를 완전히 잊어버리고 있었는데, 네가 갑자기 선생님 허벅지에 발길질을 한 거야. 선생님은 두 손으로 다리를 붙잡고 어쩔 줄 몰라했지. 얼굴이 백지장처럼 하얗게 되어서 말야. 한 발로 펄쩍펄쩍 뛰는데, 정말 외발이 수탉 같더구나. "이건 네 엄마가 아니야. 내 엄마라구!" 너는 계속 이 말만 반복했지. 생각나니, 님? 어젯밤 네 아버지가 많이 아프셨어. 눈이 오고 안개도 꼈는데 내가 네 시간 동안 운전을 해서 아버지를 병원에 모셔다드

렸어. 그 양반은 모르핀 때문에 그렇게 된 거야. 넌 항상 귀여운 목소리로 내게 말했었지. 네 친구들, 놀이, 아홉 살 반 된 이웃집의 예쁜 여자아이에 대해서. 너는 나를 안심시키려는 듯이 침착하게 말하곤 했어. 운전을 하고 돌아왔는데 잠이 오질 않더구나. 기억나지, 내 사랑하는 아들아.

님은 물론 전부 생생히게 기억히고 있지만, 영국을 최고 입찰자에게 팔아넘긴 치사한 대처 사단과 연계되어 있는 집단과는 타협을 하지 않겠다고 대답한다.

—런던의 공동묘지들까지 팔렸어요, 엄마! 아시겠어요? 그 여자는 불쌍한 사람들을 거리로 내동댕이쳤다구요. 죽은 사람들까지도요. 그게 현실이에요, 엄마!

—내 말 좀 들어봐라, 님! 헬렌이 은행에서 쫓겨났어. 헬렌이 네 누나라는 사실을 알게 된 거야. 상관이 업무 과실을 조작해서 쫓아냈어. 알겠니? 그들은 절대로 양보하려고 하지 않아. 너희들은 죽게 될 거야. 내 아들아, 너희 모두 죽게 될 거라구!

머레이 부인은 흐느껴 운다. 나도 가슴이 아프다. 헬렌이 그녀에게서 확성기를 뺏으려 한다.

—아직 몇 시간 더 여유가 있어, 여유가 있다구!

님의 목소리는 아니다. 아마도 제이슨 목소리 같다. 나는 정원으로 나왔다. 일곱 개의 검은 머리는 더이상 보이지 않고, 일곱 개의 뽀얀 엉덩이가 용마루에 나란히 모습을 드러냈다. 확성기를 잡은 자가 소리친다.

—안녕하십니까, 영연방 국민 여러분! (그는 일어서면서 바지를 다시 올린다.) 이건 당신에게 하는 말이 아닙니다, 머레이 부

인. 우리는 당신을 사랑합니다. 우리는 지금 우리를 생매장하려는 치사한 자들에게 우리의 고행의 엉덩이를 보여주려는 겁니다. 자유로운 산드라 부인!

—제발, 사랑하는 내 아들아. 우리는 죽을 거야. 우리는 죽어……

그녀는 마이크와 확성기를 내려놓는다. 더이상 흐느끼지도 않는다. 기운이 빠진 머레이 부인의 커다란 몸집이 잔디밭의 진달래꽃에서 두 발짝쯤 떨어진 곳에 빈 자루처럼 맥없이 무너져내린다. 그녀는 몸 전체로 운다. 헬렌이 무릎을 꿇고 앉더니, 가느다란 팔로 엄마를 끌어안는다. 나는 이 아리따운 아가씨와 머리를 맞대고 저녁식사 할 기회를 만들 궁리를 한다. 머레이 부인의 기죽은 목소리에 이어 프레드 플루엘러의 목소리가 들려온다.

—우리는 용감히 맞서 싸우고 있다. 신은 참새 한 마리가 추락하는 것도 지켜보고 계시다. 전성기는 한번 오면 다시 오지 않고, 아직 오지 않았다면 언젠가는 온다. 그게 지금이 될지 나중이 될지 모르지만 아무튼 준비를 하자. 사람은 자기가 이미 떠난 것을 지배하지는 못하므로, 일찍 떠나는 것은 문제될 것이 없다!

—오! 오! 이건 「햄릿」에 나오는 건데!

내가 소리쳤다.

헬렌은 놀란 표정으로 나를 돌아다본다. 그녀는 공포에 질린 것 같다.

—날 도와줘요. 당신 집에 있도록 도와줘요. 엄마를 소파에 뉘어주세요.

머레이 부인은 얼굴이 벌겋게 부어올라 있다. 눈을 감은 채 눈물을 줄줄 흘리며 어린애 같은 목소리로 같은 말만 되풀이한다.

　―죽을 거야, 모두 죽을 거야!

　　　　　　　　　　*

　루이즈가 목졸려 죽은 날 저녁, 나는 집에 혼자 있을 기분이 아니었다. 나는 무기 공장에서부터 조명이 없는 창고들, 진흙 냄새가 나는 어두운 터널을 따라 걸었다. 방직 공장 노동자들이 살고 있는 페어필드 시내를 가로질러 오크 스트리트에 이르렀다. 그 길 끝에 수잔 카를로스 심슨의 술집이 있다. 토요일 저녁의 왁자지껄한 분위기 속에서 맥주를 마시고 싶었다. 나는 술집 문을 열고 홀의 사람들 속으로 걸어들어갔다. 홀 안은 연기가 자욱해서 벽이 보이지 않을 지경이었다. 구석 자리를 찾아보았지만 헛수고였다. 할 수 없이 바에 팔꿈치를 괴고 앉는데, 등뒤에서 누군가가 외치는 소리가 들려왔다.

　―와우우! 감옥 시위대 지도자께서 여물통에 다시 오셨다!

　나는 깜짝 놀랐다. 하지만 뒤돌아볼 새도 없이 수잔이 나를 끌어안고 내 뺨에 쪽! 소리가 나도록 키스를 하며 폭동 사건이 일어나기 전의 사이좋던 시절처럼 나를 환영해주었다.

　―그런데 왜 여물통이라고 하는 거야? 내가 무슨 암소야!

　내가 약간 긴장된 얼굴로 물었다.

　―화내지 말아요, 헨리 씨. 목마른 말〔馬〕을 생각해서 그런 거니까……

—말도 암소도 맥주를 마시지는 않는데…….

—당신이 다시 왔으니까 됐어요. 난 당신을 다시 보게 된 걸로 만족해요. 하지만 심했어. 후원회에 참가하고 있다면서? 내가 수표를 보냈는데, 알아요? 내가 우리 단골 손님들을 모아 모임을 만들었거든요. HSP를 위해 내가 삼백이십팔 파운드나 모았다구요!

—아, 그거 잘됐군. 그런데 기네스 한잔 주겠어?

—그래요, 블레인. 내가 한잔 사죠.

나는 나의 용기를 칭찬해주기 위해 카운터로 모여든 삼십여 명의 손님들과 인사를 해야 했다. 맥주 500cc 석 잔을 탄산음료 마시듯 마시고 나서야 긴장이 풀렸다. 나중에 두 잔을 더 마시고 나니, 내가 늙었다는 생각이 들고 비통한 심정이 되었다. 11시경, 술집이 거의 다 비어갈 때, 수잔이 한쪽 구석에 있는 나를 발견하고 다가왔다. 그녀는 내 곁에 앉아 나와 함께 술잔을 들고 미래를 이야기했다. 비단처럼 부드러운 그녀의 풍성한 다갈색 머리가 관능적인 호박 광택을 내며 녹색 비로드 재킷 위로 흘러내리고 있었다.

—내 나이에 미래를? 나는 할아버지가 되고 싶고, 육십대에는 뭔가 쓸모 있는 사람이 되고 싶어. 내가 지혜로운 사람이 될 수 있을까, 수잔?

—당신은 우선 아버지가 되어야 해요. 할 일이 많아. 서둘러요!

—당신 말이 맞아, 수잔. 곧 시작해야지…….

—주책바가지 늙은이 같으니라구! 당신이 이곳에 데려왔던

아내나 정부들과는 잘 지내시나…… 아, 정말, 그이는 잘 지내? 루이즈 말이야.

　—그냥저냥.

　—그 여자 정말 멋진 여자야. 그 여자, 신앙이 있어요? 그 여자가 쓴 기사를 읽어봤는데, 애쓴 흔적이 보이더라구요. 농담이 아니에요.

　나는 몇번째인지도 모르는 술잔의 삼분의 이를 단숨에 들이켜고 나서 배가 불러 수잔의 어깨에 기대어 꼼짝 않고 앉아 있었다.

　—나는 임대차 계약이 끝난 세입자야, 수잔. 집을 비워줘야 해. 오래 전부터 행복하게 살아온 곳을 떠나야 한다구. 시간은 흐르고 흘러 내 가슴을 부풀게 하고, 내 근육을 팽창시키고, 내 피를 뛰게 하지. 그리고 너 같은 미인을 보고 눈에 불이 나게 하는 이 숨결, 이 숨결은 다음날이면 공기 속으로 사라지겠지. 휙! 재채기가 날 때처럼 횡경막이 극도로 수축되더니…… 해고. 황폐해진 집만 남게 되었어. 우리는 거기서 벽지도, 바닥도, 부서진 텅 빈 방들도 알아보지 못할 거야. 지붕도 없는 그곳에 불길한 바람이 불고…… 내 말을 들어봐, 수잔, 율리시즈가 테이블 위의 맥주잔을 잘 치우는지 아닌지를 내 어깨 너머로 감시하는 대신에…….

　—오늘 저녁 기분이 영 별로인가 봐요, 블레인?

　—이 분만 더 들어봐, 수잔. 아름다운 수잔, 이 분만! 나는 게으름을 피우거나 오락을 즐기며 빈둥거리지는 않았어. 시간이 남아도는 것처럼 낭비한 것 같지는 않다구. 아무 계산 없이 돈을 쓰는 벼락부자처럼 행동하지도 않았구. 천만에! 아니고말고! 나

는 서둘렀어! 복권에 당첨되어 태평양 연안의 호화 호텔에서 삼일간을 빈둥거리는 가난한 녀석처럼. 나는 눈을 크게 뜨고 요드가 함유된 공기를 가슴 깊숙이 들이마셨고 바닷가재 살을 뜯어 먹었어. 이런 생활이 삼 일밖에 지속되지 않을 걸 처음부터 알고 있었거든. 난 가버릴 거야. 내 몸뚱이를 떠날 거라고…… 오늘이 삼 일째 되는 날이야, 수잔. 지금은 정오. 태양이 천정점에 있어. 일몰 때까지 기다릴 힘이 있을지 모르겠어.

— 당신 지금 실직 때문에 그러는 거야? 내가 말했잖아. 우리 주방에서 당신을 필요로 한다고. 내가 우리 경리하고 이야기해 볼게. 원한다면 오월 일일부터 일을 시작해요. 자, 일을 위해 건배!

그녀는 바를 향해 손짓을 했다. 율리시즈가 500cc 한 잔을 더 가져다 주었다. 잔 위의 거품을 바라보던 나는 그 속에 빠져 죽고 싶다는 생각을 했다. 익사하기 위해 입 안 가득 한 모금을 마셨다. 그리고 잔을 내려놓고 나서 비틀거렸다. 수잔이 일어서는 것 같았다. 나는 긴 의자 위에서 잠이 들었다.

나는 일요일 정오에 내 소파에서 잠이 깼다. 수잔이 메모지에 휘갈겨 쓴 설명을 보고서야 상황 파악이 되었다. 그녀가 내 주머니에서 우리집 열쇠를 찾아냈고, 율리시즈의 차로 우리집까지 데려다준 것이라고 했다. 오후에 어머니가 전화를 했다. 어머니는 어제 저녁 8시에 새로운 감동적인 장면을 보았다고 했다. 폭도인 아들에게 항복하라고 애원하고 있는 고뇌에 찬 어머니의 모습을. 어머니는 그 화면의 배경이 우리집 정원 같았다고 했다. 아주 높은 곳에서 찍은, 푸른 잔디밭이 굽어다보이는 배경과 눈물 범벅이 된 얼굴로 하늘을 바라보고 있는, 땅바닥에 떨어져 깨진 달걀처럼 키 작은 머레이 부인. 머레이 부인이 자기 아들에게 말한 내용, 그리고 죄수들의 답변도 분명히 알아들었다고 했다. 어머니는 화면 배경이 우리집임을 알아보고 나서 그 품위 없는 가엾은 머레이 부인 옆에 혹시 내가 있지 않을까 하고 기대했다고 했다. 간수들의 조합장은 인터뷰에서, 그토록 비탄에 잠긴 어머니의 애원을 무시하는 폭도들은 사람도 아니라고 주장했다는 것이다. 어머니는 내게 변호사를 선임했는지 물었다.

―언제 프린시스 도크로 낚시하러 오겠니? 섈로우 씨가 그러는데 머지에 지금 물고기가 한창 잘 잡힌다더라. 네가 잡은 싱싱한 생선으로 요리를 좀 해주렴. 그러는 게 네게도 좋을 것 같구나. 헨리야, 주말에 보자! 네 애인 루이즈도 나한테 소개해주고…… 너희 결혼할 거니?

―알 수 없어요, 엄마…… 지금 좀 냉각기거든요.

―또 끝나겠구나, 이번에도! 좋아, 그럼 혼자 오렴. 친목회에서 네 이야기를 하더라. 네 입장 이해한다. 페이지 부인도 오버돈 부인도 너를 만나고 싶어서 안달이야. 얘야, 이번 사건 덕분에 텔레비전에도 나오고 얼굴이 알려졌으니 이 참에 정치를 해보면 어떻겠니? 가문의 명예를 회복할 기회야!

어머니는 강 하구의 건너편, 리버풀과 마주한 곳인 버켄헤드의 자그마한 벽돌집에서 산다. 그곳에는 고양이 오줌 냄새, 냄비에 남겨둔 채 잊어버린 양고기 스튜 냄새가 난다. 고양이가 세 마리나 있어서, 그곳에 가면 나는 털 때문에 수없이 재채기를 해야 한다. 너무 구운 소시지 껍질처럼 늑막이 벗겨지는 느낌으로,

옆구리가 결린다. 어머니는 참전용사 연금과 미망인 연금, 그리고 간호사 퇴직연금을 받고 있다. 현재 살고 있는 작은 집이 자기 소유인데도 항상 돈에 쪼들리며 산다. 날이 아주 어두워지기 전에는 전등을 켜지 않고, 어떨 땐 텔레비전 화면의 불빛으로 버티기도 하기 때문에, 종종 어두컴컴한 가운데 음울한 저녁 시간을 보내곤 한다. 벽 위 여기저기에 걸려 있는 박제된 새들은 악몽의 그림자를 드리우고 있지만, 분위기를 바꿔보려는 생각은 하지 않는다. 나의 아버지는 유명한 박제사였다. 상륙작전중의 프랑스 전함에서 날아온 포탄에 아버지의 머리가 날아갔을 때, 어머니는 아버지의 작업장에서 가장 아름다운 새들을 추려서 방마다 그것들로 장식했다. 화장실 변기에 앉으면 바로 앞에서 올빼미가 커다랗고 노란 눈으로 응시하고 있다. 나는 막연히 오월 중 주말에 한번 내려가겠다고 약속했다. 엄마는 작별 인사를 하고 먼저 전화를 끊었다.

그날 저녁, 나는 뉴스를 통해서 루이즈의 죽음과 그녀의 시체가 폐쇄된 무기 공장에서 발견되었다는 사실을 확인했다. 사람들은 그녀의 죽음이 『앙글리칸 트리뷴』에서의 그녀의 위치와 무슨 관계가 있을 것으로 추측했다. 전화벨이 끊임없이 울려댔다. 나는 전화선을 빼놓고 아무하고도 말을 하지 않았다. 잘 생각은 없었는데, 백색 셰리주 한 병을 다 비우고 난 새벽 2시경에 소파에서 깜빡 잠이 들었다. 초인종 소리에 잠을 깼다. 일요일 아침 9시였다. 벨이 계속 울려대서 자리에서 일어났다. 방 안이 빙빙 돌고 머리가 쿡쿡 쑤셨다. 셔츠와 바지를 걸치고 현관까지 간신히 걸어갔다. 문을 열자, 키가 큰 낯선 남자 두 명이 베이지색 레인코트를 입고 버티고 서 있었다. 그들 중 하나가 펠트 모자를 벗고 내게 인사를 했다. 또다른 한 명은 경찰 신분증을 내보였다. 그들은 내게 집 안으로 들어가도 되느냐고 물었다. 나는 그들을 내 서재 겸 거실로 안내했다.

아닙니다, 죄송하지만 나는 왜 당신들이 이른 아침부터 나를 방문했는지 모릅니다.

아닙니다, 주여! 나는 루이즈가 교살당해서 죽었다는 걸 몰랐습니다. 시체 부검 결과 죽은 시각은 토요일 늦은 오후로 추정된다구요? 맙소사! 나는 경악하며 눈물을 글썽인다.

아닙니다! 우리는 이제 막 가까워진 사이긴 하지만 일요일에는 만나지 않았습니다.

아닙니다! 그녀의 소식을 듣지 못했다고 불안해하지는 않았습니다. 마이 갓! 끔찍하군요. 나는 손수건을 꺼내 요란하게 코를 푼다.

아닙니다! 나는 그녀를 적으로 생각하지 않았습니다. 그녀가 스스로 많은 것을 주었습니다. 그녀는 성실했고, 금방 친해질 수 있는 여자였습니다.

아닙니다! 그녀가 폐허로 변한 그 공장에 무얼 찾으러 갔는지 저는 전혀 모르겠습니다.

아닙니다! 나는 그녀가 토요일 저녁에 무얼 하며 시간을 보냈는지 모릅니다. 나는 손으로 눈가를 훔친다. 정말 안됐습니다. 유감입니다!

—토요일 오후에 동네에서 당신들을 봤다는 사람들이 있어요. 팔짱을 끼고 산책을 했다던데…… 이상한 일이군요. 당신은 일

요일에 그녀를 만날 생각을 안 했단 말입니까? 그녀의 자동응답기에 당신의 메시지는 하나도 없었어요. 당신들은 사귄 지 얼마 안 된 연인들이었는데…… 당신은 정말 재수가 없나 봅니다, 블레인 씨. 아내 둘은 모두 실종되었고, 약혼녀는 살해되고…….

나는 울면서 코를 훌쩍인다. 눈가를 훔치고, 한숨 짓고, 코를 풀고. 마치 넋빠진 사람 같다. 그들은 나의 낡아빠진 소파에 엉덩이를 붙인다. 바짓가랑이가 너무 당겨서 솔기 양쪽이 불룩하게 튀어나와 있다. 그들은 숨도 제대로 쉬지 못한다. 허리를 구부리고 팔꿈치를 무릎에 괸 채 고심중이다.

나는 슬쩍 부엌으로 가서 맥주를 찾는다. 술 마신 뒤의 갈증을 풀기 위해 맥주를 벌컥벌컥 들이켠다. 그리고 나서 웃음을 터뜨리고, 침을 뱉고, 깨끗한 행주에 얼굴을 파묻는다. 피가 나도록 손바닥을 깨문다. 미친 듯한 웃음을 도저히 참을 수가 없다. 펠트 모자를 쓴, 나이가 더 많아 보이는 사람이 문지방에 나타나는 바람에 나는 소스라치게 놀란다. 맥주를 다시 한 모금 마시다가 사레가 들려 기침을 한다. 덕분에 미친 듯한 웃음을 슬쩍 덮어버릴 수 있었다. 나는 행주에 또 한번 얼굴을 파묻는다. 이름은 모르겠지만, 아무튼 머리가 거의 다 벗겨지고 눈썹이 없고 콧수염이 희끗희끗한 올빼미처럼 생긴 수사관은 내가 루이즈의 사망 소식에 놀라서 호흡 곤란을 일으키고 있는 줄 알고 겁을 낸다. 그는 내게 친절하게 말을 건넨다. 더이상 나를 괴롭히지 않겠다고, 매우 미안하게 됐다고 말한다. 나는 냉정을 되찾고 그들을 전송하면서 간간이 기침을 하면서 이 사이로 한마디 한마디 힘주어 말한다.

─그런 비열한 짓을 한 놈을 꼭 잡아주시기 바랍니다!

그들은 그렇게 하마고 내게 약속하고 나를 안심시킨 후 떠났다! 나는 그들을 뒤로 하고 문을 닫았다. 문을 닫자마자 위경련이 일어나서 서 있을 수가 없다. 초인종이 다시 울린다. 문을 열자, 달걀귀신 같은 그 대머리가 말을 더듬으며 내게 묻는다.

─실례합니다, 블레인 씨. 마시막으로 한 가지만 더 묻겠습니다. 토요일 늦은 오후에 어디 계셨나요?

─수잔 카를로스 심슨의 술집에요. 저녁 내내 거기 있었죠. 오크 스트리트 칠번지에 있는 술집입니다.

그들은 내게 다시 작별 인사를 하고 떠나간다. 미친 듯한 웃음이 다시 시작되고, 횡경막에 통증이 온다. 다시 일어설 수가 없다. 나는 던져진 그물처럼 현관 타일 바닥에 널브러진다. 앞이 잘 보이지 않는다. 나는 눈물을 펑펑 쏟으며 온몸으로 웃는다. 울부짖고 싶다. 불을 켜야 할 것 같다.

*

4월 24일 화요일 정오 무렵, 나는 그들과 합류했다.

─이봐, 반항자들! 이봐, 정의의 사도들, 나쁜 사회의 저항자들! 단결하자! 단결하자구!

그들이 내게 대답했다.

─웰컴, 웰컴, 불행한 취사병! 죄수 클럽에 온 것을 환영한다!

나도 우리집 지붕의 경사면에 서 있었다. 금요일에 헬렌과 산드라가 슬픔에 지쳐 우리집에 버리고 간 확성기를 들고. 오는 주말에 어머니 집에 갈 생각으로 다락방에서 낚싯밥으로 쓸 구더기와 낚싯줄, 낚싯바늘을 챙기고 있었는데, 그들이 뭐라고 고함치는 소리가 들려왔던 것이다. 그들은 확성기를 두 개의 서까래 사이에 고정시켜놓은 채 대형 굴뚝 위에 걸터앉아 그곳이 극장 무대라도 되는 양, 경보할 때 쓰는 바톤처럼 마이크를 서로 주고받으며 대화를 하고 있었다. 나는 사다리 발판 위로 올라가 상반신을 밖으로 내밀었다. 나는 제이슨의 목소리를 알아들었다.

—외부 방어물들 위에 당신의 깃발을 내거시오.

누군가가 계속해서 소리쳤다. "그들이 온다!" 그러나 성채의 우리 저항세력은 포위공격을 무서워하지 않았다. 그들이 열병과 굶주림으로 지칠 때까지 계속 거기 남아 있기를!

나는 내 친구들이 온갖 악행을 한 것을 인정했다. 그것은 말벌이 등뒤에서 나를 쏜 것과 같았다. 나는 이층을 단숨에 달려내려가 책꽂이에서 1786년판 가죽 장정의 『맥베스』를 꺼내 다시 네 계단씩 달려올라갔다. 확실히 나는 젊음을 되찾은 것 같았다. 나는 단번에 사다리로 기어올라가 지붕 경사면에서 그들의 폭동연극에 귀를 기울였다. 지금 강한 악센트의 여자 목소리로 말하고 있는 것은 인도인이었다.

디팩 카푸어 : 왕비께서 돌아가셨습니다, 각하…….

제이슨 : 그 여자는 더 있다가 죽었어야 했다. 그러면 그런 말을 해줄 여지가 있었을 텐데! 내일, 그리고 내일, 그리고 내일, 작은 걸음으로 기어서, 매일매일, 추억의 마지막 음절까지. 우리의 모든 과거가 광인들을 위해 먼지와 죽음으로 가는 길에 불을 밝혀놓았고…….

나 헨리 : 이봐, 폭도들! 이봐, 반항자들! 안녕하슈?

이 말에 그들의 연극이 뚝 끊겼다. 그들은 캐러멜 소스에서 파리를 발견한 사람 같은 표정으로 나를 바라보았다. 나는 다시 소리쳤다.

―단결! 저항자들 모두 단결! 정의를 위해 싸우는 영웅들이여, 다시 한번 인사드리겠소!

그들은 자기들 뱃속을 고문하고 학대하던 자인 헨리 블레인이 왜 자기들에게 합류하려고 하느냐고 물었다.

―나는 고문자가 아니오! 나는 공평무사한 사람이오. 나는 한 푼의 보수도 기대하지 않아요, 단 한푼도! 나는 내게 주어진 최소한의 수단을 가지고 일할 뿐 아니라, 예술가로서 그 일을 하고 있소! 나는 예술가요, 친구들!

플루엘러 : 우리는 네 놈의 악기고, 너는 그걸 가지고 구역질나는 소리를 연주해내고 있군그래!

나 헨리 : 그래, 맞아, 프레드! 나는 바람의 예술가야, 너희들은 합창대고 나의 심포니 오케스트라지! 나는 너희들의 엉덩이에 있는 구멍들이 일치단결하여 진동하고 노래하고 꾸르륵거리고 천둥 치고 울려퍼지기를 원한다! 바로 그것 때문에 사람들은 나를 방해하고 고발하고 있는 거야!

나는 그날 아침 법원으로부터 날아온 편지를 호주머니에서 꺼내어 그들에게 흔들어 보인다. 에드거 맥더프라는 판사가 교도소의 고소 내용을 나로부터 확인받겠단다. 나는 5월 9일 15시에 내 변호사와 함께 판사 사무실로 출두해야 한다!

그들이 격렬한 몸짓을 하며 웃어댄다. 그들은 배를 두드리고,

심하게 장난을 친다.

—세상은 진지하지 않아. 그렇다면 와라! 우리와 합류해라!

님이 지껄인다.

—하지만 나는 여기에 있다!

—계단 몇 개만 기어오르면 된다, 블레인!

그들은 나를 비웃는다. 나는 몸을 일으켜 모험을 감행한다. 나는 그들이 나를 존경하게 만들고 싶다! 나는 내 책의 5막 5장을 펼친 후 선언한다.

—나는 태양에 싫증나기 시작했다. 우주가 망해버렸으면 좋겠다! 경종을 울려라! 불어라, 바람아! 재앙아, 등에 마구를 싣고 달려오라, 내가 사라질 수 있도록…….

잠시 침묵이 흐른다. 일곱 개의 그을음 묻은 얼굴들이 서로 시선을 교환하며 밀담을 나눈다.

제이슨 : 당신은 혀를 놀리러 온 모양인데, 빨리 해봐. 대체 네가 하려는 이야기가 뭐야?

나 : 관대하신 나리, 저는 제가 본 것들을 말씀드리고 싶은데, 어떻게 말해야 할지를 몰라서…….

제이슨 : 음, 말하게, 선생!

나 : 제가 언덕에서 보초를 서고 있을 때, 버남 쪽을 바라보았더니, 갑자기 숲이 움직이기 시작했습니다…….

제이슨 : 고약한 거짓말쟁이로군!

나 : 그렇게 생각하신다면 화를 내십시오! 여기서 삼 마일 떨어진 곳에서, 당신은 숲이 다가오는 것을 보실 수 있습니다. 숲이 걸어옵니다.

제이슨 : 만일 네 말이 거짓이면, 너를 이곳에서 제일 가까운 나무에 산 채로 매달아서 굶어죽게 하겠노라……

그의 말을 다 듣기도 전에 나는 어떤 손이 새처럼 가볍게 내 어깨 위에 닿는 것을 느꼈다. 루이즈였다. 어디서 불쑥 나타났는지 신기하다. 나는 몸을 떤다. 가슴이 답답하다. 나는 혼자 정신을 잃는다. 그녀는 스타킹을 신었고, 샴페인 빛 브래지어 위에는 단추가 풀린 붉은색 블라우스를 입고 있었다. 목에는 노랗고 푸른 줄무늬 상처가 있다. 피 묻은 가느다란 끈이 그녀의 살을 파고들어가 있다. 그녀는 끈의 한쪽 끄트머리를 내 손에 쥐어준다. 나는 그것을 잡는다. 그녀는 쉰 목소리로 같은 말을 되풀이한다.

—침대로! 침대로! 이리 와, 이리 와, 이리 와…… 이미 끝난 일은 돌이킬 수 없어…… 침대로! 침대로! 침대로!

나는 끈을 놓은 후, 확성기에 대고 울부짖는다.

—나는 공포취미를 거의 다 잊어버리고 있었다. 밤중에 들리는 비명 소리에 온 감각이 얼어붙어버리고, 불행이라는 말만 들어도 머리털이 몽땅 일어서는 때가 있었다. 하지만 지금 나는 공포를 만끽한다!…… 살인에 대한 생각에 익숙해져서 더이상 공포감을 느끼지도 않고…….

플루엘러가 반은 빈정대는 듯하고 반은 화가 난 듯한 목소리로 끼여든다.

—너 지금 뭐 하자는 거야, 블레인? 이제 네가 연극을 하겠다는 거야? 그 말을 해야 하는 건 네가 아니라 제이슨이라구! 네가 모든 걸 엉망으로 만들어버렸어. 조심하라구!

—아니야. 나야! 포위당한 건 나라구! "내가 왜 멍청한 로마

인들처럼 굴다가 나 자신의 양날 검에 찔려 죽어야 하냐구. 내가 그 사람들을 보고 있는 한 나는 그들을 단칼에 베어버린다! 고통은 내가 아니라 그들에게 필요하다."

루이즈가 피를 흘리며 뒷걸음질로 멀어져간다. 그녀는 나를 죽은 사람 보듯 바라본다. 확성기가 내 손에서 떨어져나간다. 나는 책을 가슴에 꼭 끌어안고 비틀거리다가 지붕 위에 배를 깔고 엎드린다. 미끄러지며 쭈욱 밑으로 내려가다가 홈통에 발이 걸려 멈추고, 미지근한 기와 위에 뺨을 댄 채 경사면에 엎드려 있다. 위쪽에서 폭도들이 불안한 목소리로 나를 부른다. 고래고래 소리지르는 것은 님이다.

—당신 나이에 지붕 위를 걸어다니는 것은 위험해, 취사병!

나는 다시 일어나 경사면을 네 발로 기어올라가 용마루 위에 걸터앉았다. 님이 계속해서 나를 야단친다.

—뭐 하러 무대에 올라왔어, 블레인? 무슨 말을 하자는 거야? 뭘 위해 싸우려고 그래, 불행한 취사병?

나도 곧바로 맞받아쳤다.

—나는 살 만큼 살았다. 내 인생은 낙엽처럼 시들어가고 있다. 명예, 사랑, 존경, 많은 친구들과의 우정, 이 모든 것이 다 무르익어야겠지만 그런 것은 기대할 수가 없다. 대신 저주가 있을 뿐이다. 오, 작지만 감정이 들어간 소리로, 마음에서 우러난 것이 아닌 입에 발린 찬사만 있을 뿐이다.

나는 허공에 대고, 확성기 없이 육성으로, 혼잣말처럼 주장한다. 그들은 내 말을 듣지 않는다. 흥분한 제이슨이 힘찬 목소리로 내 말을 중단시키고 끼여든다.

—인생은 지나가는 그림자에 불과해. 무대에서 한 시간 동안이나 으스대고 흥분해보지만 아무도 귀를 기울이지 않는 어릿광대에 불과해…… 바보가 하는 이야기, 광기와 소문이 무성한 무의미한 이야기일 뿐이야.

　나는 확성기를 손에 들고 몸의 균형을 잡으려 애쓰며 일어선다.

　—그건 잘못이다! "나를 인도하는 정신은 의심에 굴하지 않고, 내 속마음은 떨지 않을 것이다." 그건 잘못이야! 나는 죽지 않아! 벌받지도 않을 거야!

　—성모 마리아여! 자비의 하느님! 보름달 뜬 밤에 울어대는 늙은 수탉처럼 거기서 뭐라고 지껄이는 거야? 헨리? 헨리? 도대체 무슨 일이야?

　아래쪽, 내 등 뒤쪽에서 떨리는 목소리가 들려온다. 천천히 돌아다보니 차도 한복판에, 밤색 비로드 재킷에 체크 무늬 셜록 홈즈 모자를 쓰고, 정원사 앞치마를 두르고 장화를 신은 로메오가 화분을 한아름 안고 서 있다.

　—맙소사! 너 다리 부러지려고 그래? 제발 내려와! 네 정원을 복구할 물건들을 가지고 왔어!

　그는 자기의 낡은 밴인 오스틴의 뒤트렁크에 잔뜩 싣고 온 화분들을 턱으로 가리킨다. 그는 아스팔트 위에서 발을 동동 구른다.

　—내려와! 헨리, 세상 사람들이 모두 널 보고 있다는 거 몰라?

　그러고 보니, 거리 여기저기에 멈춰 서서 나를 보고 있는 사람이 족히 이십여 명은 되어 보인다. 이웃의 막다른 골목집 실업자

부부, 장바구니를 들고 있는 동네의 퇴직자들, 하루 종일 할 일 없이 빈둥거리며 좀도둑질이나 하려고 노리는 청년 셋이 눈에 들어온다. 기름때에 전 잿빛 멜빵 바지를 입은 피터 부쉬도 있다. 그는 철모를 쓰고 두 주먹을 허리에 대고 서서, 작은 여송연을 신경질적으로 빨아대고 있는데, 무척 당황스러워하는 모습이다. 10미터쯤 떨어진 곳에는 가죽 점퍼 차림의 낯선 남자 둘이 차 지붕 위에 팔꿈치를 괴고 있다. 아마도 폭도들과 나를 감시하기 위해 그곳에 상주하고 있는 사복경찰 같다. 플루엘러가 나를 부른다.

—블레인, 고문하는 늙은 예술가 나리! 난 프레드야! 당신 입장은 이해가 가! 너야말로 정말 죄인이야! 죄인 중의 죄인이야. 우리 모두 공감해! 그건 확실해! 그러나 당신은 우리들과 함께 이 무대에 설 사람은 아니야! 당신은 성량이 부족하고 기억력도 좋지 않아! 사람들은 네가 텔레비전에 나와서 폭로하는 걸 더 좋아해. 머레이 부인과, HSP와 함께 싸워! 그리고 지상에 두 발 딛고 일하도록 해!

—그는 이미 무덤에 한 자리 가지고 있어!라고 열세 살도 안 된 말콤(맥베스를 죽이고 왕위에 오른 인물—옮긴이)의 아들 녀석이 비웃는군. 녀석은 벽에 터무니없는 낙서를 하고, 초인종 단추 위에 껌을 처바르고, 동네 고양이들에게 환각제를 뿌려대는 고약한 놈이지.

나는 가죽 점퍼 입은 녀석들을 곁눈질로 살핀다. 그들 중 하나는 파란색 로버(지프 비슷한 영국제 범용 4륜 구동차—옮긴이) 안에 앉아서 전화로 이야기하고 있다. 보고를 하는 모양이다. 형사임에 틀림없다. 나는 그를 못 본 척한다. 그때 그가 나를 돌아본다. 나는 다리가 후들거리고 발이 떨어지지 않아서 몸을 수그리고 교묘히 그의 시야를 벗어난다. 나는 사다리를 찾아내서 다시 슬쩍 밑으로 내려간다. 팔꿈치와 무릎이 까져서 피부가 후끈거린다. 나는 다락방으로 들어간다. 로메오가 참지 못하고 미친 듯이 초인종을 울려대는 소리가 들린다. 나는 "길게! 기다려!"라고 소리치며 최대한 속력을 내서 층계를 내려가 문을 연다.

—예수 그리스도께서 부활하셨네! 얼굴이 백지장처럼 하얗군! 가엾은 헨리…… 아무 말 말어! 다 알아, 다 안다구. 이 무슨 비극이람. 이 무슨 고문이냔 말이야!

나는 그에게 화분들을 넓은 방에 갖다 놓으라고 속삭이듯 말하고, 그를 도와 일을 빨리 끝내도록 한다.

—이봐! 내가 자네한테 너무 잘해주는 거 아냐? 이오니움, 틸란드시아, 벨로프론 구타타! 그리고 진달래 세 그루와 동백 두 그루도 차에 있어!

나는 입으로만 그에게 감사의 말을 한다.

—로메오…… 내가 지붕에 있을 때, 루이즈가 내 죽음을 예고했어.

로메오는 성호를 그으며 용서를 빌고 나서, 진달래들을 가지러 간다. 나는 그가 기도문을 중얼거리는 소리를 들었다. 그는 노새처럼 짐을 잔뜩 지고 비쩍 마른 얼굴에 어색한 미소를 지으며 돌아온다.

—오늘은 해가 좋아서 땅이 따뜻해. 나무 심기엔 최고야…….

—나도 삽질은 할 수 있는데…….

—뭐라구? 자네 건염(腱炎)인가? 저혈압인가? 아니면 심장이 말썽인가?

—땅이 문제야, 로메오. 삽질을 할 때마다 해골을 건드리게 된다구. 유령들이 만족하지를 못하고……

로메오는 모자를 벗고 하늘을 바라보며 신음을 하더니, 허공에 두 번 성호를 긋는다. 그의 백발이 헝클어진다. 그는 동공을 통해 내 머릿속을 들여다보려는 듯이 내 눈을 뚫어지게 바라본다.

—자네가 내 아들이라면 뺨을 한 대 갈겼을 거야! 세상은 정원에서 시작되었어! 정원은 죽은 자를 기리고, 산 자들을 위로해. 세상은 정원에서 끝날 거라구!

—감옥에서 끝나지.

—아, 입 닥쳐! 자네 빨리 일을 다시 시작해야겠어! 잡초를 뽑아주고, 김을 매고, 가지를 쳐주고, 비료를 주고, 새로 심고 하다 보면 다시 숨을 돌릴 수 있을 거야…… 내가 자네를 의심했던 거 알아? 하지만 자네가 텔레비전에 나와 용감하게 폭로하는 걸 보고는 자네를 끌어안아주고 싶었어. 굵은 시가를 입에 물고 있는 건 좀 우스웠지만. 그래도 그것은 진실의 목소리 그 자체였어! 이런 말 해서 미안하지만, 루이즈 말이야, 매장은 언제 하지?

—몰라 몰라. 부검을 하겠지. 증거를 찾아내야 할 테니까.

로메오는 마실 것도 먹을 것도 사양한다. 심지어는 내 거실 겸 서재에 5분쯤 앉아 있는 것조차도 거절한다. 엘리자베스는 찰스와 함께 요가를 시작했다고 한다. 로메오는 부랴부랴 가게로 돌아간다. 그는 스코틀랜드 출신 쌍둥이들에게만 너무 오래 가게를 맡겨두는 일을 피하려 한다. 나는 그에게 감사의 말을 되풀이했고, 그는 나를 저녁식사에 초대하고 싶다며, 조만간 전화로 연락하자고 한다. 그는 뒷걸음으로 멀어지면서 큰 손짓으로 작별을 고하고 나서, 마치 신혼부부를 축하하는 사람처럼 시동을 걸고 클랙슨을 눌러댔다. 낡은 클랙슨은 오리 목 따는 소리를 낸다. 나는 문을 걸어잠그고 나서, 팔뚝과 무릎에 머큐로크롬을 바르고, 1786년판 장서와 고급 브랜디 한 잔을 들고 소파에 가서 기다린다. 뭔지는 모르지만 생각하며 기다린다. 로메오, 그는 정원에 대해 환상을 가지고 있다! 경찰은 감옥뿐 아니라, 우리집과 인근 동네를 포위하고 있다. 어쩌면 곧 이 도시와 나라 전체를, 아니 지구 전체를, 우리집 담장에 설치한 카메라와 마이크로, 그리고 우리 머리 위에 있는 레이더로 포위하고 말 것이다. 나는 환상을 품지 않는다. 사람들은 항상 정의를 부르짖지만 그것은 법 때문이다. 나는 그들을 믿지 않는다. 정의는 절대로 회복되지 않을 것이다! 우리를 공포에 떨게 하고 괴롭히러 오는 유령들이 아니고는. 오래 전부터 지체되는 경우가 너무 많다. 내 경우만 하더라도 지연은 상당히 심각하다…… 정의란 곧 메뉴다. 우리는 요리를 통해서 그들의 법을 게걸스럽게 먹어치울 것이다. 그것은 우리의 이빨을 부러뜨린다. 내가 죄수들에게 주는 렌즈콩처럼. 아! 조명을 받고 있는 폭도들, 지붕 위의 일곱 명의 줄타기 곡예사들은 간수들 매점에 남은 마지막 비스킷들을 우적우적 씹고 있구나! 삼사 일 더 소란을 피우고 나면 그것도 끝장날 것이다. 그리고 몇 주일만 지나면 완전히 잊혀질 것이다. 나뭇잎에 부는 바람처럼, 일시적인 경련이나 딸꾹질처럼. 가엾은 머레이 부인…… 사실, 나는 내일 지녁에 무슨 요리를 할지 아직 모른다. 어쩌면 양고기나 오리고기 요리가 될 것이다. 나는 고급 요리를 하고 싶다. 헬렌이 저녁을 먹으러 오기로 했기 때문이다. 난 피곤하다. 마지막으로 브랜디를 한 잔 더. 건배!

의 본능과 죽음의 충동이 연결된, 셰익스피어적 전통과 일맥상통하는, 특이한 소재의 소설이다."(99년 1월 14일자 『르 큐브』)

"공포스러우면서도 웃음을 자아내는 이 드라마틱한 소설에서, 뤽 랑은 독설과 분노를 마음껏 분출시킨다. 끝에 가서는 마치 한 편의 영화를 본 것처럼 박수를 보내고 싶다."(98년 11월 『르 누벨 옵세르바퇴르』)

셰익스피어를 즐겨 읽고 정원 가꾸기가 취미인 요리사 헨리 블레인. 그는 정년퇴직을 2년 남겨놓고 은퇴 후의 한가로운 생활에 내한 기대로 부풀어 있는 교도소 주방의 요리사다. 그의 평온한 나날과 은퇴의 꿈을 깨어놓은 것은 죄수들의 폭동이다. 그는 조업 중지를 당하고, 교도소와 마주 보고 있는 그의 집은 특종을 내려고 기를 쓰는 기자들과 폭동을 더 자세히 구경하고 싶어 안달이 난 호사가들을 위한 극장으로 변한다. 그는 기회를 놓치지 않고 그들에게 입장료를 받는다. 거기까지는 그래도 유머로 받아들일 만하고, 고상한 취미를 가진 점잖고 선량한 요리사를 떠올릴 수 있다.

그러나 그의 악마성이 차츰 드러난다. 특종을 노리고 교도소 주변에 왔다가 우연히 블레인과 사귀게 된 오십대 독신 여기자와의 깊고 위험한 관계, '고문하는 요리사'라는 죄수들의 비난의 플래카드가 그를 궁지로 몰고 간다.

코너에 몰린 블레인은 교도소 내에서 일어나는 부정행위를 텔레비전을 통해 폭로하고 본의 아니게 폭동 주동자 후원회의 주요 멤버가 된다.

"이중적 의미의 아주 어두운 유머가 넘치고, 대처 수상 집권기의 영국과 매우 닮은 작품이다. 거기에는 사회비판적 요소들이 잠재되어 있다. 교도소장까지 관련된 횡령사건, 그 책임을 떠넘기기에 급급한 모습들, 모두 자기 주머니를 채우기에 바쁘고, 폭동은 전염병처럼 전국으로 퍼져나간다. 유머와 공포로 가득한, 폭발음을 내는 정원이 있는 매우 아름다운 작품이다."(99년 1월 14일자 『루주』)

1990년 4월 영국의 어느 교도소에서 일어난 폭동이 이 소설의 모티프가 되었다고 한다. 교도소에서 일어난 일 주일간의 폭동과 그 주변에 모여든 사람들의 여러 가지 반응을 통해 작가는 평소 감추어진 인간성과 사회의 단면들을 극명하게 보여준다.

자기 일에 충실하면서 고상하게 늙어가다가 폭동의 피해자가 된 선량한 노인처럼 보이던 요리사 블레인이 점차 입에서 피를 흘리는 드라큘라 같은 악마적 모습을 드러내가는 과정은 정말 '공포유머(?)'다. 작가는 주인공 블레인의 뻔뻔함과 죄의식 없는 부도덕성을 능청스럽고 태평하게 묘사함으로써 독자들을 웃지 않을 수 없게 만든다.

번역 대본으로는 1998년 프랑스 파야르Fayard 출판사에서 출간된 『Mille six cents ventres』를 사용했다. 원제 『천육백 개의 배〔腹〕』는 한국어판 독자의 이해를 돕기 위해 『고문하는 요리사』로 바꾸었다. 고등학생들의 난상토론으로 결정되는 심사 과정의 축제성 때문인지 늘 본상격(格)인 공쿠르 상 못지 않은 화제를 불러일으키며 독서 대중의 즐거운 호응과 찬사를 받아온 '고등학생들이 뽑은 공쿠르 상'의 수상작으로 이 작품이 선정된 것은 어쩌면 당연한 일인지도 모른다. 그 유쾌한 잔치에 여러분을 초대하게 되어 기쁘다.

2000년 여름
용경식

용경식

1956년 서울에서 태어나 서울대 불문과 및 동대학원 석사 과정을 마쳤다. 동서문학 제정 제1회 번역문학상을 수상했다. 현재 프랑스 문학작품을 중심으로 활발한 번역작업을 하고 있다. 역서로 아고타 크리스토프의 『어제』『존재의 세 가지 거짓말』, 크리스티안 데로슈 노블쿠르의 『먼나라 여신의 사랑과 분노』, 카롤린 라마르슈의 『개의 날』 등이 있고, 저서로 『나의 새 나의 날개여』 등이 있다.

문학동네 세계문학
고문하는 요리사

1판 1쇄	2000년 9월 5일
1판 2쇄	2000년 9월 23일

지 은 이	뢱 랑
옮 긴 이	용경식
책임편집	최정수
펴 낸 이	강병선
펴 낸 곳	(주)문학동네
출판등록	1993년 10월 22일 제22-188호

주　　소	136-034 서울시 성북구 동소문동 4가 260번지 동소문빌딩 6층
전자우편	editor@munhak.com
	하이텔 : podo1
	천리안 : greenpen
전화번호	927-6790~5, 927-6751~2
팩　　스	927-6753

ISBN 89-8281-317-9 03860

* 잘못된 책은 바꿔드립니다.

www.munhak.com